Le Silence d'Amarine

Carole Duplessy-Rousée

Le Silence d'Amarine

ÉDITIONS FRANCE LOISIRS

Édition du Club France Loisirs,
avec l'autorisation de Pygmalion.

Éditions France Loisirs,
123, boulevard de Grenelle, Paris.
www.franceloisirs.com

ISBN : 978-2-298-09848-8

À mon Papa

1

Le coup de Jarnac

Béatrix sortit de la douche et elle enfila son peignoir. Dégoulinante d'eau, elle revint dans la chambre. Thomas dormait. C'était toujours ainsi après l'amour, il sombrait dans une sorte d'état second dans lequel il gémissait parfois. Peut-être que ses sens effleuraient encore le plaisir…

Quelques mètres plus bas, dans la rue Clément-Marot, des portières de voiture claquèrent et il y eut des éclats de rire. Intérieurement, Béatrix ragea. Le double vitrage n'était pas suffisant pour empêcher les bruits de filtrer, de s'insinuer dans son cocon.

La pénombre envahissait la pièce, les jours raccourcissaient. Bientôt ce serait l'hiver. Bientôt ce serait Noël et le temps des souvenirs…

Béatrix aurait voulu arracher les dernières pages du calendrier, faire disparaître ces semaines où les petits et les grands rêvaient de sapins, de cadeaux et de réveillons en famille. Elle détestait cette fête qui lui rappelait tout ce qui lui manquait. Depuis la mort de ses parents, le 24 et le 25 décembre avaient perdu leur saveur et leur douceur. Pire même : alors que les autres s'enivraient des joies des retrouvailles et du festin, elle sentait ses souffrances se raviver, s'aiguiser, devenir une lame fine et tranchante. Même dans les rues de Paris, les vitrines scintillantes et les guirlandes lumineuses l'angoissaient. Il n'y avait aucune place pour elle dans cette féerie, aucune magie dans cette tradition. Elle était exclue de ce bonheur.

Cette épreuve, elle la taisait. Les autres ne l'auraient pas comprise. Seul Alban, son frère, savait, parce qu'ils partageaient le même malheur. Ils avaient perdu trop tôt des parents aimants et adorés…

Mais, à la différence de Béatrix, Alban était parvenu à faire son deuil. Avec le temps, il avait accepté. Désormais il avait beaucoup moins de peine lorsqu'il évoquait son père ou sa mère. Il avait appris à vivre sans eux. Il profitait de nouveau de Noël et, quand ce qui restait de la famille se réunissait autour d'une table pour honorer la Nativité, il souriait, bavardait, buvait de bon cœur une coupe de champagne… Il ne désespérait pas qu'un jour Béatrix s'amuserait de nouveau pendant cette fête. N'ignorant pas qu'elle était profondément fragile à cette période de l'année, il ne la délaissait jamais et, lors du réveillon, il se plaçait toujours à côté d'elle.

Tandis qu'il dégustait des huîtres, du foie gras ou d'autres douceurs, il tapotait régulièrement sa main. « Je suis là, lui disait-il ainsi. Je sais que tu as une énorme boule dans le ventre, que ton cœur crie à l'injustice, que des larmes brûlent tes paupières. Tu revois Papa te demander de déposer le petit Jésus dans la crèche, tu entends Maman te conseiller d'aller au lit, te murmurer qu'à ton réveil, il y aura des surprises sous le sapin… Je connais tout de ton chagrin… »

Béatrix alluma une lampe de chevet, elle s'installa dans le fauteuil club de cuir noir et attendit. Elle aimait regarder Thomas lorsqu'il était ainsi, abandonné, tellement beau et vulnérable.

Vulnérable…

Il était couché sur le ventre et le drap ne recouvrait que ses mollets.

Elle admira à loisir ses jambes fermes, musclées, ses fesses un peu rebondies, son dos bien dessiné, ses bras étendus de part et d'autre de sa tête dont on ne voyait que la crinière blonde.

Un bel homme vraiment.

Un amant auquel elle s'était furieusement attachée ; ils étaient si proches… Ils n'étaient pas que des partenaires de chair et de plaisir, ils étaient amis, presque complices…

Elle sentit que sa gorge se nouait et elle avala brusquement sa salive.

Il remua et elle faillit sourire. Elle adorait le contempler.

Il bougea encore, se tourna et ouvrit les paupières :

— J'ai dormi longtemps ?

— Une petite heure.

— Viens te rallonger auprès de moi, soupira-t-il.

Avec lenteur, Béatrix se leva et il crut qu'elle allait venir vers lui. Elle attrapa un pantalon qui traînait à terre et le jeta sur le lit :

— Non. Le temps imparti est écoulé. Habille-toi et dégage. Je ne veux plus jamais te croiser.

Elle avait parlé d'une seule traite, d'une voix venue d'ailleurs, qu'il ne connaissait pas.

Un air d'incompréhension se peignit sur le visage de Thomas. Durant quelques secondes, il resta muet puis il se redressa :

— Qu'est-ce qui t'arrive, Béa ? Qu'est-ce qui se passe ?

— Ne m'appelle pas, Béa. Ne m'appelle plus. Dégage !

— Pas sans une explication !

— Que pourrais-je te dire ? Tu sais déjà tout. Tu m'as trahie. Je t'aurais tout pardonné, comme je l'ai déjà fait en oubliant ton aventure avec cette fille rencontrée en boîte, l'année dernière.

— C'était une énorme bêtise et je l'ai regrettée.

— Cette fois, ce n'est pas pareil. Tu t'es servi de moi. Tout ce que tu voulais, c'était que je te livre quelques secrets… sur mes parents, ma famille, le passé… Et toi… Toi ! Tout ce que tu en as fait, c'est ce ramassis d'ordures !

Il se pencha et évita de justesse le dossier qu'elle venait de lancer vers lui. Il l'ouvrit et, dès la première page, reconnut ce dont il s'agissait.

— Je voulais t'en parler !

— Trop tard !

— Comment l'as-tu eu ?

— C'est arrivé au courrier, ce matin. Dans une enveloppe sans le nom de l'expéditeur… Une âme charitable qui souhaitait me renseigner sans doute et qui a eu la bonté de photocopier ces documents pour me les adresser…

— Une âme charitable ! maugréa Thomas. Quelqu'un qui me veut du mal ! Qui nous veut du mal !

— Arrête ! Ne me fais pas ton numéro. Le traître, c'est toi.

Thomas saisit sa tête entre ses mains. Ce qui le tracassait, ce n'était pas la colère de Béatrix mais cet inconnu qui avait subtilisé les feuillets, les avait ensuite dupliqués pour les faire parvenir à sa maîtresse… Qui avait pu vendre la mèche ? Forcément une personne qui avait une dent contre lui… Ce n'était que la veille qu'il avait présenté une amorce de son travail au directeur des programmes. Il se souvenait que son patron, après avoir parcouru les différentes feuilles, observé les clichés, avait glissé la pochette cartonnée dans un tiroir de son bureau en déclarant que le concept était fort intéressant et en promettant de l'examiner avec soin en fin de journée. Il avait dû en dire quelques mots à quelqu'un…

À quelqu'un qui connaissait Béatrix et qui avait eu envie de la mettre au courant… Ce n'était pas possible autrement. Maintenant, il s'agissait, d'une part, de calmer le jeu du côté de Béatrix et, d'autre part, de découvrir celui qui lui en voulait au point d'éventer ce qui aurait dû rester secret.

— Je souhaitais…

— Tais-toi ! Casse-toi.

— Ce n'est qu'un projet ! se défendit Thomas. On peut tout arrêter !

— Un projet que tu as déjà divulgué ! Pour lequel tu as dû payer tes fameux enquêteurs ! Un tissu de mensonges sur ma famille, en plus ! Je n'ose imaginer les bruits qui courent déjà dans Paris !

— Non, non… Je n'en suis qu'à l'ébauche… Je n'ai pas menti dans ces quelques pages que tu as lues. Je n'ai rien affirmé qui ne soit vrai. J'ai laissé planer le doute sur les faits que je ne pouvais prouver. J'ai repris ce que tu m'avais raconté, j'ai fait quelques recherches et j'ai analysé, émis des suppositions.

— Tu as mal supposé. Tu salis mes grands-parents, leur mémoire ! Il n'y aura jamais de pardon ! Pars d'ici avant qu'il ne me prenne l'envie de te tuer ! J'y ai songé tout à l'heure tandis que tu sommeillais si paisiblement. Cela aurait été tellement facile de saisir une paire de ciseaux et te la planter dans le cou ! Je crois que je t'aurais saigné avec plaisir !

Fixant Béatrix, Thomas porta la main à sa gorge et déglutit péniblement. Il entrevit, comme dans un mirage, une énorme mare rouge qui s'étalait sur les draps gris perle… Avec sa crinière de cheveux noirs bouclés, un peu en désordre, qui tombait en cascade sur son peignoir blanc, Béatrix avait un air sauvage, celui d'un fauve prêt à l'attaque. À son regard furieux il comprit qu'elle ne plaisantait pas. Dans ses traits, il lisait la colère et la haine. Il percevait qu'elle aurait été capable de l'égorger sans trembler, sans aucun remords.

Il frémit en se rappelant cette fois où ils avaient fait l'amour après qu'il l'eut trompée avec une autre. Elle s'était laissé faire et, lorsqu'elle était parvenue au sommet du plaisir, elle l'avait mordu au sang. Il en portait encore la cicatrice à son épaule droite. Une belle trace de dents qui signifiait « souviens-toi ».

— Je n'ai pas menti, répéta-t-il avec douceur. Tu es bien la seule à être aussi aveugle ! Même ton frère…

— Mon frère n'est encore au courant de rien. Mais quand il saura…

— Il te dira que j'ai raison. Tout ce fric dans lequel tu nages depuis l'enfance n'est pas honnête et il n'y a que toi pour en douter. À moins que tu ne fasses semblant de l'ignorer parce que c'est plus confortable.

— Dégage. Tu n'as pas le droit de proférer de telles horreurs ! Tout est faux et tu t'en prends à des disparus qui me sont chers. Pour moi, c'est rédhibitoire, il n'y aura jamais de pardon.

— Quand les morts appartiennent à l'Histoire, on a tous le droit à l'information !

— Le droit à l'information, ricana Béatrix. Tu me ferais presque rire ! Ce que tu veux, c'est gagner du fric ! Te faire un nom à la télé ! Mais tu ne joues pas dans la bonne catégorie. Il y a les journalistes, les vrais et les fouille-merde ! Tu es dans le second lot ! Tu n'as aucune preuve de ce que tu avances !

— Si ! C'est pourquoi j'aurais voulu qu'on prenne le temps d'en parler. Je n'ai pas osé le faire plus tôt, j'ai reculé l'instant. Je pensais te donner le dossier et le temps de le découvrir… J'imaginais que sa lecture t'apporterait un éclairage en quelque sorte…

— Tu espérais surtout voir grimper ton audimat ! T'es un beau salaud !

— Ne sois pas grossière. Cela ne te va pas. Tu sais comme moi que nous sommes soumis aux chiffres. On a besoin d'accrocher nos téléspectateurs !

— Pas à ce prix !

— Écoute, je peux annuler le volet qui concerne ta famille. Comme tu as dû le constater puisque tu as tout lu, j'ai déjà pas mal de chats à fouetter sur ce même sujet. Les gens qui ont bâti leur fortune avec des coups pourris, cela ne manque pas.

— Tu es puant.

— Je vais prendre une douche, te laisser te calmer… Nous en rediscuterons après.

— Tu prendras une douche chez toi et il n'y aura pas d'après. Tout est dit.

Thomas baissa les yeux. Il n'avait pas connu Béatrix par hasard comme elle le croyait. Il avait longuement cherché à l'approcher, car il s'intéressait déjà à la famille Andrieu de Bazer, ayant pressenti que ce pourrait être le scoop de sa vie… De quoi quitter la petite chaîne privée dans laquelle il bossait pour une grande chaîne nationale… Ce qu'il n'avait pas prévu, c'était qu'il s'éprendrait de Béatrix. Pour la première fois de sa vie, il était tombé amoureux. Il avait rencontré une femme belle, sensuelle, séduisante et intelligente de surcroît ! Il avait même secrètement émis l'idée de l'épouser un jour parce qu'elle était celle avec laquelle il envisageait d'avoir des enfants...

Mais, malgré la force de ses sentiments et tous ses rêves d'avenir, il n'avait pu s'empêcher de poursuivre ses recherches et il n'avait pas su renoncer à disséquer le passé des Andrieu de Bazer. Ce serait l'émission dont tout le monde se souviendrait, celle qui le propulserait dans la cour des grands ! Ce serait une bombe !

Il souffla doucement... Il ne parviendrait pas à la convaincre de discuter maintenant. Plus tard, peut-être... Quand elle serait plus sereine.

— Je voudrais que tu saches combien je t'aime, murmura-t-il en attrapant sa chemise.

— Moi aussi, je t'aime. Mais je vais me soigner !

Béatrix marcha jusqu'à la porte d'entrée, attendant que Thomas achevât de se vêtir. Quand il passa devant elle pour sortir de l'appartement, il ouvrit la bouche et se ravisa. Elle était vraiment contrariée et n'écouterait rien de plus.

Quand elle referma derrière lui, ses lèvres tremblaient et elle sentit que ses jambes la lâchaient. Vacillante, elle fit quelques pas et se laissa choir sur un canapé. Elle grelottait, ses dents s'entrechoquaient, son corps tout entier était saisi de frissons et ses oreilles bourdonnaient. Enfin vinrent les larmes. Et une colère libératrice. Entre ses sanglots, elle eut envie de hurler, de laisser échapper sa rage et son chagrin. Elle mordit dans un coussin, y étouffant ses cris. Elle pleura longuement...

Comme jamais depuis le décès de ses parents.

Peu à peu, elle s'apaisa. Seul un violent hoquet la secoua encore pendant quelques minutes. La nuit était tombée depuis longtemps. Le salon était plongé dans le noir, à peine éclairé par les lampadaires de la rue. Elle se leva et tourna le commutateur des appliques murales. Quand elle aperçut les taches de sang sur le canapé, elle eut un moment de doute. Pendant des heures, elle avait rêvé de tuer Thomas, de le mettre à mort, de regarder la vie le quitter. Est-ce que… ?

Instinctivement elle regarda ses mains, y cherchant une arme. Elles étaient aussi maculées de rouge. Mais elle n'avait assassiné personne. Dans sa hargne, elle avait serré les poings très fort. Si fort que ses ongles soigneusement manucurés avaient entamé ses paumes, y avaient creusé de profonds sillons…

— C'est bien, fit-elle en fixant une photo de son amant posée dans un cadre d'argent sur la table basse. Il m'en restera quelques cicatrices… pour que je n'oublie jamais ce coup pernicieux et déloyal que tu m'as donné, Thomas. Je me rappellerai que tu es un traître.

Elle consulta sa montre. Il était à peine plus de 22 heures. Alban ne dormait jamais à cette heure et elle avait besoin de le voir. Mais il n'était peut-être pas seul… Depuis deux semaines, il fréquentait la patronne d'un spa… Le mieux était de lui envoyer un SMS.

Alban répondit aussitôt il l'attendait.

La main droite posée sur la souris, les yeux rivés sur l'écran, Alban consultait son planning pour la semaine à venir.

Il entendit un moteur rugir dans la rue d'Anjou et presque aussitôt un violent coup de frein. Béatrix arrivait. Il l'imagina, pressant la télécommande pour demander l'ouverture du portail, s'énervant parce que les deux battants se mouvaient trop lentement, entrant dans la vieille cour pavée et se garant sur la place qui lui était réservée… Il soupira et hésita à se servir un verre… un alcool bien fort… quelque chose qui l'aurait emmené à mille lieues de là…

C'était le début de la mauvaise période pour Béatrix. Les fantômes revenaient la hanter et, ce soir, elle n'avait sans doute pas pu supporter la solitude. Dès qu'il avait lu le SMS, il avait deviné que sa sœur allait mal. L'approche des fêtes, la ville qui se parait de lumières, les gens qui ne cessaient de parler d'achats de Noël, de choix de menus… Tout cela la remuait.

Quand elle entra dans l'appartement, il comprit qu'il y avait autre chose. Elle avait la mine défaite, elle avait pleuré. Quelque chose de grave s'était donc produit car elle n'avait pas la larme facile…

Il s'avança vers elle et ouvrit les bras… Blottie contre son frère, elle resta longuement muette, respirant l'odeur de cet appartement dans lequel elle avait été si heureuse…

Quand leurs parents étaient décédés une dizaine d'années plus tôt, Alban n'avait pas voulu vendre le bien. Sa sœur ne le souhaitait pas non plus.

En revanche, elle ne voulait plus y vivre. Alban l'occuperait donc. C'était dans la logique car il était l'aîné. De quatre minutes, seulement... Alban et Béatrix étaient jumeaux.

Avec le temps, il avait fait quelques transformations dans la demeure mais l'essentiel restait. Le parquet craquait toujours aux mêmes endroits, la porte de la cuisine continuait à grincer de façon abominable et, au fond du couloir, dans la chambre d'Armand et Charlotte, on n'avait touché à rien...

Il serra plus fort Béatrix contre sa poitrine et passa la main dans ses cheveux. Elle avait encore oublié de les démêler.

— Faut-il que je t'offre une brosse ? murmura-t-il. Tu es coiffée comme l'as de pique, dirait Mamie.

Il tentait de la détendre, de l'inciter au dialogue... Lorsqu'elle était ainsi, elle pouvait se murer dans le silence pendant des heures, sans parvenir à dévoiler ce qui la faisait souffrir.

Il sentit qu'elle haussait les épaules.

— Il parait que Mamie ne se rend plus compte de rien ! Max m'a dit que son état se dégradait, qu'elle se croyait dans les années 1960, la dernière fois qu'il est allé à Saint-Vaast... Je pourrais me faire tondre qu'elle ne le remarquerait même pas ! La pauvre... On s'en moque de mes cheveux !

Alban soupira, c'était gagné. Béatrix allait se livrer.

— Viens, on va s'asseoir, proposa-t-il en l'entraînant sur le canapé.

— Thomas est un salaud ! lâcha-t-elle en se posant tout près de son frère.

Durant quelques secondes, celui-ci imagina que Thomas avait eu une nouvelle aventure avec une belle inconnue rencontrée lors d'une soirée. Béatrix le détrompa très vite.

— C'est un fouille-merde ! reprit-elle. Une ordure de la pire espèce qui espère utiliser notre famille comme un tremplin pour accéder à la place qu'il convoite !

— Je ne vois pas bien comment on pourrait lui servir de tremplin, marmonna Alban. Il a autant de connaissances, si ce n'est plus, que nous ! Que s'est-il passé ?

— Il m'a manipulée... Je n'ai rien vu !

— Explique-moi clairement, Béa. J'ai du mal à te suivre.

Elle souffla bruyamment, rassemblant ses idées pour les mettre en ordre.

— Thomas a présenté à son directeur des programmes un nouveau projet d'émission, des enquêtes qui démontrent que certaines grandes familles ont bâti leur fortune sur de l'argent malhonnêtement gagné. Voire sur des crimes... C'est abominable !

— Et ? demanda Alban en fronçant les sourcils.

— Il dit que grand-père a collaboré pendant la guerre, que tout part de là... Que la bijouterie a été achetée avec du fric qui n'était pas le nôtre !

Alban passa la main sur son front, quelques gouttes de sueur froide y perlaient.

— Sur quels faits Thomas s'appuie-t-il ?

— Il n'y a pas de détails dans le dossier... que les grandes lignes. Tiens, je te l'ai apporté.

Béatrix ouvrit son sac et elle en sortit une liasse de feuilles qu'Alban s'empressa de saisir. C'était effectivement l'ébauche d'une série d'enquêtes portant sur les Andrieu de Bazer, sur les Rochefortin, sur les Chapelle-Lacour... Une dizaine de noms illustres était concernée. Thomas résumait l'origine de richesses mal acquises. Il n'y avait pas de précisions. Mais un journaliste n'aurait pas pris le risque d'accuser sans preuves...

— C'est un tissu de mensonges, n'est-ce pas ? interrogea Béatrix en scrutant son frère.

Elle cherchait à percer le secret de son regard inquiet, à traverser les méandres de ses pensées.

— Évidemment, murmura Alban en entourant de nouveau sa sœur de ses bras.

Il colla le visage de Béatrix contre sa poitrine, pour ne plus croiser ses yeux.

— Bien sûr, chuchota-t-il. Tout ceci est faux. Mais...

— Mais ?

D'un mouvement brusque, Béatrix s'était reculée pour faire face à son frère.

— Tu sais bien que grand-père a été très proche de l'occupant pendant la guerre !

— Oui, mais c'était pour mieux cacher ses activités de résistant ! Il a toujours dit que, s'il avait participé à la publication d'ouvrages de propagande nazie, c'était pour rester à Paris, pouvoir continuer à écrire dans les journaux clandestins !

Il avait besoin de cette couverture ! S'il approchait de près un certain nombre de dignitaires nazis, cela lui permettait de tendre l'oreille, d'être au courant de ce qui se tramait, afin de mieux informer son réseau… Il n'a pas été le seul à se glisser dans un double rôle.

— C'est toujours dangereux de vouloir jouer sur deux tableaux…

— Qu'est-ce que tu me chantes là, Alban ?

— Qu'à force de faire semblant, on peut basculer d'un côté.

— Alors, tu penses que Thomas a raison ! Je ne peux pas le croire ! Pas venant de toi !

Béatrix s'était levée et elle criait.

— Calme-toi ! commanda Alban en serrant le poignet de sa sœur. Écoute-moi un peu : grand-père a été arrêté et emprisonné parce qu'il n'était pas blanc comme neige.

— C'était une injustice !

Elle se dégagea et se dirigea vers la fenêtre. Paris brillait d'un feu de lumières qui la dégoûtait et elle cogna violemment son crâne contre le carreau.

— Arrête, Béatrix ! hurla Alban. Il y a eu de l'épuration arbitraire, cependant grand-père méritait sa peine. On ne peut pas le nier. Mais de là à prétendre que notre fortune vient de ses activités pendant la guerre, non ! Ce que je veux te faire comprendre, c'est que Thomas est tombé sur quelques détails de notre histoire, que cela lui a suffi pour extrapoler. Il y a du vrai dans ce qu'il avance et tu ne dois pas te voiler la face. Nous ne pourrons rien faire contre, s'il maintient son projet. Pour le reste, s'il s'obstine à proférer de fausses accusations, on avisera… On a un bon avocat !

Il avait essayé de sourire en prononçant ces derniers mots mais il n'était guère rassuré en réalité.

Béatrix perçut ce flottement… Au fond d'elle-même, elle retrouva cette vague impression qu'elle avait été tenue à l'écart de certains faits… qu'on lui avait dissimulé des choses. Elle se souvenait des conversations entre adultes qui cessaient dès que les enfants apparaissaient…

— Un bon avocat… Tu parles ! ricana-t-elle soudain. Il nous servira à quoi quand l'émission aura été diffusée ?

— À attaquer !

— Ce sera trop tard, le mal sera fait. Tout le monde va entendre ces horreurs !

— Mais non… Cependant, tu peux peut-être essayer de convaincre Thomas de renoncer.

— Il me l'a proposé. J'étais… très contrariée et je l'ai jeté dehors !

Alban pinça les lèvres. Obtenir de Thomas la promesse de ne rien divulguer aurait été un premier pas… Mais Béatrix n'avait pas dû être tendre… Ses colères étaient sans modération. Quand elle s'emportait, elle était capable du pire. Il était inutile de lui intimer l'ordre de recoller les morceaux avec son amant…

— Bon, murmura Alban. Je tenterai de voir Thomas, de le raisonner.

Le nez collé à la vitre, Béatrix ne répondit pas, elle n'écoutait plus.

— Je vais le tuer, marmonna-t-elle en se retournant enfin.

La haine éclairait ses yeux et Alban en eut froid dans le dos. Il fallait l'éloigner de Paris pendant quelques jours… Le temps de laisser retomber sa fureur.

— On a besoin de réfléchir calmement, de se reposer, dit-il doucement. Si on allait à Saint-Vaast pour le week-end ? Si on allait voir Mamie ?

Béatrix hésitait. À Saint-Vaast, il y avait aussi sa tante. Elle la détestait.

— Allons rendre visite à Mamie, insista Alban. Cela lui fera du bien. Max aussi sera là… Daphnée, peut-être…

Pour la première fois, une esquisse de sourire se peignit sur le visage de Béatrix. Elle aimait bien son cousin.

D'un hochement de tête, elle accepta.

— Tu vas dormir ici, décréta Alban en sentant qu'elle s'apaisait. On passera chez toi chercher tes affaires demain matin et… en route pour le Cotentin !

Il avait mis de la bonne humeur dans son ton. Il tenait à se montrer serein et à garder un œil sur elle. Il la connaissait trop bien. Elle aurait été capable de mettre sa menace à exécution, de foncer chez Thomas et de…

Il se secoua pour chasser les vilaines images qui assaillaient son esprit… Elles revenaient au galop. C'était au collège, une vingtaine d'années plus tôt.

Un garçon avait pris à partie une élève dans la cour de récréation, il la battait à coups de pied en la tenant par les cheveux. Tandis que les autres gamins regardaient le spectacle, criant ou riant pour certains, Béatrix n'avait écouté que son cœur, elle avait foncé sur l'agresseur. Il était bien plus vieux et plus fort qu'elle. Cela ne l'avait pas arrêtée. Elle s'était jetée sur lui, toutes griffes dehors, lui avait lacéré les joues. Alban était arrivé en courant, il avait dû se faire aider d'un copain pour parvenir à faire lâcher prise à sa sœur…

— On prend un verre et on se met au lit, dit-il pour écarter ces abominables songes.

Il se servit un bon doigt de cognac. Il lui faudrait au moins cela pour trouver le sommeil.

2

Sola

Un vent terrible soufflait sur le Cotentin et Béatrix fut giflée par une bourrasque lorsqu'elle descendit de la voiture. Elle releva le visage au lieu de le cacher dans son écharpe, souriant aux éléments, les défiant de son regard sombre. Elle aimait cette violence dont le climat était capable en bord de mer. Cela ne l'effrayait pas. Bien au contraire. Elle communiait avec ces forces que l'homme ne pouvait dompter. La terre et le ciel partageaient sa colère. Car, si elle avait fait mine de se montrer apaisée pour ne pas apeurer son frère, elle n'était guère calmée. Intérieurement, du moins. Elle continuait à maudire Thomas, à le haïr, à rechercher tous les moyens par lesquels elle parviendrait à le faire souffrir, à lui faire payer sa trahison.

— Hé ho ! La rêveuse ! Tu viens ?

Alban l'interpellait. Elle se tourna vers lui, reniflant une fois de plus l'air chargé d'embruns et de cette odeur d'algue qu'elle adorait. Son frère avait sorti les sacs du coffre et avait les bras encombrés. Elle se précipita pour l'aider. Elle marqua encore un temps d'arrêt, embrassant du regard la propriété qui faisait face à la côte.

C'était une vraie maison de famille. Amarine Andrieu de Bazer, née Delaroche, en avait hérité de ses parents qui la tenaient eux-mêmes de leurs ancêtres. Le bâti était très vieux, en granit gris. Il s'agissait d'une ancienne ferme seigneuriale. Les bâtiments se juxtaposaient, formaient un U ; les annexes, telles les écuries et la charretterie, avaient été peu à peu aménagées pour agrandir encore la partie habitable. Amarine avait longtemps espéré y voir vivre ses descendants. Toutes les ouvertures, plus hautes que larges, étaient orientées au sud et la façade nord était pratiquement aveugle. La cour était close par un mur d'enceinte, un peu éboulé par endroits. Le grand portail restait ouvert en permanence. On ne craignait rien ici.

Béatrix suivit son frère. Edwige les attendait sur le seuil.

— Bonjour mes enfants, minauda-t-elle. Entrez au chaud !

Elle embrassa Alban puis Béatrix, qui se laissa faire sans lui rendre ses baisers. Elle détestait le contact avec les joues de sa tante.

Edwige était l'épouse de François-Xavier, le dernier fils encore vivant d'Amarine. Les deux autres, dont le père d'Alban et de Béatrix, avaient péri en mer, un soir de tempête en octobre 2000. Ce jour-là, les flots avaient aussi emporté la maman des jumeaux. Ils restaient orphelins.

Sans qu'elle sût pourquoi, Béatrix n'appréciait pas cette tante. Elle la jugeait snob, hautaine, manipulatrice… Elle ne lui trouvait aucune qualité !

Il y avait dans la personnalité de cette femme un quelque chose d'inqualifiable qui lui déplaisait.

— Entrez, répéta Edwige en secouant ses poignets parés de bracelets. Montez vos bagages et redescendez sans tarder ! Vous arrivez pile pour le déjeuner. Odile est allée au marché tôt ce matin et elle nous a préparé un pot-au-feu dont elle a le secret.

— Où est Mamie ? demanda Béatrix.

— Dans la bibliothèque. Monte tes valises. Tu la verras à table.

Béatrix ignora la dernière partie de la réponse. Elle laissa tomber ses sacs et ouvrit une porte. Les murs de la pièce étaient couverts de livres. De beaux ouvrages pour la plupart, reliés de cuir. Autrefois, les hommes aimaient à se retrouver dans cet endroit, après le dîner. Ils fumaient un cigare, dégustaient un calvados ou un vieil armagnac et bavardaient à voix basse… Béatrix se souvenait qu'elle tentait parfois de rejoindre son père, alors on l'écartait gentiment. C'était un lieu pour les adultes, on y causait de choses sérieuses…

Amarine était là, dans un fauteuil, non loin de la cheminée où brûlait un feu de bois. Les yeux dans le vague, elle contemplait les flammes.

— Bonjour Mamie, murmura Béatrix en s'agenouillant.

Elle posa ses lèvres sur le front de la vieille dame qui ne fit pas un mouvement.

— Mamie ! C'est moi, Béatrix.

La jeune femme ne bougeait plus, observant sa grand-mère avec inquiétude. Elle n'avait guère vieilli en deux mois. Mais pouvait-on se rider davantage ? Amarine n'était plus depuis longtemps qu'une petite pomme froissée.

Née pendant la Première Guerre mondiale, elle venait d'avoir quatre-vingt-seize ans. Elle avait vu tant de choses dans sa vie. Qui pouvait se vanter d'avoir autant connu de l'Histoire ? Presque un siècle… un siècle de bouleversements. Amarine en avait découvert toute la grandeur et toute la misère aussi. Enfant, elle avait vécu dans cette campagne du Cotentin où les voitures étaient encore tirées par des chevaux. Jeune fille, elle avait conduit la Panhard de son père…

Femme, elle avait accompagné son époux à Rio de Janeiro et c'était à bord du Concorde qu'elle avait traversé l'Atlantique… Elle avait vu Louise Weiss et les suffragettes combattre pour obtenir le droit de vote dans les années 1930. Bien plus tard, sous Giscard d'Estaing, elle avait soutenu les féministes qui réclamaient le droit à l'avortement et Simone Veil qui, très digne, affrontait les hommes, même ceux de son propre parti, à l'Assemblée nationale et gagnait la bataille de l'IVG… Amarine avait aussi assisté aux horreurs de la Seconde Guerre mondiale et à tous les progrès qu'elle avait engendrés… Rien ne lui avait échappé : ni les premiers pas de l'homme sur la Lune, ni l'apparition des ordinateurs dans les foyers…

Rien ne lui avait échappé… Jusqu'à ce qu'elle commençât à perdre la tête… tout doucement. Depuis deux ans, son cerveau s'effritait. D'abord, ce n'avait été que des omissions, puis les trous de mémoire s'étaient faits plus fréquents et ils s'étaient creusés. Mais, jusqu'alors, la vieille dame avait toujours reconnu les siens…

Béatrix détaillait Amarine de la tête aux pieds. Elle avait maigri et un énorme bandage entourait son mollet droit.

Sur le guéridon, à portée de sa main, un livre était posé. C'était un recueil de contes de Maupassant. Il y avait également un paquet de petits-beurre entamé et un verre d'eau.

— Mamie ! tenta encore Béatrix. Est-ce que tu lis parfois ?

— …

— Est-ce que tu as soif ?

Amarine ne bronchait toujours pas. Pas un geste. Pas même un battement de cils. Elle était figée comme une statue de cire. Était-elle devenue sourde ?

— Mamie, insista la jeune femme, c'est moi, Béa… la fille d'Armand.

Sur l'accoudoir du fauteuil, un doigt bougea. Le prénom de son fils aîné avait éveillé quelque chose chez Amarine. Béatrix soupira de bonheur. Sa grand-mère l'avait enfin entendue.

— Je suis venue passer quelques jours avec toi, continua Béatrix. Alban est là aussi. Alban… mon frère.

Cette fois, la tête de la vieille dame remua un peu. Comme si elle voulait dire qu'elle avait compris. Mais elle reprit très vite sa posture, droite, immobile. Quelques clignements de paupières indiquaient cependant que son esprit cherchait à revenir à la réalité. Du moins, c'était ainsi que Béatrix interprétait ces signes.

— Donne-moi un biscuit, s'il te plaît, demanda soudain Amarine.

Surprise, Béatrix sursauta. La voix était sûre, le ton sans hésitation. Heureuse, la jeune femme prit un gâteau et le tendit à sa grand-mère.

— Un seul, Mamie, car nous allons bientôt manger. Odile a préparé un pot-au-feu !

— Ce n'est pas pour moi, c'est pour la chienne.

Sous le regard ébahi de sa petite-fille, Amarine cassa le petit-beurre et elle tendit la main comme si un être invisible allait venir le chercher dans le creux de sa paume. Les morceaux finirent par tomber. Béatrix baissa les yeux. Sur le tapis, les miettes étaient nombreuses... Ce n'était donc pas la première fois qu'Amarine nourrissait une bête qui n'existait que dans son imagination...

— Sola adore ces petites douceurs, dit-elle en chuchotant comme si on pouvait les écouter. Mais il ne faut pas dire à Jean que je la gâte ainsi. Il serait fâché.

Elle ne se rappelle plus que son mari est mort, pensa Béatrix avec horreur. Comment peut-elle oublier le décès d'un être cher qui a partagé cinquante ans de sa vie ? Elle perd tout ou presque... Sa mémoire s'évade, on ne sait comment...

— Sola, c'est la chienne que vous aviez offerte à Papa quand il était enfant ? interrogea Béatrix.

— Non, non, non ! Sola appartient à Sarah et à David. Je la garde parfois, pendant quelques jours, quand ils séjournent à La Bourboule.

Béatrix souffla de désespoir... Amarine s'inventait un nouveau monde. Il n'y avait jamais eu de David ni de Sarah dans la famille. Il fallait raviver son esprit, ne pas le laisser s'éteindre ainsi... Elle réfléchit un instant puis se dirigea vers la pièce adjacente. C'était le salon et il y avait là un bahut en chêne, qui servait d'armoire à souvenirs. Il abritait, entre autres choses, de vieux albums photo parmi lesquels Béatrix fouilla. Elle en ouvrit plusieurs et finit par trouver celui qu'elle cherchait.

— Tiens, regarde, dit-elle en revenant près d'Amarine. Il y a là une photographie de Papa. C'est toi qui as écrit la date en dessous, n'est-ce pas ?

L'œil d'Amarine s'éclaira et elle hocha la tête.

— 1944, reprit Béatrix. Papa avait donc six ans. Là, c'est André, tout petit encore. Et, vois-tu, sur cette photo, c'est toi. Tu es enceinte... Tu attends François-Xavier... Regarde encore Mamie. Sur cet autre cliché, ce sont Papa et André, et, juste à côté d'eux, un beau berger. C'est Sola. Leur chienne.

— Sola appartient à Sarah et David.

De nouveau, le visage d'Amarine s'était fermé. Ses lèvres pincées traduisaient un fort mécontentement.

Béatrix déglutit lentement, culpabilisant d'avoir contrarié la vieille dame. Elle se sentait impuissante. Rien n'y ferait. Sa grand-mère était comme prisonnière d'une histoire et on ne pouvait lui rendre la raison.

— Tu veux qu'on lise une page ou deux ? proposa la jeune femme pour tenter de renouer le fil.

Elle avait saisi le recueil de contes et s'apprêtait à l'ouvrir.

— Non ! Ne touche pas à ce livre ! Il est à Clara. Elle reviendra me faire la lecture.

La véhémence du ton cingla la jeune femme et elle reposa l'ouvrage.

Clara… songea-t-elle, complètement dépitée par la réponse péremptoire d'Amarine, encore un nouveau personnage qui apparaît… Qui vit à ses côtés, sans doute, durant ces heures de solitude, où elle reste ici, coupée de tout… Ma tante et mon oncle ne doivent pas beaucoup s'occuper d'elle. Ils la collent dans ce fauteuil et la laissent se murer dans le silence, se forger des mensonges qu'elle ressasse en boucle, qui finissent par devenir des idées fixes… Elle s'égare de la réalité, s'occupe en rêvant à ce qui n'existe pas. Quand on veut la ramener à la vraie vie, elle ne s'y reconnaît plus, devient agressive. Les connections se font et se défont dans son esprit… Le vrai se mélange au faux…

La porte s'ouvrit et Alban apparut.

— Bonjour Mamie ! cria-t-il gaiement. On va déjeuner ! Tout, est prêt ! Odile nous attend !

Il s'approcha de sa grand-mère pour l'embrasser. Elle ne fit pas un geste, comme si elle ne l'avait pas vu. Interdit, déboussolé par l'accueil d'Amarine, Alban fixa sa sœur avec inquiétude.

— Est-ce qu'elle t'a parlé ? chuchota-t-il.

— Un peu. Si peu….

Il se pencha et saisit la main de la vieille dame pour l'aider à se lever.

— Viens, on va manger, Mamie.

Elle obtempéra avec difficulté. Ses pas étaient mal assurés et Alban passa un bras autour de sa taille pour la soutenir… Elle était légère comme une plume… Elle s'arrêta sur le seuil de la salle à manger et, se tournant vers lui, elle demanda :

— As-tu vu ma mère cette semaine ?

Alban écarquilla les yeux. Il cherchait des mots, hésitait à mentir.

— Il y a longtemps qu'elle est décédée, expliqua-t-il enfin après avoir décidé qu'il était mieux de dire la vérité. Béatrix et moi n'avons pas connu notre arrière-grand-mère. Elle est morte dans les années 1950.

— Mais tu l'as bien vue, ces jours-ci, quand tu es allé à Saint-Vaast ? Elle avait préparé une caisse de pommes. Tu les as rapportées ?

— Nous sommes à Saint-Vaast, Mamie ! s'écria Alban. Dans la maison de ton enfance ! Là où tu vis depuis des années !

— Pfff ! fit Amarine avec dédain.

Béatrix mit un doigt sur sa bouche, intimant à Alban l'ordre de ne pas rétorquer. Il n'était pas utile de contrecarrer davantage Amarine. On risquait de lui déplaire, de la chagriner et de la voir de nouveau s'enfermer dans son mutisme. Le repas serait peut-être un moment privilégié pour la ramener parmi les siens. Il ne fallait pas le gâcher…

Alban conduisit sa grand-mère jusqu'à sa place. Elle s'installait en bout de table depuis que son mari n'était plus ; elle était devenue le chef de famille. À sa droite s'asseyait son fils et, à sa gauche, sa belle-fille.

Max était déjà là et Béatrix se précipita pour embrasser son cousin. Il n'était pas seul. Un jeune homme l'accompagnait.

— Je te présente Elias, mon fiancé, annonça-t-il avec un grand sourire.

Il s'adressait à Béatrix mais observait sa mère. Elle serrait les poings, mordait ses joues, se retenant visiblement d'exploser.

La jeune femme salua chaleureusement Elias. Son cousin n'avait toujours fréquenté que des garçons, aussi elle n'était pas étonnée. C'était, par contre, la première fois que Max faisait entrer un compagnon dans la famille. Les choses étaient donc sérieuses et Béatrix espérait que ces deux tourtereaux seraient heureux. Edwige finirait bien par avaler la pilule !

Le dernier à pénétrer dans la salle à manger fut François-Xavier, le père de Max, le seul enfant d'Amarine qui fût encore vivant. Il fit le tour de la table, salua chaque convive d'un air distrait et s'installa à son tour.

Sans doute Odile n'attendait-elle plus que lui car elle parut aussitôt, poussant une desserte sur laquelle trônaient plusieurs plats fumants. Béatrix et Alban se levèrent pour l'embrasser. Chacun leur tour, elle les serra contre sa poitrine. Elle les avait vus naître…

— J'aimerais que tu déjeunes avec nous ! déclara Béatrix.

Elle s'empressa d'ajouter un couvert à côté d'elle. Odile protesta quelques secondes puis accepta. Mais elle fit d'abord le service, remplissant l'assiette de chacun.

François-Xavier fit tinter son couteau contre son verre, afin d'obtenir le silence.

Un discours... C'est Noël avant Noël, songea Béatrix avec amertume et elle sentit ses mains devenir moites. L'angoisse la saisissait déjà.

— Mes chers tous, je souhaite partager avec vous quelques mots, commença solennellement François-Xavier. Je vais vous lire une composition de mon cru que je dédié à chacun d'entre vous.

Il sortit quelques feuilles de sa poche, les déplia et se racla la gorge :

— Joli mois de Décembre,
Apporte-nous de la neige tendre.
Ne sois pas trop froid,
Ne sois pas trop doux...

— C'est reparti, marmonna Max à l'oreille de Béatrix. Il est de nouveau en plein délire. Il n'y a pas que Mamie qui déménage... Mais mon père est beaucoup plus jeune !

Béatrix se détendit. Ce n'était pas ce à quoi elle s'attendait. Elle avait eu peur que François-Xavier évoquât les fêtes de fin d'année et qu'il rappelât le souvenir des disparus. Elle pouffait maintenant, tout doucement, en écoutant ce ridicule poème, tentant de cacher ses lèvres derrière sa serviette.

— ... Ne gèle pas trop les routes,
Ne déchaîne pas la mer,
Pense à tous ceux qui t'aiment.

— Tu as oublié des rimes ! intervint soudain Edwige, exaspérée de voir son époux se donner en spectacle.

— La poésie n'est pas que rimes, ma chère. Les vers libres n'obéissent pas à ces règles ! C'est l'esthétique des mots, la beauté des sons, la puissance de l'imagination qui rendent poétique une écriture. Cependant pour vous faire plaisir, une prochaine fois, je vous composerai un sonnet. Ce sera plus traditionnel. Je continue si vous le permettez.

Poliment, ils acquiescèrent tous d'un hochement de tête.

— Si la neige était noire,

Si le ciel devenait rouge…

Elias dissimulait difficilement un fou rire. Ses yeux étaient pleins de larmes et il ne savait plus comment se contenir. Il y eut encore quelques envolées lyriques durant lesquelles on entendit deux ou trois gloussements. Les jeunes ne parvenaient plus à garder leur sérieux.

Même Max avait une folle envie de s'esclaffer. Edwige marquait son impatience, écartant les narines, jouant avec sa fourchette ; Odile baissait les yeux, gênée d'assister à ce désolant spectacle…

Quant à Amarine, elle était dans son monde. Imperméable, inaccessible. Elle émiettait une tartine de pain et, de temps à autre, glissait la main sous la table. Béatrix devina qu'elle nourrissait encore l'invisible Sola. Elle voyait les lèvres de sa grand-mère remuer, très légèrement et elle imagina qu'elle s'adressait à la chienne. Que pouvait-elle bien lui raconter ? C'était dramatique et désespérant. Il ne serait guère facile de s'infiltrer dans ce jardin des rêves soigneusement clos. Béatrix espérait tout de même en percer les secrets, afin d'inciter la vieille dame à partager les divagations de son esprit, pour essayer de la ramener dans l'existence réelle. Un mot tournait en boucle dans sa tête, Alzheimer... Si sa grand-mère était atteinte de cette terrible maladie, on ne pourrait rien faire...

Les médecins prononçaient toujours le terme incurable quand ils l'évoquaient. Ils parlaient de démence, de perte progressive et irréversible de la mémoire... C'était un mal sournois qui entraînait des confusions, des troubles de l'humeur... Béatrix songeait à tout ce qu'elle avait entendu dire sur cette dégénérescence et au ton désagréable, presque agressif, avec lequel Amarine lui avait répondu tout à l'heure... Ceux qui vivaient avec des malades atteints d'Alzheimer, ceux qui les soignaient mentionnaient toujours cet aspect : les changements psychologiques rendaient le patient parfois méconnaissable aux yeux de ses proches. Ce n'était pas que de la sénilité, c'était une modification totale du comportement : les personnes les plus sympathiques devenaient acariâtres, méchantes, violentes...

— Tu ne manges pas ?

La voix de Max fit sursauter Béatrix, elle ne s'était pas aperçue que le récital était terminé :

— Je pensais...

— Oui, j'ai vu. À quoi ? Ou à qui ? demanda-t-il avec un clin d'œil coquin.

— Oh ! Pas à un mec !

— Même pas au beau Thomas ?

— Lui... Je vais le tuer !

Les dents serrées, elle ne semblait pas plaisanter et Max n'insista pas. Il vit les doigts de sa cousine se crisper sur les couverts. Il se promit de l'interroger plus tard, quand ils seraient seuls. Pour le moment, il était mieux d'orienter la conversation sur un sujet plus léger.

— Après le déjeuner, nous pourrions peut-être aller nous promener en bord de mer ? Le temps n'est pas terrible mais un bol d'air nous fera du bien.

— Oh, moi, j'adore le vent, alors oui pour une bonne balade. Et Mamie, elle sort encore un peu parfois ?

Elle avait adressé sa question à Edwige, sur un ton innocent.

— Non, c'est rare maintenant. Elle a tant de mal à marcher.

— Ce gros pansement à sa jambe, qu'est-ce que c'est ?

— Elle s'est cognée… peut-être sur le coin d'un meuble… Au départ ce n'était qu'un bel hématome puis la peau s'est creusée, formant une plaie qui s'est agrandie de jour en jour. Le médecin a expliqué que cela arrive fréquemment chez les gens âgés. Elle est bien suivie, ne t'inquiète pas. L'infirmière passe tous les matins pour les soins et le docteur vient une fois tous les dix jours.

— Et sa tête ?

— Sa tête ? Ha ! Oui… bah, c'est l'âge, que veux-tu… On perd la boule en vieillissant.

Béatrix se renfrogna et elle se retint de rétorquer que la mémoire de leur grand-mère continuerait à s'effriter si on la laissait seule des heures durant dans un fauteuil au coin d'une cheminée. Pendant tout le repas, elle essaya d'engager la conversation avec Amarine. Celle-ci ne l'entendait pas. Elle oubliait même de manger... Elle piquait un morceau de viande ou de légume du bout de sa fourchette et ne le portait pas à sa bouche. Elle reposait le couvert et un instant plus tard recommençait le même manège.

— Mamie ne se nourrit pas ! s'écria soudain Béatrix. Pas étonnant qu'elle ait maigri.

— Elle est fatiguée et n'a plus guère d'appétit, répondit Edwige d'un ton cassant. Nous allons la conduire dans sa chambre et elle fera une bonne sieste.

Elle se leva, fit un signe à son époux et ils aidèrent la vieille dame à sortir de table.

Béatrix fulminait, Odile tapota doucement la main de la jeune femme. Elle attendit qu'Edwige quittât la pièce :

— Quand on est seules, Amarine et moi, on déjeune ensemble à la cuisine et je la fais manger... Mais ici...

Quand Amarine était coincée entre son fils et sa belle-fille, ils ne se préoccupaient pas d'elle. Béatrix se promit de s'installer près de sa grand-mère lors du prochain repas. Elle semblait au bord de l'explosion et Alban tentait de la calmer. Il avait espéré que ce week-end, lui ferait du bien, qu'il apaiserait sa colère contre Thomas et elle s'emportait de nouveau. Odile s'enfuit à la cuisine sous prétexte d'aller chercher le dessert car Edwige et François-Xavier revenaient déjà. Elle ne souhaitait pas être mêlée à une dispute familiale.

Béatrix ouvrit la bouche alors que François-Xavier faisait sauter le bouchon d'une bouteille.

— Je vous propose une coupe de champagne pour accompagner la superbe tarte préparée par Odile, annonça-t-il tout sourire. Car j'ai une grande nouvelle dont je veux vous faire part. Je vais…

Il hésita car Edwige le fixait, les sourcils froncés, se demandant à quelle extravagance elle allait encore être confrontée. François-Xavier ne souriait plus, les yeux de sa femme avaient brusquement tempéré son exaltation. Il se tortillait sur place comme un gosse sur le point d'avouer une grosse bêtise. Il aspira une bouffée d'air pour se donner du courage et il tourna légèrement la tête de façon à ne plus voir son épouse. Elle le congelait sur place !

— Je vais participer à une expérience inédite, reprit-il après avoir choisi ses mots avec soin. Pour la science !

— De quoi s'agit-il ? interrogea Max qui se méfiait également des grandes envolées de son père.

— Pendant trois mois, je vais vivre comme nos ancêtres de la préhistoire !

— Qu'est-ce que c'est que cette nouvelle lubie ? râla Edwige.

— Oh ! Il ne s'agit pas d'un caprice. C'est une expérience scientifique à laquelle j'ai accepté de me livrer. Je pars lundi. Je ne serai pas parmi vous pour les fêtes de fin d'année. Vous me pardonnerez.

— Tu nous expliques un peu plus ? demanda Max.

François-Xavier obtempéra. Il partait la semaine suivante pour le Périgord. Une équipe de chercheurs l'accompagnerait mais elle ne resterait pas. Ils viendraient seulement installer quelques caméras pour suivre les faits et gestes de François-Xavier quand il serait dans la grotte. Car il allait loger au cœur de la roche ! Il n'aurait aucun confort : pas de toilettes, pas de radio, ni de télévision et, bien sûr, pas de téléphone. Pas même de montre ! Ce serait un véritable retour aux sources, une vie à la manière des hommes primitifs. Il lui faudrait utiliser l'environnement pour boire, se nourrir, se réchauffer, se laver, s'il le désirait !

— Et pour t'habiller ? questionna Edwige, sarcastique. Comment feras-tu ? Si tu dois tuer un mammouth pour récupérer sa peau, cela risque d'être compliqué !

— On va me donner un costume approprié. Il ressemblera à celui que portaient les hommes des cavernes ! répondit François-Xavier avec sérieux. La touche moderne sera le cahier et le stylo… afin que je puisse tenir un journal quotidien sur mes activités… en particulier quand je sortirai de la grotte et que je ne serai pas filmé.

— Je trouve que c'est un projet insensé ! s'écria Max. Tu pars en plein hiver… En été, à la rigueur, j'aurais compris. Mais à cette époque de l'année, cela me parait dangereux. Quels sont ces scientifiques qui ont réussi à t'embarquer dans ce truc farfelu ? Je veux leurs noms, je veux me renseigner. Te connaissant, tu as dit oui sans même savoir si ces gens ne sont pas des imposteurs ! Ce ne sont peut-être que des charlatans ! On t'a demandé quelque chose en échange de ta participation ?

François-Xavier se dandinait de nouveau.

— Non, rien, dit-il en évitant le regard de son fils.

Max eut l'impression qu'il mentait. Mais il était inutile de continuer cette discussion devant Edwige. Elle envenimait tout… Sa colère muselait François-Xavier…

3

Clara

Il fallait un petit grain de folie pour se promener sur la plage par un temps aussi mauvais. La mer était déchaînée, de gros rouleaux blanchis d'écume déferlaient sur le sable, dans un claquement assourdissant. Le ciel était presque noir, on aurait dit que la nuit arrivait, alors qu'il était à peine 15 heures. Les nuages couraient dans le ciel, poussés par un vent violent et, de temps à autre, une pluie glacée tombait, drue et forte, telle une giboulée de printemps. Mais cela n'avait pas découragé Max et Béatrix. Les cheveux enfouis sous les capuches des cirés de marin, ils n'avaient pas abandonné l'idée d'aller se balader…

— Ah ! Une éclaircie s'annonce ! s'exclama Max en montrant du doigt l'horizon.

Au loin, la grisaille se déchirait, laissant apparaître un filet d'azur et un maigre rayon de soleil. Au bout de la digue, on distinguait la Hougue et la Tour Vauban. Elle veillait sur Saint-Vaast, comme à l'époque de Louis XIV, ce roi qui aimait tant la guerre, qui avait fait fortifier le territoire, pour protéger la côte des débarquements ennemis…

— Une éclaircie ? répéta Béatrix. Cela m'étonnerait qu'elle dure ! Mais peu importe... Tu es toujours optimiste !

— Il faut l'être ! Quand je vois l'état dans lequel est mon père... Il faut bien que je positive ! Il garde de sérieuses séquelles de l'accident !

Max se tut en se reprochant d'avoir parlé trop vite. L'accident... Ce tabou... On évitait d'aborder le sujet devant Béatrix parce que cet événement ne l'avait pas laissée indemne et qu'il n'y avait rien de bon à remuer les souvenirs douloureux.

C'était douze ans auparavant... Que s'était-il passé ce jour-là ? Pourquoi Armand, Charlotte, André et François-Xavier avaient-ils pris la mer alors que soufflait une puissante tempête ? En ce 30 octobre, les vents avaient atteint des vitesses de plus de cent trente kilomètres à l'heure. Les vagues avaient dépassé les huit mètres de haut. Les premières rafales avaient touché les côtes de la Manche pendant la nuit et, au matin, elles avaient à peine perdu de leur vigueur. Il fallait être fou pour prendre le large...

Pourtant, à l'aube de ce lundi, Armand avait accroché au quatre-quatre la remorque qui transportait le Zodiac et il était descendu vers la plage. Sa femme et ses deux frères l'accompagnaient. Ils étaient tous montés dans l'embarcation pneumatique...

Odile, qui était toujours la première levée, avait découvert un mot laissé sur la table, dans la cuisine, entre des miettes de pain et des bols de café vides :

« On part plonger. Dis à Papa de ne pas s'inquiéter. Il sera fâché mais ça s'arrangera ! »

Odile avait glissé la feuille de papier dans la poche de sa blouse et elle l'avait donnée à Jean lorsqu'il était venu pour le petit déjeuner. Il était entré dans une colère noire quand il avait pris connaissance du court message, répétant qu'on ne sortait pas en bateau par un temps pareil. Ses cris avaient réveillé sa femme Amarine, ses petits-enfants Alban, Béatrix, Max et Daphnée, ainsi que sa belle-fille Edwige… Toute la maison s'était regroupée dans la salle à manger.

— C'est ta faute ! avait soupiré Amarine en s'adressant à son mari. Tu leur as transmis le virus de la plongée ! Hier soir, pendant le dîner, tu parlais de nouveau de cette épave coulée non loin d'ici… De cette fameuse frégate royale engloutie par les flots en 1702 et de tous les trésors qui devaient encore se trouver dans les cales ! Prie pour qu'il n'arrive rien à tes enfants, Jean.

Elle avait prononcé ces derniers mots calmement. Puis, les mains jointes, suppliant silencieusement Dieu de lui rendre ce qu'elle avait de plus cher, elle avait tourné ses yeux vers la fenêtre, contemplant les deux grands peupliers de la cour qui se courbaient sous la violence du souffle.

Redoutant d'autres reproches de son épouse, Jean avait sauté sur le téléphone afin d'avertir la gendarmerie. Le central était débordé d'appels et il n'avait pas la patience d'attendre, alors il avait foncé sur Saint-Vaast, interdisant à ses petits-enfants de le suivre…

— Je vais les ramener ! avait-il dit en claquant la porte.

Béatrix, Alban, Max et Daphnée s'étaient massés autour d'Amarine, au rez-de-chaussée, guettant le retour de la voiture de Jean, espérant voir arriver dans la cour le gros quatre-quatre d'Armand, tandis qu'Edwige faisait les cent pas.

— J'ai épousé un inconscient, répétait-elle inlassablement. Un bel homme avec un petit pois dans la tête ! Qui va me laisser veuve et sans rien ! On n'a pas idée de prendre la mer par une telle tempête ! Il n'y en a pas un dans la famille pour relever l'autre ! Des irresponsables ! Des mabouls !

— Cela suffit ! avait aboyé Amarine, lassée d'entendre geindre sa belle-fille. Tu exprimeras tes griefs en dehors de la présence des petits !

Les petits… Alban et Béatrix avaient vingt-cinq ans, Max en avait vingt-deux ! Daphnée venait de fêter ses vingt printemps… Dans l'esprit d'Amarine, c'étaient toujours des gosses… Rongée de peur, elle s'était efforcée de masquer son angoisse pour ne pas la leur transmettre.

Rien de ce qui s'était passé ce jour-là et les jours suivants ne s'était effacé de la mémoire de Béatrix. Elle était restée auprès d'Amarine. Vers midi, Jean avait appelé de Saint-Vaast annonçant qu'il ne rentrerait pas, que la houle se calmant, l'équipage bénévole de la Société Nationale de Sauvetage en Mer avait déjà embarqué et que les gendarmes tenteraient une sortie dès le début de l'après-midi. Il patienterait sur le quai.

Odile avait servi le déjeuner comme d'habitude, à 13 heures précises. Mais il manquait cinq convives à table et on avait à peine goûté la savoureuse blanquette longuement mijotée... On attendait le retour de Jean et surtout celui d'Armand, de Charlotte, d'André et de François-Xavier...

Ils ne revenaient pas, confirmant le mauvais pressentiment qui avait harcelé Amarine durant toutes ces dernières heures.

Jean était rentré bien après la tombée de la nuit, la tête basse pour éviter de croiser le regard de son épouse. Il ne pouvait ignorer qu'il était responsable de la disparition de leurs enfants. Mais elle ne l'avait pas blâmé de nouveau. C'était peut-être pire. Elle scrutait toujours la cour plongée dans l'obscurité, suivait le tracé des phares des voitures qui passaient au loin et elle faisait semblant de ne pas voir son mari.

Il n'avait cependant pas pu échapper aux interrogations de ses petits-enfants. Il n'avait rien eu à leur apprendre :

— On n'a aucune nouvelle. Les recherches reprendront demain, dès que possible, dès que le soleil sera levé.

Il était monté se coucher, le pas lourd. En quelques heures, il avait pris dix ans.

Les jours suivants s'étaient écoulés dans la même atmosphère. Jean avait fait des allers-retours à Saint-Vaast, il s'était rendu dans tous les ports de pêche du Cotentin, posant invariablement la même question : Avait-on retrouvé des débris d'un Zodiac ou bien du matériel de plongée ? Les réponses étaient toutes négatives… À Barfleur, où les pêcheurs le connaissaient bien, il avait réussi à embarquer sur un bateau et, avec l'équipage, il avait longé la côte, observant les flots, avec une paire de jumelles, les plages et les rochers, cherchant le moindre indice…

Max et Alban s'étaient également lancés dans les recherches. Ils avaient garé leur voiture près du phare de Gatteville et avaient parcouru le rivage à pied…

À la maison, la pendule avait continué d'égrener le temps. Un sentiment d'impuissance avait envahi Amarine. Elle avait cru pouvoir dissimuler sa peur, ne pas la montrer à Béatrix qui la suivait pas à pas, ne pas la lui transmettre, lui permettre d'espérer… Mais sa petite-fille était bien trop grande pour cela, elle sursautait au moindre coup de téléphone et accourait sur le perron dès que la cloche du portail retentissait…

Le matin du quatrième jour, la cloche n'avait pas tinté. Les gendarmes étaient venus frapper à la porte. Encore en pyjama, blottie derrière ses grands-parents, Béatrix n'avait pas oublié… Le képi entre les mains, l'adjudant-chef avait annoncé deux nouvelles : une bonne et une mauvaise, selon ses propres mots, et il avait présenté ses condoléances. Jean l'avait invité à entrer. La famille s'était regroupée autour de l'homme en bleu et noir…

François-Xavier avait été retrouvé blessé mais vivant coincé entre deux rocs de granit sur une grève située au nord de Tatihou. Il avait dû dériver jusque-là, porté par les courants, accroché à un morceau du Zodiac qu'on avait découvert tout près de lui. Non loin, à quelques mètres à peine, le corps sans vie d'André embrassait le sable… On avait transporté François-Xavier par hélicoptère jusqu'à Cherbourg. Il était dans un coma profond. Le pronostic vital était engagé, mais les médecins s'occupaient bien de lui… Il fallait patienter et prier.

— Et mes parents ? avait demandé Béatrix, les lèvres tremblantes.

— Nous n'avons rien, je suis navré, mademoiselle, avait répondu le gendarme. Les recherches prendront fin ce soir… Malheureusement, il arrive que la mer ne rende pas ce qu'elle a pris.

Béatrix frissonna et elle resserra le nœud de sa capuche. Elle sentit que Max saisissait sa main, qu'il la caressait doucement.

— Je suis désolé, murmura-t-il, mes mots ont dépassé ma pensée. C'était idiot d'évoquer cet accident. Je ne voulais pas te faire de peine.

Il n'osait plus parler… Béatrix fit pression sur les doigts de son cousin. Un geste pour signifier qu'elle l'entendait mais qu'elle ne se sentait pas capable de répondre…

Le temps avait, hélas, donné raison au gendarme. La mer n'avait jamais rendu ce qu'elle avait pris ce 30 octobre. Les corps d'Armand et de Charlotte n'avaient pas été retrouvés. Longtemps,

Béatrix avait gardé l'espoir de les voir réapparaître… Pendant des jours, elle avait refusé l'évidence. Quand on avait inhumé la dépouille d'André, on avait également enterré deux cercueils vides dans le caveau familial du cimetière de Saint-Vaast… Cela ne permettait pas de faire un deuil. Elle se souvenait des proches, des amis, des inconnus qui avaient défilé devant elle, au pied d'une tombe, chuchotant leurs condoléances…

À peine deux mois plus tard, elle entendait les mêmes mots, les mêmes témoignages de sympathie… On enterrait son grand-père. Il n'avait pas survécu à la perte de deux de ses fils adorés, de sa belle-fille chérie… Il n'avait pas supporté de voir François-Xavier, l'unique survivant de la tragédie, s'enfoncer doucement dans le délire, dans une sorte de folie douce ; la noyade lui avait laissé de sérieuses séquelles… Il n'avait pas pu contempler davantage la douleur qui voilait le regard de sa femme. Le cœur de Jean s'était arrêté de battre au premier jour de l'hiver.

Douze ans après, dans l'âme de Béatrix, les blessures n'étaient pas tout à fait cicatrisées. Elles ne le seraient jamais.

Elle leva les yeux vers la mer. La colère des flots s'apaisait et, comme souvent, elle se plut à imaginer son père et sa mère, l'un contre l'autre, se donnant un ultime baiser. Ils n'avaient pas pu disparaître autrement qu'en s'aimant jusqu'au bout, même dans la souffrance. Cette idée amoindrissait son chagrin. Armand et Charlotte avaient été de merveilleux parents mais surtout un couple incroyablement amoureux. Trente-deux années de mariage et rien n'avait entamé leur complicité des premiers jours.

Ils avaient fondé la bijouterie ensemble, avaient toujours travaillé l'un à côté de l'autre, embauchant de grands orfèvres, recherchant les plus belles pierres pour une joaillerie de qualité… Ils avaient partagé les mêmes passions… Celle de la mer aussi, de la plongée sous-marine, de la chasse aux épaves oubliées…

— C'est vrai, le temps s'éclaircit, murmura Béatrix en serrant plus fort la main de son cousin. Tu as raison, tu sais… Ton père porte de terribles marques de l'accident… Il faut que tu veilles sur lui, que tu le protèges…

Max s'arrêta. Ses yeux brillaient. Béatrix préféra dissiper l'émotion :

— Et Daphnée ? Comment va-t-elle ? Pourquoi n'est-elle pas venue ce week-end avec son petit monde ?

— Daphnée a quitté son mari il y a un mois. Elle veut divorcer. Elle n'a encore rien dit à notre mère…

— Je comprends, murmura Béatrix. Et les enfants ?

— Ils sont avec elle. Leur père vient parfois les chercher.

— Ça se passe bien ?

— Du haut de ses deux ans, Noé ne se rend pas bien compte… Par contre, Tess pleure beaucoup…

Je ne sais même pas s'ils seront avec nous pour Noël… Parfois j'ai l'impression que notre famille est maudite…

— Ne dis pas de bêtises, Max. On n'a pas eu de chance. C'est tout.

Était-ce l'effet de la promenade en bord de mer ? De la discussion avec son cousin ? Quand Béatrix était rentrée, elle était calme et, le soir, lorsqu'elle s'était couchée, elle s'était endormie paisiblement.

Au matin suivant, elle se leva très tôt, ouvrit les volets et constata que le temps tourmenté de la veille n'était plus qu'un mauvais souvenir. Le jour apparaissait à peine et le ciel était clair, sans nuage. Pas un souffle de vent. Mais la température était brusquement descendue pendant la nuit et il avait gelé. L'herbe, les branches nues des arbres étaient couvertes d'une mince pellicule blanche et brillante. L'ardoise du toit de l'ancienne charretterie ressemblait à un miroir sous les feux du soleil naissant.

Béatrix songea à ses parents. Dans la maison de Saint-Vaast, ils étaient présents partout. Elle les contemplait sur des photographies dans des cadres, elle reconnaissait des meubles et des bibelots qu'ils avaient achetés pour cette demeure familiale, elle entendait encore leurs voix et leurs rires résonner dans l'escalier…

Penchée à la fenêtre, elle revit son père dans la cour, une quinzaine d'années plus tôt. Il ouvrait le coffre de sa voiture, en déchargeait une bourriche d'huîtres, un panier de langoustines et une caisse de poissons. Odile accourait, ravie qu'on fût allé à la criée à sa place…

Béatrix soupira en refermant la lucarne et ses pensées s'envolèrent vers Thomas. Il n'était qu'un odieux menteur, jamais il ne parviendrait à prouver les faits ignobles dont il accusait les Andrieu de Bazer… Ce n'était que jalousie et diffamation.

Silencieusement, car la maison était encore endormie, Béatrix descendit à la cuisine. Odile n'était pas arrivée ou déjà partie à Barfleur acheter du pain frais… Elle jeta quelques bûches dans le poêle à bois et remarqua qu'il n'y aurait guère de quoi chauffer la pièce toute la matinée, aussi elle se couvrit d'une grosse parka qui était toujours accrochée dans la buanderie et elle sortit. Elle traversa la cour. L'appentis était adossé au mur de la grange. En principe on laissait là une brouette. Elle n'y était pas…

Un bruit se fit entendre à l'intérieur de la remise et Béatrix, un peu inquiète, se retourna. Entre deux planches disjointes, elle aperçut une silhouette. Elle s'empara d'une pelle qu'on avait abandonnée là. Si un rôdeur s'était introduit dans la propriété, elle aurait une arme pour le chasser !

Elle ouvrit doucement la porte et se figea. Un géant à la crinière rousse fendait du bois. Il leva une hache et coupa en deux une bûche qui reposait sur une énorme souche. Il attrapa les morceaux brisés, les jeta plus loin, sur un tas déjà bien garni et saisit un nouveau rondin.

— Qui êtes-vous ? demanda Béatrix en brandissant son outil.

Le colosse se retourna lentement, laissant d'abord Béatrix bouche bée. L'hercule était une femme !

— Qui êtes-vous ? répéta-t-elle en s'efforçant de masquer son trouble.

L'inconnue était moins impressionnante vue de face. Peut-être à cause de ses yeux verts, des taches de son qui parsemaient ses pommettes, à cause de la sueur qui perlait sur son front blanc comme de la porcelaine… Elle semblait moins grande. Cependant elle ne devait pas être loin du mètre quatre-vingts. Quant à la largeur de ses épaules, elle était sans doute accentuée par l'épaisseur du pull sous la chemise canadienne. Elle planta la hache dans la souche et replaça le bandeau qui maintenait ses cheveux :

— Je suis la fille d'Odile.

Troublée, Béatrix écarquilla les yeux et fit une moue dubitative. Elle n'avait jamais su qu'Odile eut un enfant et restait muette d'étonnement.

— Vous ignoriez que j'existais, n'est-ce pas ? Comme tout le monde ici… Personne ne le savait…

Il y avait une sorte de désillusion dans sa voix ; un brin de résignation qui la rendait touchante.

Béatrix l'observait, la détaillait, cherchait des similitudes entre les traits d'Odile et ceux de cette belle femme à l'allure un peu sauvage. La grande rousse perçut le sens de cet examen.

— Ne vous creusez pas la tête, on ne se ressemble pas, ma mère et moi !

Béatrix rougit violemment et acquiesça d'un signe de tête.

— Il paraît que je tiens de mon père… Ce qui tombe plutôt bien parce que je ne le connais pas ! Quand je me regarde dans la glace, je peux essayer d'imaginer son visage !

La colère marquait ses mots et un vilain rictus se fixa sur ses lèvres pâles.

— Vous n'êtes pas obligée de me raconter tout cela, bredouilla Béatrix, embarrassée.

— Si ! Vous vouliez savoir qui j'étais, alors je vous explique ! rugit l'autre. Je suppose que vous êtes la nièce de madame Edwige, parce que j'ai vu des photos de vous. En revanche, je me présente ! Ma mère m'a eue il y a trente ans… Avec un pêcheur irlandais qui n'a pas dû camper plus de trois nuits à Saint-Vaast… Le temps qu'on rafistole le filet du chalutier sur lequel il bossait ! C'était suffisant pour concevoir un gosse qui n'avait rien demandé ! Ma mère a caché sa grossesse, a accouché presque dans la clandestinité… Vite fait… Elle était déjà au service des Andrieu de Bazer et tenait à garder sa place. Je suis passée de nourrice en nourrice et, à six ans, le pensionnat ! Ma mère, je ne la voyais jamais. Elle…

— Je vous en prie, taisez-vous ! implora Béatrix en sondant ses souvenirs d'enfant pour tenter d'y discerner une image d'Odile au ventre arrondi. Je suis désolée que notre famille vous ait privée de votre maman.

— Ce n'est pas votre faute, c'est la vie.

Elle se pencha, posa une bûche sur la souche, reprit son merlin, le leva et d'un coup puissant le laissa retomber sur le bois qui vola en éclats.

— Comment vous appelez-vous ? interrogea Béatrix.

— Clara.

Clara… Béatrix recula lentement. Elle ne comprenait plus ce qui lui arrivait. Dans ses délires, sa grand-mère évoquait une Clara qui lui faisait la lecture… Cette femme, rousse, taillée dans un roc, disait se nommer Clara… Un voile passa devant ses yeux et elle s'effondra. L'étourdissement ne dura que quelques secondes.

Clara la souleva et l'assit contre un muret de pierre.

— Il ne faut pas sortir sans avoir bien déjeuné le matin ! Je vais vous ramener à la maison et vous mangerez !

Elle glissa une main sous le bras de Béatrix pour l'aider à se relever en songeant que cette Parisienne était bien trop légère. Encore une qui devait s'alimenter comme un moineau pour ne pas prendre trois grammes sur la balance !

— Attendez, murmura Béatrix en reposant ses fesses à terre. Parlez-moi de vous… de ma grand-mère aussi.

— Vous parler de moi ? Il n'y a pas grand-chose à dire.

— Je crois que si. Vous avez évoqué le pensionnat et après ?

— Ah ! Le pensionnat… Une institution catholique, dans laquelle on m'a nourrie au catéchisme.

Et à la louche ! Pour faire de moi une jeune fille bien élevée... Ma mère voulait racheter sa faute avec l'Irlandais sans doute ! J'ai mené une existence recluse parmi les sœurs. Personne ne venait me chercher pour le week-end, ni pour les vacances ni même pour Noël. J'étais la seule qui n'avait jamais rien à raconter. C'était comme un internat à vie. Un bagne... Pour un crime que je n'avais pas commis. Je me suis enfuie le jour de mes dix-huit ans. Sans passer mon bac. Je n'aimais pas l'école et je n'avais pas l'ambition de devenir une vieille bigote. La seule chose qui me plaisait, c'était la lecture...

— Et après ? Pourquoi on ne vous a jamais vue ici ?

— Ma mère aurait eu honte.

Avec lenteur, Clara s'agenouilla en face de Béatrix. Que répondre d'autre à cette femme qui avait été choyée, entourée... Qui n'avait certainement jamais su ce qu'étaient le besoin, les boulots permettant de gagner trois francs six sous puis la délinquance, la descente aux enfers... En dix ans, Clara avait tout connu ou presque. Elle avait parcouru les quatre coins de la France, sans jamais payer un billet de transport. Elle avait vendu des légumes sur le marché de Toulouse, participé aux vendanges en Bourgogne, chanté dans le métro parisien une casquette à ses pieds, et couché avec des hommes pour payer sa came...

— J'ai mené ma barque loin d'ici, reprit-elle finalement en choisissant de dévoiler ce que Béatrix risquait de toute façon d'apprendre. J'ai fait tout et n'importe quoi. Il y a deux ans, j'ai touché le fond. J'ai été arrêtée lors d'un cambriolage. Je me droguais, il me fallait de quoi acheter ma dose chaque jour… J'ai fait un an de prison. Quand je suis sortie, on m'a proposé d'entrer dans un centre de désintoxication. Une vraie clinique ou l'on soigne les addictions. C'était coûteux. Une assistante sociale a contacté ma mère car une partie des frais ne pouvait être prise en charge. Je l'ignorais. Ma mère a réglé la facture… Quand j'ai été guérie, elle a demandé à madame Edwige si je pouvais venir m'installer ici avec elle. J'habite sa maison à l'entrée de la propriété depuis quelques semaines.

— Vous travaillez pour ma tante ?

— Je lui rends de menus services qui me permettent d'avoir un peu de fric pour mes dépenses personnelles et de ne rien vouloir d'autre de ma mère que le gîte et le couvert… Gagner de l'argent de poche à trente ans, c'est pas très ambitieux, n'est-ce pas ?

— …

— Je n'ai pas de diplôme, je ne sais rien faire, alors…

— Vous savez couper du bois ! assura Béatrix. Ma grand-mère… Pourquoi parle-t-elle de vous ?

— Amarine, dit Clara en souriant, c'est mon rayon de soleil.

Un air heureux s'était peint sur le visage de la jolie rousse et Béatrix était scotchée par l'étonnement.

— Avec Amarine, je suis moi, reprit Clara. Je peux avouer celle que j'ai été, celle que je suis. Elle s'en moque. Ce qui compte, c'est le temps que nous passons ensemble. Souvent je lui fais la lecture. Ou bien nous discutons. Elle me raconte parfois son passé, en emmêlant un peu les événements, c'est vrai. Mais elle n'a pas tout perdu. Cela dépend des moments. Elle peut être confuse, mélanger les faits anciens et plus récents. Cependant il arrive aussi qu'elle sache exactement se retrouver dans les méandres de sa mémoire… Il faut l'écouter sans la perturber, faire preuve de patience et la remettre doucement sur les rails quand elle s'en écarte.

— Vous allez fréquemment lui rendre visite ?

— En fait, je ne suis pas vraiment tolérée dans la maison… Madame Edwige ne souhaite pas m'y croiser. Je ne vais voir Amarine que lorsqu'elle n'est pas là. Comme elle sort souvent, votre grand-mère et moi avons de bons moments. Je suis également autorisée, en semaine, à manger à la cuisine avec ma mère, le midi uniquement. Souvent, Amarine déjeune avec nous…

Perplexe, Béatrix hochait la tête. Elle allait de découverte en découverte. Elle ne savait plus que penser au sujet d'Amarine. Elle la revoyait nourrissant un chien invisible… Souffrait-elle d'une maladie cérébrale ? Était-elle seulement un peu fatiguée par son âge ? Clara disait avoir de grandes conversations avec elle… Pourquoi Edwige ne voulait-elle pas de Clara au sein de la famille ? Béatrix ne posa que cette question.

— J'ai fait de la prison pour vol, alors votre tante n'a guère confiance en moi… Elle ne désire pas me voir rôder dans ses couloirs !

— C'est ignoble.

— Je peux la comprendre… Je respecte ses ordres, de toute façon… Je suis bien ici, loin des mauvaises fréquentations et de mes vieux démons, alors je ne voudrais pas qu'on me chasse !

— Mon oncle admet qu'on vous traite de cette façon ?

Clara ricana :

— Je crois que cela lui passe au-dessus de la tête. Il est ici mais ailleurs en même temps… Ce n'est pas un mauvais bougre.

— Oui, je sais qu'il n'est pas méchant. Il n'est seulement pas capable de discerner le bien du mal, murmura Béatrix. Il n'est pas armé pour s'opposer à la volonté de sa femme…

— Vous êtes toute pâle ! Il est temps d'aller grignoter quelque chose, décida Clara en saisissant la main de Béatrix pour l'aider à se lever.

— D'accord ! Mais vous partagez ce petit déjeuner avec moi. Cela ne vous est pas permis mais aujourd'hui, c'est différent puisque je vous invite ! On restera dans la cuisine si vous préférez.

Il y eut un instant d'hésitation dans les yeux de Clara puis une lueur qui ressemblait à de la joie.

— OK, j'emplis une brouette et on y va. Je reviendrai couper du bois dans la matinée.

4

Un étrange bijou

Le dimanche s'écoula paisiblement. Le repas dominical fut presque gai. François-Xavier ne lut pas de poésie, ne reparla pas de son prochain départ pour une quelconque grotte dans laquelle il irait jouer à imiter Cro-Magnon… Edwige fut calme, causante. Max était plus détendu, et Elias plus à l'aise que la veille dans cette nouvelle famille pour le moins étonnante qu'il découvrait. Sans s'occuper de son oncle et de sa tante, Béatrix s'installa près d'Amarine et elle l'aida à manger. Alban souriait de nouveau, constatant que sa sœur était dans un bon jour, qu'elle était plus sereine. L'éloigner de Paris pour un week-end avait été une riche idée…

Lorsqu'ils eurent bu le café, Béatrix insista pour qu'Amarine fit quelques pas dans la cour. Le temps était très frais mais ensoleillé. Elle prit soin de bien couvrir sa grand-mère et elle passa son bras sous celui de la vieille dame afin de lui donner un solide appui. Lentement elles marchèrent jusqu'à la grille puis firent demi-tour et revinrent vers la maison. Amarine ne voulut pas rentrer par la porte principale mais par celle de la cuisine où elles retrouvèrent Odile qui, les mains plongées dans l'évier, nettoyait des casseroles. Amarine ôta son manteau et, traînant la jambe, elle s'empara d'un torchon sous le regard ébahi de Béatrix.

— Posez cela, ordonna doucement Odile. C'est mon travail. Mais je veux bien un peu de compagnie.

Sans la brusquer, elle la força à s'asseoir.

Béatrix n'intervint pas. Elle ne faisait qu'observer sa grand-mère. Un plat d'huîtres, vides, était resté sur la table et Amarine ne le quittait pas des yeux comme si elle découvrait une nouveauté. Soudain, elle attrapa une coquille et, à l'aide du chiffon qu'elle avait gardé, elle commença à l'essuyer.

— Mamie, que fais-tu ? intervint Béatrix. C'est à jeter !

Joignant le geste à la parole, elle s'empara du plat et le vida de son contenu dans la poubelle. Amarine demeura interdite, roulant de grands yeux. Sa lèvre inférieure tremblait légèrement. Désemparée, Béatrix avait le sentiment de ne pas savoir s'y prendre avec sa grand-mère, de la brusquer, de lui faire du mal.

— Ce n'est pas grave, dans deux minutes elle aura oublié, chuchota Odile à l'oreille de Béatrix. Elle a parfois des idées bizarres. Donne-lui les journaux, elle parvient à lire quelques articles quand ils ne sont pas trop longs ou bien elle fait la tournée des gros titres.

Béatrix déposa la *Presse de la Manche* et *Ouest-France* sous le nez de sa grand-mère et elle se retourna vers Odile.

— Pourquoi… hésita-t-elle, pourquoi tu ne nous as jamais parlé de Clara ?

— Ah, tu l'as vue ?

— Oui, ce matin, dans la grange. Ensuite nous sommes revenues déjeuner ici. Pourquoi on n'a pas su qu'elle existait ?

Odile frotta ses mains sur ton tablier et elle fixa longuement Béatrix avant de répondre.

— Je ne sais pas pourquoi j'ai caché cette enfant… Je le regrette. C'était une erreur. Quand elle est née, je n'étais pourtant pas une gamine… J'avais déjà fêté mes trente ans. J'avais trouvé une bonne place ici, chez Amarine. Je ne voulais pas la perdre. Je suis entrée à son service en 1967, tu te rends compte ?

Béatrix hocha la tête en souriant.

— L'année suivante, tes parents se sont mariés ! Un peu plus tard, je vous ai vus naître, ton frère et toi… J'étais attachée à cette famille dans laquelle on me traitait bien. Alors quand je me suis retrouvée enceinte, je n'ai pas osé l'avouer. À la campagne, les gens ne sont pas tendres avec les filles mères, comme ils disent… Même dans les années 1980, ils n'avaient guère évolué ! Surtout les vieux ! La modernité des mœurs, c'était pas leur fort ! Mais les cancans, les ragots, oui ! J'ai dissimulé ma grossesse, puis mon accouchement et j'ai placé Clara. Personne n'a rien vu, rien su ! J'avais tellement peur qu'on me jette dehors ! Je crois que je n'avais pas envie d'être mère… J'avais tort ; je ne l'ai compris que bien plus tard. Si j'avais tout raconté à Amarine, elle m'aurait sans doute permis de rester ici et d'élever Clara. Comme toutes les femmes, j'aurais appris à être une maman.

— Je suis sûre que Mamie t'aurait permis de vivre ici avec Clara, acquiesça Béatrix.

Odile attrapa une poêle et plongea de nouveau l'éponge dans l'eau.

— Clara me plaît bien, reprit Béatrix. Amarine l'apprécie aussi beaucoup.

Une larme fila sur la joue d'Odile et finit sa course dans la mousse qui noyait l'évier.

— Il ne faut pas trop l'inciter à venir ici, répondit doucement Odile. Ta tante ne…

— Je sais. Clara m'a expliqué. Mais moi…

— S'il te plaît, sois raisonnable. Ne va pas t'attirer les foudres de ta tante… et ne les attire pas sur nous. Elle peut se taire devant toi et faire semblant d'accepter… Mais une fois que tu seras rentrée à Paris…

Béatrix se tut. Odile avait raison. Elle n'était pas là en permanence et c'était Edwige qui tenait les rênes de la maison. Elle était assez fourbe pour admettre un fait devant sa nièce et ensuite prendre la décision qui lui conviendrait le mieux sans en avertir quiconque. Il ne fallait pas mettre en péril Clara et sa mère. Edwige avait consenti à accueillir Clara au sein de la propriété mais elle profiterait du premier écart pour l'en chasser…

Amarine lisait toujours. Ou, du moins, on voyait son index suivre les mots, les uns après les autres, comme le font les enfants. Mais elle n'allait pas plus loin dans l'article, elle ne progressait pas. Sans arrêt, son doigt revenait au début de la ligne, comme s'il était bloqué, programmé pour un éternel recommencement.

— Les grandes marées ! s'exclama Béatrix en forçant son engouement. On va lire ce papier ensemble !

Peut-être Amarine écouta-t-elle les premières phrases mais, très vite, son esprit s'égara. Elle jouait avec le coin du journal, le roulottait. Brusquement, elle changea de page, interrompant Béatrix. Elle feuilleta entièrement le quotidien une première fois, puis une seconde. Le manège dura longtemps. Enfin il cessa.

— Et le 17, que s'est-il passé ? demanda soudain Amarine.

— Nous ne sommes que le 10, répondit doucement Béatrix.

— Ah, le 17, c'est le marché de Noël à Urville-Nacqueville !

Béatrix se pencha, cherchant à comprendre. Il y avait bien eu la veille un marché de Noël à Urville-Nacqueville… Mais en date du 9 ! Comment Amarine pouvait-elle mélanger ainsi les événements, même lorsqu'ils étaient écrits noir sur blanc ? Ses pensées suivaient les dédales d'un labyrinthe et si elles rencontraient une impasse, elles butaient dessus, sans faire demi-tour… Béatrix saisit enfin la méprise de sa grand-mère :

— Tu confonds la date avec le numéro des pages, Mamie ! Regarde, tournons-les ensemble… Tu vois, ici nous arrivons à 37. Il n'y a jamais 37 jours dans un mois !

Amarine baissa la tête.

— Et le 23, que s'est-il passé ?

Béatrix sursauta et elle ouvrit la bouche. Odile la devança.

— Vous êtes fatiguée, Amarine. Voulez-vous que Béatrix vous accompagne au salon ? Vous avez été longuement assise à table, puis vous êtes sortie marcher… Il serait bon de prendre un peu de repos. Ainsi, ce soir, vous serez en forme.

Elle tendit la main et Amarine y agrippa la sienne pour se lever.

— Je crois qu'elle sera mieux dans sa chambre, murmura Odile à Béatrix. Allonge-la sur sa méridienne… avec un coussin sous les pieds. C'est bon pour ses jambes. Puis, tu la couvres. Si elle s'endort, tant mieux.

Béatrix et sa grand-mère montèrent lentement l'escalier. Quand elles pénétrèrent dans la chambre d'Amarine, Béatrix ressentit un pincement au cœur. Elle n'était pas allée très souvent dans cette pièce, sauf lorsqu'elle était enfant et qu'elle suivait sa mamie partout. En grandissant, une sorte de pudeur lui avait fait comprendre que c'était le domaine réservé de ses grands-parents.

Dans ce lieu, Jean était encore présent plus de dix ans après sa mort. En témoignait son réveil, toujours à la même place sur la table de chevet qui était la sienne… et sa montre… Amarine avait dû la déposer là, après son décès, comme il devait le faire chaque soir en se couchant...

Les murs de la soupente étaient couverts de photos de famille et Béatrix ne put s'empêcher de les contempler avec émotion. Son père, sa mère étaient là. Des portraits, des photos de groupe aussi. Des fantômes du temps du bonheur dans des encadrements désuets.

Elle conduisit Amarine jusqu'au sofa, un meuble ancien dont le velours était usé, les couleurs passées et elle l'allongea. Disciplinée, la vieille dame se laissait faire.

— Veux-tu que j'allume la radio ? demanda Béatrix en s'approchant de la coiffeuse de chêne clair sur laquelle trônait entre des boîtes à bijoux et des flacons de parfum, un petit poste.

— Oui, tu peux.

Béatrix s'exécuta et elle fut soulagée de constater qu'au moins dans ce domaine, Amarine n'avait rien changé. La station choisie était la même qu'auparavant : France Musique. Sa grand-mère avait toujours écouté cette radio. Une voix annonça *Le Carnaval des animaux*.

— Je ne crois pas connaître, déclara Amarine en entendant les premières notes.

— Cela te plaît ?

— C'est étonnant.

Béatrix souriait, ravie d'avoir enfin trouvé un sujet de conversation qui lui permettait de capter l'attention de sa grand-mère, de renouer avec elle. Amarine paraissait totalement lucide à cet instant.

— Oui, étonnant, répéta Béatrix. Cette œuvre de Camille Saint-Saëns a été jugée comme puérile.

Vexé de l'accueil reçu par sa composition, Saint-Saëns a interdit ensuite qu'elle soit jouée de son vivant.

— Le pauvre homme... Les artistes sont souvent incompris.

— Quels sont tes compositeurs préférés, Mamie ?

Amarine passa la main dans ses cheveux. Elle réfléchissait, cherchait des noms... Béatrix se souvenait que sa grand-mère aimait tout particulièrement Johann Strauss, le fils, celui qui avait fait valser Vienne et toute l'Europe. Chaque premier de l'an, elle ne manquait jamais de suivre le concert donné dans la capitale autrichienne et retransmis à la télévision. Béatrix commença a siffloter quelques notes, esquissant des pas de danse...

— *Le Beau Danube bleu*, murmura Amarine avec un air d'émerveillement. J'aime aussi la *Marche de Radetzky*. Elle est de Strauss mais du père ! Nous avons des disques en bas, il faudra que je les écoute de nouveau.

Béatrix eut envie de crier de joie. Elle songea que, pour Noël, elle offrirait à sa grand-mère un lecteur de CD avec des enceintes, afin qu'Amarine puisse également profiter de ses musiciens préférés dans sa chambre. Elle fit le tour de la pièce, cherchant un endroit où l'on pourrait brancher l'appareil qu'il suffirait de poser sur une console. Elle découvrit une prise inutilisée derrière la méridienne. C'était parfait. Elle se réjouissait déjà de la surprise qu'elle ferait à Amarine.

— Ce soir, avant le dîner, nous irons au salon et nous mettrons un disque que tu choisiras, dit-elle en s'asseyant dans le fauteuil de cuir qui faisait face au sofa.

Elle vit les yeux d'Amarine s'assombrir et elle comprit immédiatement ce qui clochait. Elle était sur le siège de son grand-père. Personne n'avait le droit de prendre cette place. Elle se releva rapidement, fit quelques pas et s'installa sur le pouf de la coiffeuse.

— Apprécies-tu autre chose que le classique ? demanda-t-elle en espérant ne pas avoir rompu le dialogue.

— Il m'est arrivé de…

— De ?

— C'était après la guerre…

Amarine semblait bloquée. Comme si son souvenir ne voulait pas défiler davantage. Ou bien comme si les mots ne suffisaient pas à traduire ses pensées.

— Nous parlions de musique, reprit Béatrix. Après la guerre, disais-tu…

— Oui, j'aimais bien Miles Davis à cette époque.

— Un grand trompettiste !

— Je me rappelle aussi d'un saxophoniste… J'ai égaré son nom… Un homme de la même veine… On l'entendait beaucoup à la radio…

Les efforts d'Amarine pour retrouver l'information désirée étaient perceptibles. On voyait qu'elle fouillait sa mémoire. Sur son front, ses doigts lissaient doucement sa peau, comme pour démêler ses idées. Béatrix songea qu'elle pourrait également offrir à sa grand-mère une encyclopédie du jazz, un beau livre dans lequel il y aurait quantité de photographies et de courts textes à lire… Ce serait prétexte à de nouvelles discussions.

— Charlie Parker ! s'exclama soudain Amarine. Les jeunes dansaient le be-bop !

Elle souriait, les lèvres étirées jusqu'aux oreilles. Béatrix avala sa salive et tenta de repousser les larmes qui gonflaient ses paupières. C'était merveilleux de reconquérir un être aimé, de construire avec lui un dialogue, d'être ainsi en tête à tête, d'avoir le sentiment qu'on avait encore à partager, qu'il y avait un avenir à inventer… Certes, ce n'était plus l'enthousiasme des conversations du passé, mais Béatrix était capable de s'agripper à n'importe quelle branche pour croire que tout n'était pas perdu.

Toujours souriante, Amarine fermait les yeux de temps à autre. Elle s'endormait. Béatrix s'approcha, remonta le plaid pour mieux la couvrir.

— Je vais rester là et attendre que tu te réveilles, murmura-t-elle en l'embrassant.

Elle reprit sa place sur le pouf. Elle aurait été mieux dans le gros fauteuil de cuir brun mais elle n'osait plus s'en approcher. Sur la coiffeuse, un flacon d'Eau de Cologne Impériale l'attira. Elle ôta le bouchon pour respirer le parfum et en posa une légère touche sur son poignet. Une image lui revint : Amarine était dans le jardin, sur la balancelle, près des hortensias débordants de fleurs, elle bouquinait une revue : non loin d'elle, grimpés sur un muret, Max, Daphnée et Alban…

— On jouait à chat perché ! chuchota Béatrix pour elle-même. C'était... il y a au moins vingt-cinq ans ! Non... plus que cela... trente ans peut-être ! Je ne sais plus... Daphnée était haute comme trois pommes ! Odile est arrivée, avec un plateau de biscuits qui sortaient du four...

Elle jeta un coup d'œil vers Amarine qui s'était assoupie et se retourna vers le miroir du meuble de toilette. Son regard vagabonda, s'arrêta sur les tiroirs. Enfant, elle adorait les fouiller. Sa grand-mère y rangeait des bijoux, des tubes de rouge à lèvres, des pinces pour les cheveux, des rubans... Des trésors pour une petite fille ! Elle tira le premier casier. Il y avait toujours de magnifiques bracelets, des bagues, des boucles d'oreilles... De quoi parer une princesse des *Mille et une nuits*... Des cadeaux offerts par Jean. Il avait tant gâté son épouse.

Dans le second, quelques produits de maquillage, des couleurs que l'on ne portait plus guère... Dans le dernier tiroir, des bougies. Il fallait en avoir une provision car les coupures d'électricité n'étaient pas rares lors des tempêtes et, le soir venu, on se couchait parfois à la lueur de la chandelle. Derrière les bougies, il y avait un étui de velours bleu, dont Béatrix ne se souvenait pas. Elle le contempla quelques secondes et sa curiosité l'emporta. Elle le saisit, desserra le cordon de soie qui le nouait. Un superbe collier tomba dans sa paume. C'était un ras-de-cou dont les trois rangs de perles étaient attachés au centre par une très belle émeraude, qui devait se poser juste sur le creux de la gorge. L'imposant fermoir du bijou était en or, magnifiquement ciselé.

Un travail rare, songea Béatrix avec toute l'expérience que lui donnait son métier. Un ouvrage assez ancien…

Dans la bijouterie qu'avaient fondée ses parents et qu'elle partageait maintenant avec Alban, sa mission était la création. Elle avait étudié à l'école Boulle mais aussi chez de grands joailliers, tandis que son frère avait poursuivi des études commerciales. Alban s'occupait des achats de pierres, d'or, de la clientèle et de la comptabilité. Elle dessinait, fabriquait, laissait son imagination proposer des joyaux tous plus originaux les uns que les autres.

Elle examina le bijou avec soin. Il devait dater de la première moitié du XXe siècle. Il était peut-être même un peu plus vieux. L'orfèvre qui en était l'auteur était un artiste. L'agrafe en témoignait tout particulièrement. C'était un rectangle, une véritable dentelle d'or, toute en délicatesse, mais assez solide pour qu'on ne perdît pas la parure.

Instinctivement, Béatrix posa le collier contre son cou et se tourna vers le miroir pour juger l'effet. C'était…

— Range ce bijou ! hurla une voix presque inconnue.

Béatrix fit volte-face. Amarine se tenait assise sur la méridienne, très droite, et la colère se lisait dans ses yeux. Tout son visage était défiguré par la rage.

— Je ne faisais que le regarder, bredouilla Béatrix.

Ses mains tremblaient, elle était pétrifiée par la hargne qu'elle sentait croître en sa grand-mère.

C'était comme si une autre personnalité émergeait tout à coup. Un être fort et décidé dans un corps fatigué et fragile.

— Range !

Béatrix obtempéra mais, malgré toute la peur que lui inspirait l'attitude d'Amarine, elle ne pouvait se résoudre à une capitulation sans condition.

— Pourquoi n'ai-je pas le droit d'y toucher ? demanda-t-elle.

Comme Amarine paraissait ne pas vouloir répondre, Béatrix vint s'agenouiller près d'elle.

— Je t'en prie, Mamie, implora-t-elle en lui serrant les doigts, dis-moi pourquoi je t'ai fâchée ? Ce beau collier n'est-il pas un présent de Papy ?

Durant un instant, elle imagina que ces rangs de perles bien cachés, qu'elle n'avait jamais vus sur sa grand-mère, aient pu être le cadeau d'un autre homme, d'un amant...

— Oui... Non, marmonna Amarine. Il porte malheur.

— Il est à toi ? Oui ou non ? insista Béatrix.

— Non.

— À qui appartient-il ?

— Il ne faut pas en parler, murmura Amarine.

Elle se pencha en avant, tendit la main pour caresser l'invisible Sola. Le geste l'apaisa, faisant retomber son irritation.

— Sola est toujours auprès de toi, n'est-ce pas ? interrogea Béatrix qui avait renoncé à la contrarier à ce sujet.

— Oui, elle est toujours là. Elle est gentille, pleine d'affection... et obéissante.

— Pourquoi penses-tu que ce beau collier porte malheur, Mamie ? Explique-moi, s'il te plaît.

— Il attire la mort. C'est sa faute si j'ai perdu deux de mes fils puis mon mari. Il ne fallait pas le prendre.

— Le prendre à qui ?

— À Yardena… Elle aussi, elle est morte. Avec toute sa famille. Même les enfants n'ont pas survécu… Je n'ai sauvé que Sola…

Deux grosses larmes roulèrent sur les joues d'Amarine tandis qu'elle avançait de nouveau la main vers l'animal fantôme…

Béatrix se leva. Comme la veille, sa grand-mère était la proie de souvenirs dans lesquels son esprit malade devait injecter des êtres fictifs… Hier David et Sarah… Aujourd'hui, c'était Yardena… Elle mélangeait ses propres enfants, son mari, avec une famille issue on ne savait d'où. Comment l'aider ? Comment lui montrer qu'elle se trompait ? Est-ce que la médecine pouvait soigner ces troubles ?

— Dieu ne pardonne pas de tels péchés ! dit doucement Amarine. Il n'y a pas d'absolution pour le crime !

— Nul n'a commis de crime !

— Si ! Et nous le payons. Ne touche plus jamais à ce collier ! C'était une malédiction de le ramener sous notre toit. Prions le Ciel qu'il ne nous envoie pas de nouvelles épreuves !

Il ne manquait plus que Dieu ! pensa Béatrix, atterrée. Le voilà qui débarque dans les divagations de ma grand-mère…

Amarine avait été assez dévote par le passé. Elle ne ratait jamais la messe du dimanche et elle allait se confesser…

Béatrix se laissa tomber au bout du sofa, se massant le crâne à la recherche d'une idée, de mots raisonnables.

— Allons, Mamie, Dieu n'a rien à voir dans tout ce qui est arrivé aux nôtres. C'est la fatalité. Une horrible fatalité…

— La fatalité ? Non, c'est le destin. Le choix du Seigneur. Ne me regarde pas ainsi ! Je ne suis pas folle. Il est des lois qu'on ne transgresse pas !

Amarine s'était exprimée avec conviction et cohérence, et Béatrix frissonna. Elle aurait préféré mettre tout ceci sur le compte d'une quelconque psychose mais le doute s'insinuait en elle.

Si ma grand-mère ne se trompait pas… songea-t-elle soudain avec angoisse. Si elle avait croisé Yardena, Sarah et David à un moment de sa vie ? S'ils revenaient la hanter… Si les Andrieu de Bazer étaient responsables de quelque chose d'inavouable… Comment savoir ? Pourquoi est-ce que personne dans cette maison n'était au courant ? Ou du moins ne semblait l'être… Y avait-il un mystère ?

Les propos de Thomas revinrent au galop… La famille Andrieu avait acquis sa fortune de façon malhonnête… Non, c'était impossible. Cependant, il s'était forcément produit quelque chose de grave pour bouleverser Amarine.

— Qui… Quelles lois… Je…

Béatrix hésitait à poser sa question.

Deviendrais-je dingue ? se dit-elle. Je suis en train d'adhérer à ces aberrations alors que je devrais tenter de la ramener sur le bon chemin ! Au lieu de cela je m'enfonce avec elle !

Elle avait l'impression de tomber elle aussi dans une sorte de démence, dans un monde qui n'existait pas. Elle sentit qu'un mal de tête la guettait. Sournoisement, il compressait ses tempes. Bientôt il monterait au-dessus de ses arcades puis finirait par broyer sa cervelle… Il progressait doucement tandis quelle basculait dans l'univers des chimères, pour mieux comprendre ce qui perturbait Amarine, pour appréhender ce qui était peut-être un lourd secret… À moins que tout ne soit que folie… Elle ne savait plus. Soudain elle entrevit un possible secours, quelqu'un qui pourrait l'épauler et qui ne la jugerait pas, quelqu'un qui aimait assez Amarine pour qu'elle lui accordât sa confiance. Il n'y avait plus qu'à se jeter à l'eau… En espérant ne pas s'y noyer.

— Mamie, est-ce que Clara connaît Sola ?

— Oh, oui ! Elle l'aime bien.

Amarine avait retrouvé une voix presque enfantine… Béatrix soupira et acquiesça longuement d'un mouvement du menton.

— Odile a déjà rencontré Sola, elle aussi ?

— Bien sûr.

— Odile et Clara connaissent Yardena ?

Les yeux de la vieille dame clignèrent plusieurs fois de suite. Elle réfléchissait, parcourait son passé. Cela exigeait un effort considérable. Mais il y avait autre chose… Il y avait aussi de la peine.

— Non. Yardena est morte, il y a longtemps…

— Mais tu leur parles d'elle sans doute ?

Le regard d'Amarine se perdit vers la fenêtre. Il était noyé de chagrin. Elle observa le jour qui déclinait puis baissa la tête. Elle posa sa main droite sur la gauche, caressa ses doigts, fit rouler son alliance qu'elle n'avait jamais quittée. La bague était trop grande maintenant mais elle ne la perdait pas. Ses articulations déformées empêchaient l'anneau de franchir la phalange.

— Je crois… Oui, j'ai dû raconter cette histoire à Clara…

5

Un pacte avec le diable

Alban déposa son sac dans le coffre et embrassa sa sœur.

— Tu es sûre de ne pas vouloir rentrer à Paris ? demanda-t-il encore.

Il avait posé cette question à plusieurs reprises, depuis qu'ils s'étaient retrouvés à table pour le petit déjeuner et Béatrix acquiesça, une nouvelle fois, d'un signe de tête.

— Ça va aller ? insista-t-il.

— Mais oui ! Pourquoi te soucier ? Max et Elias me ramèneront mercredi. Je ne reste que deux jours de plus. Le grand air me fait du bien. Cependant peut-être que cela t'ennuie pour la bijouterie ? Tu comptais sur moi pour tenir un peu la boutique ?

— Non, pas de problème. On s'en sortira. Même si je m'absente pour quelques rendez-vous, il y a Nath. C'est une perle, cette fille. Nous avons eu de la chance de la recruter. À ton retour, il faudra que nous discutions sérieusement de sa prime de fin d'année… Je sais que le contact avec la clientèle ne t'intéresse pas. Tu préfères ta planque dans l'atelier !

Il riait mais c'était vrai que Béatrix détestait servir les clients. Elle était plus aimable avec ses ciselets et son marteau qu'avec d'éventuels acheteurs !

— Alors si tu n'y vois pas d'inconvénient, je te retrouve mercredi ! s'exclama-t-elle gaiement.

Alban grimaça en montant dans la voiture. C'était bizarre, il ne croyait pas à l'engouement de sa sœur… Quelque chose le dérangeait, sonnait faux. Quand il lui avait proposé ce week-end à Saint-Vaast, c'était pour l'éloigner de la capitale et de la fureur qu'elle ressentait envers Thomas. Maintenant quelle s'apprêtait à prolonger le séjour, il était inquiet. Habituellement, elle ne voulait jamais être dans cette maison de famille sans lui… Aujourd'hui, elle n'avait pas la tête de quelqu'un qui avait envie de promenades en bord de mer. Il connaissait bien ce regard sombre qu'il lui avait vu tandis qu'elle buvait son café et cette manie qu'elle avait de manger la peau autour de ses ongles lorsqu'elle avait un souci. Pire : ce sourire qu'elle était capable d'afficher pour exprimer une sorte de « je vais bien, ne t'en fais pas » alors que tout son être criait le contraire.

Il claqua la portière et baissa la vitre :

— Tu me donnes des nouvelles ?

— Je vais t'inonder de SMS ! répondit-elle en souriant encore.

Elle se pencha vers l'habitacle, tendant son front. Il y déposa un baiser tandis qu'elle passait sa main dans ses boucles brunes.

— Prends soin de toi, dit-il en démarrant. Que vas-tu faire de ta matinée ?

— Un tour à la plage.

Dans le rétroviseur, il la suivit des yeux en songeant qu'elle lui mentait. Depuis le perron, elle agitait les bras pour le saluer.

— J'espère que je ne commets pas une erreur en la laissant ici, marmonna-t-il. Je sens que quelque chose la perturbe et je ne sais pas quoi. L'état de santé de Mamie, peut-être... Ce qui est sûr, c'est qu'il ne s'agit pas que de Thomas...

Thomas... Il l'appellerait dès son arrivée, lui proposerait de prendre un verre. Ils avaient à discuter de ce stupide projet d'émission. Thomas devait renoncer à ses racontars sur la famille, d'autant plus que le grand-père Andrieu avait déjà payé pour ses fautes dans le passé... Ensuite il devrait faire tout son possible pour recoller les morceaux avec Béatrix. Même si elle était fâchée, elle pardonnerait. Elle aimait tellement Thomas qu'il ne pouvait en être autrement...

Il soupira et mit un CD dans le lecteur. La voix de Kate Bush et les palpitations de son piano allaient lui permettre de conduire sereinement. Il s'étonna de ressentir l'envie d'une cigarette. Il avait cessé de fumer depuis quelques années et, si les premiers mois il avait dû combattre le manque, il y avait maintenant longtemps qu'il n'avait plus aucun désir de tabac. Il jeta un œil vers la droite. À une certaine époque, il laissait toujours deux ou trois paquets de Benson dans la boîte à gants... Il tendit la main et ouvrit le compartiment. Heureusement, il n'y avait plus là qu'une lampe de poche et des bricoles sans importance... Sinon il aurait glissé une blonde entre ses lèvres et il aurait savouré quelques taffes...

Béatrix revint vers le perron, essoufflée. Elle avait fait le tour de la propriété deux ou trois fois sans trouver celle qu'elle cherchait. Elle était allée dans la grange, dans les remises, dans la buanderie... Elle était même allée toquer à la porte d'Odile. Clara n'était nulle part !

Elle se retourna, reconnaissant le bruit de la vieille Renault d'Odile. Clara était au volant. Elle se garait en bas du chemin, près de la maison où elle logeait avec sa mère. Béatrix redescendit en courant.

— Où étiez-vous ? cria-t-elle.

Clara la toisa, visiblement mécontente de devoir rendre des comptes et, immédiatement, Béatrix s'aperçut de sa maladresse.

— Désolée, je ne voulais pas vous agresser. J'avais seulement un besoin urgent de vous parler.

Clara ne daigna pas répondre, elle fit le tour du véhicule, ouvrit le coffre et en sortit un carton. Il n'était pas totalement fermé et Béatrix y entrevit des livres.

— Vous êtes allée faire quelques courses ?

Clara grogna et Béatrix se sentit de trop. Ce n'était pas le bon moment, il était préférable de ne pas insister.

— Je ne vous ennuie pas plus longtemps, dit-elle en reculant. Je vous verrai plus tard.

— Je suis allée à Saint-Vaast, à la librairie, acheter un peu de lecture.

— Un peu de lecture ? Votre carton est prêt à déborder !

Clara sourit et Béatrix se détendit. La belle rousse faisait partie des gens qu'il ne fallait pas prendre à rebrousse-poil !

— Je peux voir les titres que vous avez choisis ?

Clara déposa son chargement sur le capot avant de la 4L et elle déballa une quinzaine de livres. Il y avait des romans, des biographies historiques et un recueil de poésie d'Apollinaire.

— Vous en avez pour l'année à venir ! s'exclama Béatrix.

— Non, pour un mois, peut-être deux. Cela dépendra du travail que me donnera votre tante. En dehors des quelques heures que je passe avec Amarine et de l'entretien de la maison de ma mère, j'occupe tout mon temps libre à lire. C'est un moyen de m'évader tout en restant dans ma chambre... J'évite ainsi de vadrouiller, ce qui n'est pas plus mal pour moi. De quoi vouliez-vous me parler ?

La question était abrupte et Béatrix n'avait pas prévu de discuter dans la cour, en plein courant d'air. Le froid lui mordait le bout du nez et ses yeux pleuraient.

— D'Amarine, répondit-elle en reniflant.

Elle était transie... À tel point qu'elle n'était plus très sûre de désirer faire la causette.

— On pourrait se mettre à l'abri du vent ? implora-t-elle.

Clara éclata de rire.

— Ah ! Ces Parisiennes ! Il fait deux degrés ! Ce n'est pas la Sibérie tout de même !

— Ne vous moquez pas, marmonna Béatrix, vexée.

— C'est vrai que ça souffle fort ce matin ! Un vent à décorner les bœufs ! Entrons chez moi, si vous voulez. On y sera tranquilles. Ma mère est aux fourneaux chez votre tante à cette heure !

Il y avait des lustres que Béatrix n'était pas allée chez Odile mais rien n'y avait changé. Du moins au premier coup d'œil… Après une ou deux minutes d'observation, elle nota que les peintures avaient été récemment refaites, que la faïence au-dessus de l'évier était neuve et que le placard n'était plus fermé par un rideau mais par une porte coulissante. Cependant le mobilier était toujours le même : une table de cuisine, quatre chaises et, face à la télévision, deux fauteuils séparés par une console.

Clara avait déposé son carton de livres, ôté sa parka et branché la bouilloire. Béatrix n'osait pas se déshabiller, elle grelottait toujours et réprimait difficilement un claquement de dents.

— Je vais allumer le poêle, décida Clara en la regardant. Découvrez-vous un peu tout de même !

Elle déplaça un fauteuil, l'approcha du feu et fit signe à Béatrix de s'y asseoir.

— Thé ou café soluble ?

— Comme vous.

Clara apporta deux tasses fumantes et s'installa face à Béatrix. Elles burent doucement, en silence, se mesurant, se jaugeant d'un battement de cils.

— Je vous écoute, dit Clara en reposant sa tasse.

Elle se tenait droite, immobile, très digne. Ses jeans délavés, élimés, troués par endroits et son pull fatigué ne retiraient rien à cette distinction qui émanait d'elle. Elle imposait le respect.

Elle était impressionnante, pas uniquement à cause de sa taille et, paralysée par cette force invisible, Béatrix ne savait plus par où commencer.

Cette femme me fait l'effet d'un sphinx, songea-t-elle. C'est comme si rien ne la traversait, rien ne la touchait. On dirait qu'elle contemple le monde et qu'elle attend, paisiblement, son heure. Elle parle peu, semble avare de ses mots. Elle n'a pas besoin des autres et pourrait vivre sur une île déserte. Elle a vécu tant de mauvais moments qu'elle n'espère rien d'autre de l'existence que d'avoir une pile de bouquins à dévorer...

— Je me demandais, commença Béatrix, de quoi vous discutez avec Amarine quand vous passez un moment ensemble... Je suis inquiète pour elle. Hier, elle m'a tenu des propos qui ne manquaient pas de cohérence mais...

Clara ne bronchait pas. Elle patientait. Sans aucune avidité.

— Ma grand-mère semble malade : elle s'invente tout un monde, reprit Béatrix. En même temps, elle raconte des choses qui ne me paraissent pas complètement impossibles. Fait-elle de même avec vous ?

Méfiante, Clara prit le temps de la réflexion. Elle se servit un second thé, le dégusta à petites gorgées. Elle n'ignorait pas que la propriétaire des lieux était Amarine, qu'Edwige avait déjà, à plusieurs reprises, évoqué la possibilité de placer la vieille dame sous tutelle afin de prendre le contrôle de ses biens. Elle ne devait donc rien répondre qui puisse nuire à Amarine.

— Je ne suis pas médecin, trancha-t-elle. Je serais bien incapable de me prononcer sur une maladie. Les personnes âgées perdent toutes un peu le fil… non ?

Béatrix sentit la suspicion de Clara. Elle ne s'exprimerait pas franchement tant qu'elle n'aurait pas une preuve que Béatrix ne voulait aucun mal à sa grand-mère. Mais comment prouver des sentiments ?

— J'aime ma grand-mère, souffla Béatrix, tout simplement. Je souhaite comprendre certains faits.

— Expliquez-moi ce qui vous trouble.

Béatrix soupira. Elle était venue pour obtenir des informations et c'était elle qui devait en donner.

— Je ne sais même pas par où commencer… C'est tellement compliqué, confus dans ma tête… Amarine a eu, il y a longtemps, une chienne appelée Sola. En fait, cette chienne appartenait à mon père… Maintenant Amarine prétend que cet animal était celui de David et Sarah, qui me sont totalement inconnus… Elle fait comme si Sola était encore auprès d'elle… Hier, elle me parlait d'une certaine Yardena… Moi, je n'ai jamais entendu ce nom… D'où le sort-elle ? De son imagination ? Elle se fait des films ? Je ne sais pas si je dois croire ce qu'elle raconte ! Elle est parfois tellement agressive !

— Peut-être parce qu'elle vous sent hostile…

— Qu'insinuez-vous ? Je ne comprends pas.

— Si vous ne la croyez pas, vous devenez son adversaire.

Béatrix acquiesça. Elle revit la colère d'Amarine, la veille, quand elle avait pris le collier… Elle avait dû se sentir attaquée puisqu'on fouillait dans ses affaires et elle avait riposté ; ce qui était légitime… Cependant Béatrix ne voulait pas parler de ce bijou à Clara. Pas encore… Pas avant d'en avoir appris davantage…

— Je vous en prie, si vous savez quelque chose, dites-le-moi.

— Je n'en sais guère plus que vous, assura Clara. Mais je suis certaine que Sarah, David et Yardena ne sont pas une invention. Ils sont un souvenir…

Clara s'arrêta. Elle délibérait encore avec elle-même. Ne trahissait-elle pas Amarine en racontant leurs secrets ?

— Ne me faites pas languir ! s'écria Béatrix.

— La première fois qu'Amarine a nourri Sola devant moi, reprit Clara en se promettant de ne rien révéler de trop, j'ai été comme vous, incrédule. Je me demandais si c'était du lard ou du cochon ! J'ai fait comme si je voyais cette chienne… Alors Amarine m'a parlé d'elle. C'était l'animal de compagnie de ses voisins, lorsqu'elle vivait à Paris. Elle le gardait quand ils étaient à La Bourboule. Ils y faisaient des séjours réguliers… Les mômes avaient des problèmes respiratoires. Ils étaient asthmatiques, je crois… Puis, un jour, pendant la guerre, votre grand-père a rapporté Sola en précisant que les voisins étaient partis, sans pouvoir emmener la chienne. Voilà, c'est tout.

— C'est tout ? murmura Béatrix, déçue. Comment être certaine que tout ceci est vrai ?

— Parce que ça ne s'invente pas !

— Amarine est capable de confondre le numéro des pages d'un journal avec la date. J'ai dû lui faire remarquer qu'il ne pouvait y avoir plus de trente et un jours dans un mois... Parfois elle retrouve le fil de ses idées mais je pense que tous ces personnages n'ont jamais existé ailleurs que dans sa tête !

— Ils ont existé ! s'écria Clara.

— Vous êtes bien affirmative pour quelqu'un qui ne connaît ma grand-mère que depuis quelques semaines !

— Amarine ne ment pas et elle me fait confiance ! lâcha Clara, exaspérée. Elle tient votre grand-père pour responsable de la disparition de la famille de Yardena ! C'est ce qui la traumatise encore aujourd'hui !

Béatrix bondit et, dans un grand geste, elle fit basculer le guéridon.

— Dites-moi tout ! Je sens bien que vous ne me livrez pas tout ce que vous savez ! Ou alors, c'est vous, la menteuse !

Clara attrapa le poignet de la furie et la força à se rasseoir.

— D'abord, calmez-vous !

Béatrix se mit à pleurer, sans retenue. Elle songeait à la phrase de Thomas : les Andrieu de Bazer avaient bâti leur fortune avec des coups pourris... La veille, Amarine criait au crime...

Les certitudes de Béatrix s'écroulaient. Ses sanglots redoublèrent lorsque Clara l'entoura de ses bras. Peu à peu, elle s'apaisa...

Clara s'éloigna, regagna son fauteuil. Elle était bouleversée d'avoir été trop bavarde et un peu troublée par la fragilité de Béatrix. Mais elle ne la soupçonnait plus maintenant de manigancer quelque chose contre Amarine.

— Je me doute que ce n'est pas facile pour vous de découvrir que votre grand-père n'est peut-être pas exactement celui que vous croyiez... L'ignorance a parfois du bon... Vous souhaitez vraiment qu'on poursuive cette conversation ?

Béatrix opina.

— Bien, fit Clara sans être totalement convaincue, j'espère que vous ne le regretterez pas. Ces gens, qui ont tant marqué Amarine, ont vécu plusieurs années sur le même palier qu'elle, rue d'Anjou. Là où habite votre frère aujourd'hui et avant lui vos parents... Dans cette famille, ils étaient quatre : Sarah et David, les enfants ; Yardena et son mari : Elie. Amarine était très liée avec Yardena. Je suppose qu'elles aimaient bavarder, prendre le thé, échanger des recettes de cuisine aussi... Elles étaient toutes deux de fines pâtissières. Amarine m'a expliqué comment elle avait appris à Yardena à préparer une tarte aux noisettes. Elles avaient passé un après-midi entier à ôter la coque des fruits, elles avaient beaucoup papoté et ri aussi. Vous voyez, ce sont des détails qui ne s'inventent pas ! Amarine dit la vérité ! Ils ont tous disparu un jour, ne laissant que Sola, que vos grands-parents ont donc adoptée...

— Je n'en reviens pas que vous ayez autant de conversations avec Amarine... J'ai tant de mal à lui arracher quelques mots… Quand je suis arrivée, il y a trois jours, elle ne me reconnaissait même pas…

Clara comprenait le chagrin de Béatrix. Elle tenta de l'apaiser :

— Vous habitez Paris… Moi, je suis là. Amarine me voit tous les jours, alors elle ne m'oublie pas. Quand elle se confie, je l'écoute sans l'interrompre, sans la questionner…

— Pourquoi mon grand-père aurait une quelconque responsabilité dans la disparition de Yardena et des siens ?

— Bien après ce jour, Jean a offert à Amarine un collier. Elle l'a pris, n'a jamais voulu le porter. Elle se rappelait l'avoir vu ; Yardena le lui avait montré… C'est pourquoi elle a toujours pensé que son mari était pour quelque chose dans leur départ précipité… Ce ne peut pas être le résultat d'une affabulation. Mais je n'en sais pas plus…

— Mon Dieu ! s'exclama Béatrix, chavirée. C'est impossible !

— Amarine est une vieille dame fatiguée, ajouta Clara. Elle a des absences… Il n'y a pas si longtemps, je l'ai trouvée dans son fauteuil, elle tricotait avec ses doigts. Ni aiguilles ni laine à côté d'elle… J'ai tenté de la ramener dans le présent… dans la réalité. C'était impossible. Elle était vraiment ailleurs, elle ne m'entendait pas… En revanche, le jour où nous avons parlé de Yardena et du bijou, je vous assure qu'elle était bien là et que les personnes dont elle me contait l'histoire ne sortaient pas d'un univers chimérique…

Il y eut un long silence. Clara s'était levée. Elle remit la bouilloire sur le feu. Son sifflement réveilla Béatrix.

— J'ai vu le collier, murmura-t-elle, abattue. Je sais qu'il existe… Peut-être que ma grand-mère ne délire pas… Mais je ne veux pas la suivre dans ses croyances en une malédiction… Je ne veux y accorder aucun crédit.

— Votre grand-mère est très pieuse, répondit Clara. D'après elle, votre famille paye pour ce péché… Si péché il y a… Si son époux s'est rendu coupable de quelque chose… Je me rappelle une de ses expressions quand elle m'a parlé de tout cela, elle disait que Jean avait signé un pacte avec le diable et qu'il y avait laissé son âme… Comme vous, je n'y ajoute pas foi. En revanche, je veux croire Amarine sur tout le reste. C'est important pour elle que nous lui accordions notre confiance. Je suis certaine qu'elle n'a pas imaginé l'histoire de Yardena… Elle perd la tête, oublie le présent, ne se souvient pas de ce qu'elle a fait la veille, mais quand elle plonge dans son passé, sa mémoire est intacte. La souffrance qu'elle a pu ressentir, il y a plus de soixante ans, n'a pas disparu. Elle est peut-être même encore plus aiguisée aujourd'hui… Rien n'est effacé.

« Ils sont quatre, dans une vaste pièce ensoleillée. Béatrix est là aussi, cachée dans un placard dont la porte est à peine entrouverte… Elle glisse son regard. Elle observe la scène. L'homme rassemble les valises, la femme aide le garçon à mettre sa veste. Elle lisse son col avec soin puis caresse ses cheveux. La petite fille est prête. Elle patiente, serrant une poupée entre ses bras. L'homme se charge des bagages, la mère tend ses mains aux enfants. Ils sortent, laissant derrière eux un chien qui s'assied sagement dans son panier pour attendre le retour de ses maîtres.

Il n'y a pas de palier, pas d'escalier. Le soleil a disparu, la nuit est tombée. On entend un clapotis. C'est la mer qui est là, à leurs pieds. À la lueur des étoiles, ils embarquent sur un canot et s'éloignent du rivage. Puis le vent se lève. Des rafales puissantes. De la houle. D'abord l'embarcation danse. Puis elle se met à tanguer dangereusement et elle bascule, se retourne. Des cris, des bras se tendent vers le ciel, s'agitent… Un appel au secours retentit.

Depuis sa cachette dans le placard, Béatrix assiste impuissante à la scène. Elle ne peut ni parler ni bouger… Elle ne peut venir en aide à ces gens perdus dans les flots.

Soudain, une silhouette noire auréolée de flammes jaillit de nulle part au-dessus de la mer déchaînée. Un éclat de rire démoniaque résonne. »

Béatrix se redressa d'un bond, s'assit dans son lit, alluma la lumière. Ses yeux firent le tour de la pièce et elle mit quelques secondes à comprendre qu'elle avait rêvé. Son tee-shirt humide de transpiration lui collait à la peau et elle grelottait.

La fièvre me fait délirer, songea-t-elle en tirant sur la couette pour se couvrir. J'ai dû prendre froid ce matin dans la cour… À coup sûr, je couve un bon rhume.

Elle attrapa la bouteille d'eau qu'elle montait chaque soir et qu'elle plaçait à son chevet. Assoiffée, elle but goulûment. Il lui sembla que sa température s'abaissait doucement. Elle cala de nouveau sa tête contre son oreiller et éteignit la lampe.

Elle ferma les yeux et des corps charriés par les flots revinrent aussitôt hanter son esprit tandis que le diable riait toujours.

— Non, je ne suis pas malade, murmura-t-elle en ouvrant les paupières. Je suis…

Folle. C'était le mot qui lui venait à l'esprit.

— Surtout ne pas me rendormir, sinon ce cauchemar va me poursuivre, dit-elle.

Mais c'était plus fort que sa volonté. Les images réapparaissaient. Terribles. Même éveillée, Béatrix ne pouvait les effacer. Elles étaient là, incrustées dans son regard. Elle cessa donc de les repousser pour tenter de les interpréter. Ce rêve était lié à la disparition de ses parents et à celle de la famille de Yardena. Son esprit en avait fait un mélange…

Béatrix avait été chamboulée par la conversation avec Clara. Cependant elle ne croyait pas au démon. Quand elle pensait à son grand-père, elle ne parvenait pas à le déclarer coupable de quoi que ce soit. À ce sujet, Amarine se trompait très certainement.

Une explication rassurante s'imposa peu à peu. Jean avait été condamné pour collaboration et il avait purgé sa peine. Mais il avait crié à l'injustice, s'était toujours défendu, arguant qu'il avait été proche de l'ambassadeur d'Allemagne pour mieux servir le réseau de résistants auquel il appartenait. Peut-être avait-il aidé la famille de Yardena à quitter Paris. Yardena, Elie, Sarah, David... Des prénoms juifs... Sans doute Yardena lui avait-elle offert son collier pour le remercier... Jean n'avait pu parler de tout ceci à son épouse. Les actions des résistants se faisaient dans l'ombre et même les proches ne devaient pas être au courant. Pour leur sécurité et celle des autres.

Si, par prudence, Jean s'était tu pendant la guerre, pourquoi n'avait-il pas parlé après ?

6

Trésor !

Quand il entra dans la bijouterie, Alban croisa le sourire de Nath et il soupira d'aise. Il avait passé une nuit épouvantable, sans cesse réveillé par un horrible cauchemar dans lequel il voyait Béatrix s'embarquer sur un Zodiac alors que la tempête soufflait. Il ne réussissait pas à la retenir… Il l'appelait et elle s'éloignait encore. Puis une vague puissante retournait le bateau. Alban se voyait flotter au-dessus de la mer, comme porté par le vent, et il ne parvenait pas à saisir la main que Béatrix tendait vers lui. Impuissant, il assistait à la noyade de sa sœur. Enfin une bourrasque le projetait sur la plage, où la marée ramenait un canot vide.

— Un café ? proposa Nath.

Elle avait deviné que le sommeil de la nuit précédente n'avait guère été réparateur pour son patron. Les cernes qui creusaient ses yeux en témoignaient. Il avait sans doute passé quelques heures en compagnie d'une créature de rêve… À trente-huit ans, Alban Andrieu de Bazer était encore célibataire. Un célibataire convoité. Il était bel homme, grand, le regard sombre, le nez droit et fin, les lèvres bien dessinées, la chevelure noire et bouclée. Par ailleurs il était riche ! Et pour ne rien gâcher, il était courtois, cultivé et sympathique. Aussi les conquêtes ne manquaient pas. Il n'était pas pressé de se caser et profitait des aventures qui se présentaient à lui... toujours des femmes d'exception. Nath les croisait parfois lorsqu'elles venaient chercher Alban. Elles roulaient dans des cabriolets, exhibaient de jolies robes, des escarpins de luxe, des sacs à main de chez Dior ou de chez Chanel. Elles étaient si belles !

Des femmes auxquelles je ne ressemblerai jamais, songea Nath en posant une tasse sous le percolateur. De celles qui ont des silhouettes de mannequin, des visages époustouflants de beauté et des situations bien en vue ! À côté d'elles, je suis un vilain petit canard. Tellement insignifiant qu'on ne me regarde jamais. On se souvient que je suis là quand on a besoin de moi... Mais en dehors de cela... rien.

Elle s'était enfermée dans une sorte de cagibi qu'on nommait pompeusement la cuisine. On pouvait y grignoter. À deux, pas plus ! Sur une minuscule table. Il y avait cependant tout ce qu'il fallait pour préparer un repas. Un four à micro-ondes, une table de cuisson et un réfrigérateur dans lequel il y avait toujours du champagne... des bouteilles destinées aux clients qu'il fallait soigner plus particulièrement...

Si la bijouterie ne prétendait pas rivaliser avec celles de la place Vendôme, elle avait néanmoins acquis une solide réputation à Paris. Située rue de La Sourdière, dans le premier arrondissement, elle était un peu étroite et ne disposait pas d'une impressionnante vitrine. Cependant la qualité des produits proposés, leur originalité avaient fait connaître la boutique fondée par les parents des jumeaux. Alban et Béatrix avaient modernisé le lieu sans vraiment le changer. Ils y vendaient toujours des créations inédites, dont la plupart étaient l'œuvre de Béatrix ou des deux joailliers qui travaillaient avec elle dans l'atelier situé au fond du magasin. C'était cela qui donnait à l'endroit sa notoriété : on pouvait venir y faire fabriquer le bijou de son choix. La bague qu'on ne verrait sur aucune autre main, le collier que personne d'autre n'aurait…

Le bouche à oreille avait fonctionné et, depuis quelque temps, les acheteurs n'étaient plus seulement parisiens. Ils venaient de partout en France et même de l'étranger. La dernière grosse commande émanait d'une comtesse luxembourgeoise…

— Il faut que je parle de cette femme à Alban, murmura Nath en sortant une petite cuillère.

— De quoi voulez-vous me parler ?

Elle rougit bêtement. Elle ne savait pas qu'il l'avait rejointe. Elle lui tendit sa tasse.

— Merci, dit-il en goûtant son café. Vous êtes vraiment une perle.

Elle soupira. S'il ne lui faisait pas ce compliment au moins dix fois par jour, on ne devait pas en être loin. Ce n'était pas ce qu'elle rêvait d'entendre quand il était près d'elle. Elle ferma les yeux, respira le santal qui émanait de son eau de toilette et la tête lui tourna pendant quelques secondes.

— Madame Kalte von Burg a téléphoné ce matin, dit-elle en reprenant ses esprits. Elle souhaitait savoir si son bijou serait prêt avant les fêtes. Elle veut le porter au dîner de Noël auquel elle est invitée par la famille du grand-duc ! Elle pense venir à Paris le 20 !

— Ah, fit Alban en se grattant le menton. Il ne manquait plus que cela ! Béatrix a prolongé son week-end à Saint-Vaast ! Elle rentre à Paris dans la soirée et sera là demain, heureusement ! J'ignore combien d'heures de travail elle doit encore passer autour de la broche... Je vais rappeler madame Kalte. Mais d'abord, il faut que je joigne Béa, qu'elle me dise où elle en est de cette réalisation. Mon Dieu ! Pourvu qu'elle ait bientôt terminé !

Il posa les coudes sur la table et serra son crâne entre ses mains. Abus de champagne, pensa Nath en le voyant se masser les tempes.

Elle était désespérée d'imaginer qu'il ait pu passer la nuit à savourer quelques coupes en agréable compagnie. Elle ouvrit son sac à main et lui tendit une boîte de Doliprane, s'attendant à ce qu'il lui répétât qu'elle était une perle !

— Merci, murmura-t-il. J'ai mal dormi. Un cauchemar qui n'en finissait pas de revenir à chaque fois que je sombrais de nouveau dans le sommeil... J'ai l'impression qu'on me découpe la cervelle au scalpel tellement je souffre.

Il préféra cacher à Nath ses soucis personnels, il ne raconta pas qu'il avait vu Thomas la veille, qu'il avait tenté de le faire renoncer à son projet d'émission. Nath ne savait rien de toute cette histoire abracadabrante... Thomas s'était montré inflexible. Si Béatrix l'aimait, arguait-il, elle accepterait qu'on dévoilât comment sa famille avait acquis sa fortune. Lui, en bon journaliste, n'abdiquerait pas. Il finalisait son projet. Les premiers numéros du magazine d'information seraient diffusés au printemps. Les programmes étaient établis... Alban n'avait rien appris de plus. Thomas n'avait guère été bavard sur le contenu de son dossier. Mais il semblait tellement sûr de lui qu'Alban s'inquiétait et qu'il comprenait la colère ressentie par sa sœur...

Il se servit un verre d'eau, avala deux comprimés et rendit à Nath sa boîte de médicaments. Leurs doigts s'effleurèrent. Elle sentit son cœur s'emballer et sourit.

— Décidément vous êtes une perle, Nath ! s'exclama-t-il en franchissant la porte.

Il ne remarqua même pas que le sourire de son employée s'était effacé et que ses yeux se gonflaient de larmes.

Sur le périphérique, Max avait été obligé de lever le pied. On circulait au ralenti. Depuis leur départ de Saint-Vaast, il avait roulé comme un fou et Elias, tétanisé, s'était agrippé à la ceinture de sécurité durant tout le voyage.

Rue Clément-Marot, il se gara en double file tandis que Béatrix descendait et attrapait son sac dans le coffre.

— Vous ne voulez vraiment pas monter prendre un verre ? demanda-t-elle.

Max refusa pour la seconde fois et il redémarra en trombe. Il avait hâte de regagner son appartement, de téléphoner à Daphnée. Sa sœur devait être mise au courant des idées farfelues de leur père. Tant pis si elle avait d'autres chats à fouetter ! Elle mettrait de côté ses soucis de divorce et se préoccuperait un peu de ce qui se tramait dans la famille !

Max souhaitait aussi retrouver son ordinateur, se livrer paisiblement à quelques recherches. Avant leur départ, il avait tenté de discuter avec son père, de l'amener à renoncer à son stupide projet d'aller vivre dans une caverne. Il était persuadé que François-Xavier était la victime d'escrocs et que la science n'avait rien à voir dans tout cela. La seule chose qu'il avait obtenue, lors de cette pénible conversation, c'était le nom de la fameuse société de recherche scientifique. C'était peu. Mais avec ce maigre renseignement, il espérait en apprendre plus. Internet pouvait tout !

Ce qui ajoutait à sa contrariété, c'était l'attitude de sa mère. Elle hurlait que son époux n'avait que des idées débiles mais elle ne faisait rien pour le freiner… Comme si elle n'était pas franchement contre le départ de son mari…

Elias sentait l'angoisse de son amant, il essayait de l'apaiser par quelques gestes tendres. Il posa sa main sur la cuisse de Max, le caressa doucement… Max ne perçut rien. Il gardait les doigts serrés sur le volant, écrasait de son pied la pédale de l'accélérateur dès que le feu passait au vert. Il conduisait comme s'il avait été seul, sur un circuit de formule 1…

Béatrix déposa son sac dans sa chambre sans le vider. Elle ne dîna pas. Elle se mit au lit après avoir pris un bain.

La faim l'éveilla très tôt. Tandis que le café coulait, elle revit Amarine, le jour précédent, à l'heure du petit déjeuner…

Amarine avait d'abord joué avec sa tartine puis elle en avait croqué quelques morceaux. Ensuite, sous les yeux ébahis de Béatrix, elle avait ôté sa montre et l'avait trempée dans sa tasse, comme un croissant… Enfin, péniblement, elle s'était levée en disant :

— Odile, ma fille, veux-tu m'apporter mon manteau et mes clés de voiture, s'il te plaît. Il est l'heure que je conduise les enfants à l'école.

— Mais, Mamie…

D'une tape sur l'épaule, Odile avait empêché Béatrix de continuer et elle avait saisi le bras de la vieille dame :

— Ne vous inquiétez pas, madame Amarine, le voisin va passer chercher vos petits. Il les accompagne à l'école en même temps que les siens.

Elle l'avait doucement aidée à reprendre place sur sa chaise. Rassurée, Amarine n'avait plus bougé…

Dans l'après-midi, quand Max avait sonné l'heure du départ, Béatrix était montée à l'étage, pour en redescendre avec ses bagages. Elle était allée saluer sa grand-mère, étouffant un horrible sentiment : celui d'embrasser une personne inconnue…

Le grille-pain éjecta les tranches de pain de mie, sortant Béatrix de sa torpeur.

— Il faut que je me change les idées ! s'écria-t-elle. Je ne dois pas rester ici à cogiter. Vite à la douche et au boulot !

Moins de trente minutes plus tard, elle quittait son appartement, les cheveux encore humides...

Il n'y avait personne quand elle parvint à la bijouterie. Elle était la première. Une odeur de cigare traînait dans l'atelier. En souriant, elle songea que Bob avait dû travailler tard et seul, la veille au soir, car le cendrier était plein et qu'il ne se permettait jamais de fumer en présence de ses collègues... Elle ouvrit le vasistas pour chasser l'effluve qui ne manquerait pas de déranger Daniel quand il arriverait.

Elle ôta son manteau et enfila une vieille veste de laine qu'elle conservait sur le dossier de sa chaise, pour les moments frileux comme elle disait. Elle déverrouilla son coffre, en sortit plusieurs boîtes et s'installa à son établi après avoir allumé la rampe de spots qui éclairait ses journées.

— Ah ! Tu es là ! s'exclama Alban en entrant. C'est bien. Il faut absolument que tu termines au plus vite le bijou de madame Kalte von Burg. Elle vient le chercher le 20 !

— Bonjour ! répondit Béatrix sèchement.

Alban grimaça comprenant qu'il avait oublié la formule magique et que le petit génie n'appréciait pas cette omission. Il risquait de s'enfermer dans sa lampe merveilleuse et on ne le reverrait pas avant quelques milliers d'années...

Il se pencha vers sa sœur et déposa un baiser sur son front.

— Pardonne-moi. Je suis un peu à cran. Ce doit être l'approche des fêtes, l'angoisse que tout ne soit pas prêt pour nos clients. C'est la réputation de notre maison qui est en jeu ! Tu vas bien ? Tu t'es reposée à Saint-Vaast ? Tu as pu décompresser un peu ? Te promener comme tu le souhaitais ? J'ai beaucoup pensé à toi.

— J'avais remarqué ! Huit messages sur mon portable hier, dont sept pour me parler de la broche !

— Je suis désolé. Quand madame Kalte a dit qu'elle viendrait retirer sa commande le 20, j'ai paniqué. Je croyais qu'elle ne la voulait que pour le 24... C'est vrai que j'ai peur que tu n'aies pas terminé à temps. D'autant que tu as promis pour la même date la bague de madame Dunord... Ce cabochon monté sur or blanc et jaune.

— Concernant madame Dunord, le rubis est poli. Je le poserai demain ou après-demain dans son berceau.

— Et pour madame Kalte ?

Mal à l'aise, il dansait d'un pied sur l'autre, attendant que Béatrix le rassurât. Elle ne le faisait pas, bien déterminée à lui montrer son mécontentement.

— C'est une vente à plus de cinquante mille euros tout de même ! marmonna-t-il en espérant que l'argument dériderait sa sœur.

Elle soupira. Elle aurait voulu lui parler d'Amarine, du fabuleux collier, de Yardena, de ses enfants, de la disparition de cette famille, de tout ce qu'elle avait découvert d'étrange et de bouleversant... Quelque chose l'en empêcha. Alban n'avait que faire du passé pour le moment. Ce qui le préoccupait, ce qui le faisait frémir, c'était de voir s'aligner des chiffres sur le compte en banque.

— On est au bord de la faillite ? ricana-t-elle après quelques secondes. Y a le feu à la mare ? Tu vas devoir vendre des actions ?

— Arrête, je t'en prie ! Pas de sarcasme ! On ne va pas commencer la journée ainsi. Je te rappelle que je n'ai pas d'actions ! Tout ce que je possède est investi dans notre bijouterie. Je...

Il se tut car Daniel entrait et qu'il détestait parler de ses affaires ou d'argent devant le personnel.

9 heures pétantes, songea Béatrix en tendant la main à son collègue qui se courbait légèrement devant elle, la saluant avec déférence. Voilà un type réglé comme une horloge. Il n'arrive jamais avant, jamais après... Faudra que je lui demande un jour comment il fait. Il a peut-être un minuteur branché dans le cerveau ! Il échappe toujours aux ennuis de circulation... Est-ce un super-héros ? Un type comme Superman, capable de voler ?

Elle le regarda déboutonner son manteau, le suspendre à un cintre, l'épousseter du bout des doigts. Non, Daniel n'avait rien d'un super-héros. Il plia avec soin son écharpe, il décrocha sa blouse et l'enfila. Toujours les mêmes gestes... Chaque matin depuis des années. Quand il leva le nez en l'air, ses narines frémirent et Béatrix comprit qu'il avait senti l'odeur du tabac froid.

— Nous refermons la fenêtre, mademoiselle Andrieu ? interrogea-t-il, cérémonieusement. L'air est tout de même très frais. La radio a annoncé une forte baisse des températures dès aujourd'hui.

— Nous refermons, Daniel, répondit Béatrix sur le même ton un peu pompeux.

Il s'exécuta et alluma une bougie parfumée tandis qu'elle se retournait vers sa table de travail, ignorant Alban qui campait toujours près d'elle. Elle savait qu'il patientait pour discuter encore, qu'il attendait qu'elle ouvrît ses boîtes pour juger de l'avancement de son travail. Elle éprouvait un certain plaisir à le laisser mariner. Elle fit exprès de sortir un carnet, d'en tourner les pages lentement, faisant mine d'observer les croquis qui y figuraient. Puis elle prit encore le temps de tailler son crayon à papier. Comme Alban ne bougeait pas, elle s'empara d'un étui de couleurs.

— Faut peut-être que je les rafraîchisse un peu aussi, murmura-t-elle en touchant les mines usées.

Devant les trente-six crayons, Alban comprit qu'elle se payait sa tête. Il quitta l'atelier, pestant intérieurement.

Alors Béatrix rangea son matériel à dessin. Elle étala un lourd tissu noir sur son établi et elle vida le contenu des écrins. Elle sourit en contemplant la broche. Le bijou prenait forme. C'était une rose ancienne, telle que l'avait souhaitée madame Kalte. Une fleur qui s'épanouissait, avec ses pétales doubles. Elle serait achevée pour le 20 ! Pas pour être agréable à Alban ! Mais pour l'être à madame Kalte, que Béatrix avait trouvée délicieuse...

Antoinette Kalte von Burg avait le charme désuet mais incomparable des personnes issues des vieilles familles aristocratiques. Elle était venue un jour, à la boutique, avec son manteau de fourrure, ses lunettes de chez Dior, sa carte American Express et une idée : elle voulait une broche en forme de fleur et surtout inédite ! On lui avait recommandé le travail des Andrieu. Béatrix l'avait reçue pendant près de deux heures, griffonnant des esquisses sur une feuille pour lui proposer quelques modèles. Antoinette avait dit oui à tout. Pour un peu, elle aurait vidé son compte en banque. Son mari, qui était venu la retrouver, avait modéré ses ardeurs.

— Voyez-vous, ma chère, avait-elle dit à Béatrix en souriant, quand j'avais vingt ans et pas une ride, mon époux aurait revendu quelques bons du trésor pour céder à mes caprices. Maintenant que j'ai la fesse moins ferme, je suis contrainte aux restrictions budgétaires !

Elle avait achevé sa phrase sur un clin d'œil et s'était tournée vers son mari. Ils avaient échangé un regard complice qui démentait ses propos et il l'avait délicatement embrassée sur la joue.

— Mademoiselle va créer pour toi un très joli bijou, mais il n'égalera jamais ta beauté, avait-il assuré. Le temps ne l'a pas effacée.

Il était sincère, songea Béatrix en ouvrant une boîte qui renfermait des diamants roses. Après une quarantaine d'années de mariage, il semble encore épris…

Elle fit glisser les merveilleux brillants sur un plateau. Les pierres étaient d'un rose pourpré, magnifique. Alban les avait commandées en Australie. Béatrix les utilisait pour dessiner le cœur de la fleur. Sur les bords des pétales, elle avait choisi des joyaux plus clairs proposés par un diamantaire angolais. On avait vraiment l'impression d'assister à l'éclosion du bouton, de voir s'ouvrir la fleur…

Le front appuyé sur une énorme loupe qui ressemblait à un microscope, Béatrix s'empara d'une pince, saisit une pierre afin de la placer sur la monture. Il s'agissait de les fixer l'une à l'autre. Le sertissage était une question de solidité mais aussi d'esthétique. Béatrix déposa le diamant dans son berceau. Celui-ci était surmonté de quatre minuscules griffes qu'il fallait rabattre précisément. Elle s'y employait quand Bob entra.

— Ah ! Enfin tu es là, Trésor ! s'exclama-t-il en se jetant sur Béatrix. Tu sais qu'on s'embête quand tu t'absentes ? Des vacances à Saint-Vaast en plein mois de décembre, on n'a pas idée ! Tu nous as manqué ! Hein, Daniel ? N'est-ce pas qu'on s'ennuie quand Béa n'est pas là ? Les journées sont trop mornes sans elle !

L'interpellé releva le nez :

— Je suis là pour travailler, quoi qu'il arrive ! Je ne m'ennuie jamais ! Et je suis à l'heure !

Bob haussa les épaules et fit une grosse grimace dans le dos de son collègue. Béatrix retint un fou rire. Daniel était un rabat-joie, un type sérieux qui ne devait pas être bien drôle dans la vie de tous les jours. Bob était tout son contraire.

— Fichtre ! dit-il en consultant sa montre, c'est vrai que je suis très en retard ! Mais que voulez-vous, la nuit a été... agitée !

Cette fois, Béatrix pouffa parce que Daniel avait presque rentré sa tête dans ses épaules pour échapper aux commentaires de Bob... Il les jugeait souvent graveleux ! Elle imaginait très bien ce que Bob insinuait. Il avait été durant un temps l'amant de son cousin Max, qui avait fini par le plaquer, en expliquant que Bob n'était qu'une bête de sexe et qu'il était impossible de parvenir à satisfaire ses besoins tant ils étaient déments ! Béatrix ne s'occupait pas de tout cela. Bob était devenu un ami et elle adorait bosser à ses côtés. Il éclairait les longues heures passées à l'atelier par ses éclats de voix, ses rires, ses remarques parfumées d'humour piquant...

— Il faut que je te raconte un peu, reprit Bob en approchant une chaise de Béatrix. Je l'ai rencontré dans un bar sur les Champs.

— Je vais préparer un café, annonça Daniel qui craignait de devoir écouter la narration complète des ébats de Bob. En désire-t-elle un ? À moins qu'elle ne préfère un thé ?

Béatrix sursauta en voyant Daniel se pencher vers elle. C'était à elle qu'il s'adressait, toujours avec cette manie de lui parler à la troisième personne. Elle ne s'y habituerait jamais !

— Elle prendra volontiers un café, une grande tasse, s'il vous plaît, répondit-elle en espérant qu'il remarquerait quelle se moquait de lui et qu'il cesserait enfin ces ridicules salamalecs.

Il ne perçut rien de la raillerie et sortit discrètement.

— On déjeune tous les deux ce midi et on bavardera, si tu veux, proposa-t-elle à Bob. Je dois avancer sur cette broche.

— Dis-moi tout de même, ton séjour à Saint-Vaast s'est-il bien déroulé, Trésor ? D'habitude, tu ne restes jamais là-bas sans ton frère…

— Je t'en parlerai à midi.

Bob n'insista pas et il s'installa à son établi.

À l'aide d'une pince, Béatrix saisit un nouveau brillant et elle le déposa dans son berceau. Cependant son esprit était ailleurs… Il survolait Saint-Vaast, la maison de famille et entrait dans la chambre d'Amarine… Il ouvrait le tiroir d'une commode…

Elle sortit de son tiroir un calepin, celui dans lequel elle avait de nombreuses fois esquissé le bijou destiné à Antoinette Kalte. Mais elle ne cherchait pas ses ébauches, elle prit une page blanche et commença à crayonner…

— Elle n'a donc pas bu son café ? Il doit être froid maintenant ! s'exclama Daniel en découvrant la tasse encore pleine qu'il avait déposée à côté de Béatrix une heure plus tôt.

Il resta bouche bée, observant le dessin de Béatrix, oubliant le poinçon qu'il était venu lui emprunter. C'était un magnifique collier qui devait se porter en ras-de-cou : trois rangs de perles réunis par une émeraude et un fermoir travaillé que l'on n'avait pas à cacher ! Au contraire… Sur une nuque dont les cheveux étaient relevés en chignon, l'effet devait être extraordinaire.

— Oh ! C'est une pure merveille, murmura-t-il au-dessus de l'épaule de Béatrix. C'est une commande ?

— Heu… Non ! Heu… Seulement une idée, bafouilla-t-elle en refermant son carnet. Quelque chose de très vague… L'inspiration d'un moment… Rien de défini.

— Rien de défini ? C'est une belle ébauche ! J'ai déjà vu un bijou assez semblable, je crois ! dit Daniel, tout excité. Je pense que c'était dans…

Il courut presque vers son bureau, grimpa sur sa chaise et scruta avec avidité les titres de la bibliothèque. Il y avait là différents manuels d'orfèvrerie, de joaillerie… Il s'empara d'un livre, le feuilleta rapidement, s'arrêta soudain.

— Voilà ! Regardez ! Ce sont des photographies prises au bal qui a été donné en 1903 à Saint-Pétersbourg ! On célébrait la danse au cœur du Palais d'hiver, à la cour de Russie… Une de ces soirées comme on n'en reverra jamais, hélas…

Bob s'approcha pour jeter un coup d'œil à ce que Daniel montrait à Béatrix.

— Quelques clichés ont été initialement pris en noir et blanc, bien sûr, poursuivit Daniel. Ils ont été colorisés afin que l'on distingue bien les parures. Vous voyez, ce collier ressemble à celui que vous avez dessiné. À ceci près qu'il comporte un rang de perles en plus, et que ce rang supplémentaire est beaucoup plus long, il tombe dans le décolleté alors que les trois autres se portent au ras-du-cou. Mais c'est surtout le fermoir qui m'a interpellé ! Du bel ouvrage ! Comme votre esquisse ! Vous allez concevoir ce bijou ?

— Ce serait géant ! s'écria Bob, enthousiaste.

S'il y avait bien une chose qui les réunissait tous les trois, c'était la passion de la création, l'amour des pierres, de l'or travaillé, ciselé…

— Non ! Non ! balbutia Béatrix, affolée.

Elle était devenue livide, ses lèvres s'étaient teintées de mauve et elle rangea précipitamment son calepin dans son bureau en tentant de dissimuler le tremblement qui agitait ses mains.

— Bah, ne t'emporte pas, Trésor, chuchota Bob en lui donnant un baiser dans les cheveux. On trouvait que ton croquis était génial, qu'il promettait une belle réalisation… C'est tout ! Pas de quoi te mettre dans un état pareil !

— Désolée, marmonna-t-elle.

— Pas grave, répondit-il en l'embrassant de nouveau.

En se réinstallant devant son établi, il songea que cette esquisse n'était pas seulement une vague idée comme elle l'avait prétendu… S'il la sentait disposée à parler un peu, il l'interrogerait à ce sujet quand ils seraient seuls…

7

On ne meurt pas d'aimer mais…

— Personne n'a eu de nouvelles de Nath ?

La porte s'était ouverte brusquement et les trois interpellés relevèrent le nez. Ils firent un signe de tête négatif.

— C'est dingue, reprit Alban. Jamais elle ne s'absente sans m'avertir ! Elle n'a appelé aucun d'entre vous ?

Béatrix tourna les yeux vers le vasistas, dehors il faisait nuit. Elle regarda sa montre, il n'était pas loin de 18 heures.

— Tu nous as posé cette question je ne sais combien de fois depuis ce matin, soupira-t-elle.

— Parce que je suis inquiet !

— Nous le sommes aussi !

— Je lui ai laissé deux messages sur son portable, intervint Bob, la priant de me passer un coup de fil quand elle le pourrait.

— La moindre des politesses, c'est d'avertir son employeur quand on ne vient pas au travail ! ragea Alban.

— Si Nath n'a pas prévenu, c'est qu'elle a été dans l'impossibilité de le faire, répondit Bob. Je suppose qu'il lui est arrivé quelque chose, un souci de santé, un problème de famille, peut-être… Rien de trop grave, je l'espère.

— Ce qui m'énerve, c'est que personne ne soit au courant de quoi que ce soit !

Béatrix fusilla son frère d'un regard. Elle en avait plus qu'assez. Depuis quelques jours, il explosait pour un oui ou pour un non ! Il sentit qu'il s'était emporté et recula.

— Nath a forcément eu un pépin, murmura Bob quand Alban eut quitté l'atelier. Ce n'est pas son genre de manquer ainsi. Je pourrais peut-être aller sonner chez elle ce soir… Tu m'accompagnerais ?

— Je ne peux pas. Je vais rendre visite à ma cousine.

— La sœur de Max ?

— Oui, Daphnée. Leur père ne va pas bien. Max est sur les dents. Daphnée nage en plein divorce, elle ne semble pas cerner la situation à Saint-Vaast… Je crois Max prêt à déborder si Daphnée ne se décide pas à intervenir. Il a besoin d'un coup de main. J'aimerais aussi évoquer notre grand-mère… Bref, il faut qu'on discute toutes les deux… Je te laisse donc aller voir Nath tout seul. Tu sais où elle habite ?

— Elle loge près du canal Saint-Martin. Rue Bichat.

— Je l'ignorais… Je crois que je ne sais pas grand-chose d'elle, répondit Béatrix.

Elle songea avec amertume qu'elle était comme tout le monde. Égoïste. Ne vivant que pour elle, s'intéressant peu aux autres… Pourtant elle bossait depuis des années aux côtés de Nath. Dans l'indifférence. Ou presque. Aujourd'hui, on se tracassait pour Nath parce qu'elle était absente. Mais quand elle était là, on ne lui prêtait pas d'attention particulière…

— Je l'ai rencontrée un jour, chuchota Bob pour ne pas déranger Daniel qui était de nouveau penché au-dessus de sa loupe. C'était un dimanche d'été, je me souviens qu'il faisait lourd ; on attendait la pluie… Je me promenais sur le quai de Valmy. Elle aussi. On était seuls tous les deux. On a papoté quelques minutes puis l'orage a éclaté. Elle m'a proposé de venir m'abriter chez elle. On était trempés en arrivant. Elle m'a prêté une serviette de bain et m'a offert un thé ! On a encore bavardé. Son studio est sous les toits, éclairé par de grands Velux. C'est pour cela qu'elle l'a choisi. Elle a besoin de lumière. Elle peint.

— Elle peint ?

— Oui… À ses heures perdues, elle joue du pinceau. J'ai vu quelques toiles. C'est émouvant, joli, inattendu. J'ai senti son désarroi au travers de sa peinture. Sa tourmente… Sa tristesse… Mais sa joie aussi. Son plaisir… Son apaisement. Elle doit passer par des états d'âme très différents en fonction des jours. Ce qui me fait dire qu'elle a tout d'une artiste !

— Je ne savais pas. Décidément je ne connais rien d'elle.

L'appartement que Daphnée louait depuis qu'elle avait quitté son mari était situé dans un immeuble assez récent, rue de Tolbiac. Quelques cartons encombraient encore le séjour mais les murs étaient déjà décorés de lithographies, de photos et de jolis rideaux masquaient les fenêtres.

Tess et Noé assaillirent Béatrix dès son arrivée. Alors qu'elle espérait pouvoir parler un peu avec Daphnée, les enfants grimpaient sur ses genoux, lui apportaient un livre, un jeu... Habituellement, elle adorait leur attitude invasive... Cette fois, elle manquait de patience. Daphnée ne tarda pas à le remarquer et elle proposa aux petits de regarder un DVD. Ils se calèrent sur le canapé et se calmèrent.

Béatrix aborda alors le sujet qui lui tenait à cœur. Elle évoqua Max, son inquiétude quant à l'état de santé de François-Xavier.

— Papa a toujours eu des lubies ! s'écria Daphnée. On sait bien que ça ne tourne pas rond dans sa tête... Mais il n'y a pas de quoi stresser ainsi !

— Max est persuadé que, cette fois, c'est plus grave. Je crois qu'il a besoin de ton soutien. Peut-être qu'à vous deux, vous parviendrez à faire entendre raison à votre père, qu'il renoncera à ce fichu projet d'aller passer trois mois au fond d'une grotte... Max va repartir dès demain pour Saint-Vaast. Tu ne voudrais pas l'accompagner ? Il m'a dit que tu étais en vacances. J'ai le sentiment de me mêler de vos affaires mais Max a l'air si démuni que...

— Tu sais, Béa, en ce moment, j'ai d'autres choses à penser... C'est vrai que j'ai pris quelques jours de congé. Mais c'est pour consacrer du temps à ce nouveau chez-moi… je veux que les enfants se sentent bien ici. J'ai repeint leur chambre, j'ai fait un peu de déco dans la salle de bain… Aller à Saint-Vaast, c'est perdre trois jours… Peut-être que mon père a déjà changé d'avis. Peut-être qu'il a même déjà oublié cette histoire et qu'il est passé à autre chose !

Béatrix n'insista pas. Elle déclina poliment l'invitation de sa cousine qui lui proposait de rester dîner. Elle prétexta devoir terminer des croquis de créations pour des commandes urgentes.

Elle reprit sa voiture en songeant qu'elle n'avait même pas dit un mot d'Amarine. Elle n'en voulait pas à Daphnée même si elle la trouvait un peu égoïste de ne penser qu'à sa nouvelle vie, de délaisser Max… de ne pas s'occuper de leur père en minimisant le problème.

Ce en quoi Daphnée se trompait…

Béatrix était à peine arrivée chez elle que Max l'avait appelée. Quand elle reposa le téléphone, elle resta prostrée sur le canapé. Tout allait de travers depuis quelques semaines dans la famille Andrieu, un peu comme si le mécanisme de l'horloge était déréglé.

Max était désespéré, désemparé ; il avait reçu un coup de fil de son père qui lui annonçait qu'il partait pour le Périgord le soir même. Max n'avait même plus à se rendre à Saint-Vaast pour tenter de raisonner François-Xavier…

Ce dernier clamait qu'il œuvrait pour la science ! Max avait eu beau lui expliquer qu'il s'était renseigné sur la fameuse société scientifique à l'origine de l'expérience, qu'il avait appris que cette académie de recherche n'avait aucune existence officielle, qu'elle n'était pas reconnue par les universitaires… François-Xavier ne l'avait pas écouté. Il n'avait pas bronché quand son fils lui avait dit être au courant de la forte somme qu'il avait dû verser pour participer à cette aventure grotesque et sans doute périlleuse !

Sitôt raccroché, dans un ultime recours, Max était allé au commissariat de police. Il avait vidé son sac, raconté que son père était tombé dans le piège d'escrocs sans scrupule… Il avait été bien reçu. Mais on lui avait dit qu'on ne pouvait rien faire. François-Xavier était majeur, responsable. Il avait le droit de disposer de son argent comme il le souhaitait. La justice n'intervenait qu'en cas de réel danger. Il fallait établir des preuves… Ce qui n'était jamais aisé. Le commandant avait cité, pour exemple, la difficulté d'arracher aux griffes des sectes certains de leurs membres. À partir du moment où un adulte était consentant, il est presque impossible de le tirer de ce mauvais pas.

Max avait objecté que, depuis un accident de plongée, son père n'était plus le même… Le capitaine avait rétorqué qu'il fallait le certificat d'un médecin, attesté par la justice, pour tenir compte d'une telle situation… Jusqu'à preuve du contraire, le père de Max était libre de faire ce que bon lui semblait.

Béatrix avait deviné que son cousin était au bord des larmes quand il lui avait tout raconté et elle s'en était presque voulu de ne pas avoir été plus ferme auprès de Daphnée… C'était trop tard, François-Xavier était parti…

Max n'entrevoyait que deux solutions pour sortir son père du piège dans lequel il était tombé : soit il se rendait dans le Périgord et enlevait François-Xavier de force ; soit il faisait reconnaître la dégradation de l'état mental de son père, son irresponsabilité, sa fragilité et le faisait placer sous tutelle. C'était le seul moyen de le contrôler, de le protéger… Mais il faudrait des mois pour la mise en place de la procédure. D'ici là, le pseudo-laboratoire de recherche aurait le temps de prendre davantage François-Xavier sous sa coupe… Savait-on de quoi ces gens étaient capables ?

Béatrix s'était sentie impuissante, elle n'avait pas su conseiller son cousin. C'était complexe de devoir se prononcer sur un tel sujet… Qu'aurait-elle fait, elle, si un souci de cet ordre s'était produit avec ses parents ? Elle aurait foncé, sans doute. Elle serait partie, serait allée reprendre son père. Sans réfléchir.

Elle repoussa le carton qui contenait une pizza à laquelle elle avait à peine touché et s'allongea sur le canapé. Ses pensées revisitèrent sa journée et elle songea à Nath. Bob n'avait pas donné de nouvelles. Quand ils s'étaient quittés en sortant de la bijouterie, il s'apprêtait à aller chez elle afin de savoir ce qui lui arrivait, comment elle allait. Il était maintenant plus de 22 heures et il n'avait pas téléphoné. Sans doute n'avait-il pas trouvé Nath à son domicile… À moins qu'en chemin, une charmante rencontre ne l'ait détourné de son projet initial ! Avec Bob, tout était possible.

Béatrix ferma les yeux, essayant de dissiper les tracas qui martelaient son crâne depuis quelques jours, les questions auxquelles elle n'avait pas de réponse. L'image du collier s'imposa de nouveau à son esprit. Elle hésitait : devait-elle tenter de faire la lumière sur l'histoire de Yardena et de sa famille ? Ou bien tout oublier, laisser cette vieille affaire là où elle était ? La prudence aurait sans doute voulu qu'elle ne touchât pas à ce secret. Mais il y avait Thomas et son fichu projet d'émission. Se pouvait-il qu'il sache quelque chose ? Il ignorait très certainement l'existence du bijou. Il avait dû fouiner et déterrer quelques indices assez ignobles pour avancer que les Andrieu étaient des malhonnêtes… C'était inquiétant de ne pas savoir de quels détails il pouvait disposer.

Béatrix couvrit ses jambes d'un plaid. C'était une vieille couverture, défraîchie par les lavages, qu'elle affectionnait tout particulièrement parce que sa mère la lui avait offerte des années plus tôt… Une relique, usée et décolorée, qui la ramenait dans un passé où le soleil brillait tous les jours. Pas comme ce soir…

Elle regrettait presque d'avoir chassé son amant aussi vite, sans avoir eu la prudence de l'écouter, de l'interroger… Mais c'était des jours plus tôt et, à ce moment-là, elle n'avait pas encore découvert la fameuse parure dans le tiroir d'Amarine…

Maintenant il fallait trouver le moyen d'accéder aux informations que Thomas avait pu récolter.

— Je n'y suis pas allée de main morte avec lui, murmura-t-elle en ouvrant de nouveau les paupières. Je l'ai mis dehors… Pour un peu, je l'aurais assassiné tant ma colère était vive. Il ne sera pas facile de rattraper le coup… Pourtant, je crois que c'est la seule chose que je puisse faire. Mais si je me jette à son cou, il se méfiera. Il me connaît trop bien… jamais il ne gobera une déclaration d'amour assortie de regrets ! Me reste donc une possibilité : aller le voir, présenter mes excuses, sans pour autant prétendre que je veux renouer avec lui, lui avouer sincèrement que ma démarche est intéressée et glaner toutes les infos qu'il a obtenues !

Elle songea que tout ne se déroulerait peut-être pas comme elle le rêvait… Thomas pouvait très bien l'envoyer sur les roses. Elle n'avait pas été tendre avec lui ! Elle s'était violemment emportée et il en conservait sans nul doute un souvenir assez aigre !

— S'il refuse de m'aider, dit-elle tout bas, je n'aurai plus qu'à agir autrement.

Elle envisageait déjà un plan. Une démarche qui serait tout sauf légale. L'idée venait de germer dans son esprit en pensant à Clara qui avait fait de la prison pour cambriolages…

— Si Thomas ne veut rien me révéler, il faudra que je m'introduise chez lui, que je fouille… Si je ne déniche rien chez lui, je devrai alors me glisser dans son bureau… Une perquisition, en quelque sorte ! Non, c'est trop fou !

Elle se crispa, ressentant un frisson… Était-ce le froid ? La peur ? Ou tout simplement la fatigue après une journée éprouvante ?

Pour la première fois de l'hiver, il gelait à Paris. Depuis le début du mois de décembre, il avait plu et pendant des jours on n'avait pas deviné le ciel tant les nuages étaient bas. Ce soir, le voile s'était déchiré et on apercevait les étoiles.

Accoudée sur la rampe de la passerelle Bichat, Nath contemplait la lune, l'esprit enfin calmé. La vie pesait trop lourd, même quand elle était totalement vide. Elle allait se libérer de ce fardeau. Elle s'étonnait de ne pas avoir songé plus tôt à cette solution. C'était si simple, si facile. Il suffisait de le décider. Une question de volonté… comme ceux qui abandonnaient la cigarette, comme celles qui quittaient un homme…

Une camionnette du SAMU social s'arrêta un peu plus loin, sur le quai. Un homme et une femme en descendirent. Nath les suivit des yeux. Ils marchèrent jusqu'à un banc, se penchèrent sur une forme.

— Un type emmitouflé dans une couverture, à quelques pas de moi… Je ne l'ai même pas vu ! murmura Nath pour elle-même. Moi aussi, je suis égoïste ! Je ne regarde pas les autres ! Et j'aurais voulu qu'on me remarque ! J'aurais voulu qu'IL ME REMARQUE !

Elle sentit venir les larmes et cela la rendit furieuse contre elle-même. Elle ne voulait plus pleurer. Plus souffrir.

Pendant des années, dans un coin de sa tête, elle avait bâti des châteaux en Espagne, allant jusqu'à délirer quand elle était seule devant son miroir.

Toutes ces divagations tournaient autour d'Alban. Elle avait tant espéré qu'il s'intéresserait à elle…

Parfois, dans la solitude de son appartement, elle se parlait, s'inventait une autre vie. Une richissime tatie qu'elle avait à peine connue disparaissait brusquement, lui léguant une mine d'or en Afrique du Sud. Elle devenait une héritière convoitée, rencontrait Alban lors d'un dîner et il la courtisait avec délicatesse. Elle en rêvait pendant des soirées entières, se blottissait sous la couette avec ses songes, entrevoyait le visage d'Alban comme un mirage.

Mais au réveil, son existence n'était qu'un désert, un bonbon sans goût. Elle reprenait le métro pour aller jusqu'à la bijouterie de la rue de La Sourdière…

Elle poussait la porte de la boutique et il était là.

Il était beau.

À en tomber par terre…

Il souriait, elle en oubliait le néant de ses nuits. Elle était de nouveau un vaillant petit soldat, répondant à l'appel du chef, l'admirant, le vénérant… La journée s'écoulait ainsi. Entre deux paroles d'Alban, entre deux sourires d'Alban… C'était son rayon de soleil.

Vers 19 heures, quand on fermait le magasin, elle marchait lentement pour regagner la station de métro. Elle emportait un peu d'Alban… Un regard, un mot, le souvenir d'une tasse de café bue en tête à tête dans la minuscule cuisine… De quoi passer une soirée à écrire des contes de fées sous les verrières de son studio. De quoi peindre l'Amour sous toutes ses couleurs…

Au plus profond de ses fantasmes, elle ne l'entendait plus lui dire qu'elle était une perle… Il se penchait sur son oreille, lui murmurait un tendre « Je vous aime » et elle s'endormait, bercée par le son de sa voix.

Ce matin, quand elle s'était levée, elle avait songé à ce qui l'attendait. À cette nouvelle journée. À son espoir qui allait renaître. Au désespoir qui s'ensuivrait. Il lui avait semblé insupportable de continuer plus longtemps.

En peignoir, les cheveux en désordre, elle avait erré dans son deux-pièces, elle avait contemplé ses toiles. Elle aimait tout particulièrement celle qu'elle avait appelée *Le Baiser.* L'entrelacement de deux corps, de deux visages, dans des tons de gris et de bleu, qu'elle avait imaginé en pensant à Alban. Elle avait peint leur amour.

Mais ce n'était qu'une chimère et elle avait longuement pleuré, à genoux, devant son tableau. Elle ne voyait aucune raison de poursuivre un chemin qui ne la menait à rien.

Restait à trouver le moyen de mettre un terme à cette route.

Cela n'avait pas été si compliqué. Quelques minutes de réflexion avaient suffi. Elle prenait depuis des mois des antidépresseurs et des somnifères que lui avait prescrits le médecin parce qu'elle était à bout… Des boîtes de pilules sur lesquelles on mentionnait les risques en cas de surdosage et la conduite à tenir si jamais un incident de telle sorte arrivait… Des notices sur lesquelles on précisait qu'un mélange avec l'alcool pouvait entraîner un arrêt respiratoire mortel si le patient n'était pas secouru rapidement…

Alors en début d'après-midi, elle avait abandonné son pyjama, elle s'était douchée, coiffée, habillée et elle était allée jusqu'à la pharmacie chercher le renouvellement de son ordonnance. Ensuite elle était entrée dans une épicerie et avait acheté une bouteille de scotch écossais.

De retour chez elle, elle avait mis un peu d'ordre. Sans savoir pourquoi. Elle avait nettoyé et déposé ses pinceaux dans des pots à confiture, elle avait trié ses couleurs dans un casier en bois. Elle avait replié le grand plastique qu'elle utilisait pour protéger le parquet du séjour lorsqu'elle peignait. Puis quand tout avait été propre, ordonné, elle avait eu envie de retourner une dernière fois sur les bords du canal Saint-Martin.

La nuit était tombée depuis longtemps, les rues étaient presque désertes et elle s'était sentie encore plus anonyme, encore plus libre de ses choix. Elle avait marché, s'était accoudée sur la passerelle Bichat et rien ni personne ne l'avait dérangée avant l'arrivée de la camionnette du SAMU social sur le quai voisin…

Elle contempla encore une fois le ciel, les étoiles puis son regard plongea vers l'eau. Elle était noire, glacée sans doute. Cette idée la fit frissonner. Il était temps de rentrer.

Elle revint lentement jusqu'à son immeuble, monta les escaliers presque discrètement. Quand les marches grinçaient, la voisine du quatrième ouvrait immédiatement sa porte pour voir qui était là ! Cette pensée arracha un sourire à Nath. La vieille dame devait être bien seule, elle aussi, pour ne rien avoir d'autre à faire que de jouer les concierges…

Elle referma soigneusement le verrou derrière elle et jeta son manteau sur une chaise. Il y avait encore un point sur lequel elle hésitait. Devait-elle laisser une lettre ? Souvent ceux qui quittaient la vie écrivaient un mot destiné à leurs proches… Quelques lignes d'adieu qui signifiaient « Vous ne pouviez rien pour moi, vous n'êtes pas responsables, laissez-moi aller en paix… ».

Elle reposa le stylo qu'elle avait saisi. Elle n'avait personne à qui envoyer un message. Le seul auquel elle aurait voulu s'adresser, c'était Alban. Pour lui dire quoi ? « Je meurs de vous aimer… »

On ne meurt pas d'aimer, songea-t-elle en débouchant la bouteille de scotch. Mais on peut crever de ne pas l'être… De ne pas être regardée par celui qui a toute notre attention…

Elle se servit un verre et but quelques gorgées. L'alcool lui brûla la langue, lui laissa un goût désagréable dans la bouche. Le second verre passa mieux. Elle sortit un bol, s'installa sur la table de la cuisine, ouvrit ses boîtes de médicaments et vida une à une les plaquettes. Les pilules jaunes et roses se mélangèrent sur un fond de porcelaine blanche. Elle emporta la bouteille, le verre et le bol, s'assit dans une chauffeuse. En face d'elle, sur le mur blanc, trônait *Le Baiser.*

C'était la fusion parfaite de deux êtres faits l'un pour l'autre. Une union qui n'existait que dans son esprit. La toile était une illusion. Celle de son amour avec Alban. Elle l'avait peinte comme un auteur invente ses personnages. Ce que le romancier traduisait par des mots, elle le matérialisait avec des couleurs et des formes.

Au bout du compte, le résultat était le même. La toile comme la page n'était qu'un leurre... Pour survivre et recommencer, l'écrivain devait se séparer de ses êtres de papier, accepter qu'ils n'aient vécu que le temps d'une histoire, et l'artiste devait abandonner ses fantômes, ses modèles, les renouveler.

Alban n'était pas qu'un mirage, elle travaillait à ses côtés chaque jour. Elle avait pensé à fuir mais, même si elle quittait la bijouterie, elle saurait qu'il était toujours là, quelque part... Il reviendrait nourrir son cœur de faux espoirs. Il ne fallait plus tomber dans ce piège.

Alors, pour lui échapper, pour vaincre la douleur et parvenir à l'oubli complet, il fallait disparaître.

Sa tête lui tournait. Elle entrevit les boucles brunes d'Alban, son teint clair, son nez fin et droit, ses lèvres ourlées à la perfection puis, dans un nuage, elle sentit son parfum. Un nuage d'adieu... Elle avala une grande rasade de scotch et vida le contenu du bol dans le creux de sa main.

8

Sous X

À 6 h 45, la sonnerie de l'Interphone surprit Béatrix alors qu'elle sortait de la douche.

Elle enfila son peignoir et courut dans l'entrée. Bob demandait à monter.

Il venait parfois, le matin. Il arrivait avec des croissants pour partager le petit déjeuner et ils allaient ensuite ensemble jusqu'à la bijouterie. Aujourd'hui, il se présentait bien plus tôt qu'à l'habitude.

Elle souriait, heureuse de voir son ami. Après sa soirée morose en solitaire et ses cogitations peu réjouissantes, elle avait envie de légèreté et de bonne humeur.

— Oh ! oh ! tu as découché ! remarqua-t-elle en ouvrant la porte.

Bob n'était pas rasé, il avait le cheveu en vrac, portait sa tenue de la veille et sa chemise était passablement froissée. Des cernes mauves creusaient son visage.

— Tu as donc passé une nuit agitée ? reprit-elle. Tu es tombé du lit ? Il était beau ? Cela valait la peine d'avoir une mine aussi désolante de bon matin ? Pour une fois, tu as trouvé quelqu'un de plus gourmand que toi et il a réussi à t'épuiser ?

— Arrête de déconner, Trésor. Prépare-moi un litre de café, s'il te plaît.

Le ton grave de son ami figea Béatrix. Instantanément, elle retrouva son sérieux, fixa Bob, attendant qu'il lui en dit davantage.

— C'est Nath, annonça-t-il en se laissant tomber dans un fauteuil.

Béatrix poussa un cri et mit sa main sur sa bouche. Toute à son bonheur de voir Bob débarquer aussi tôt, elle en avait oublié l'employée de la bijouterie. Elle s'en voulut de s'être montrée aussi légère.

— Qu'est-il arrivé ?

— Elle est à l'hôpital. Je vais tout t'expliquer mais je t'en prie, fais-moi un café ! Je suis nase et gelé. Tu sais combien il fait dehors ? Moins huit !

— Parle-moi de Nath !

— Elle a tenté de se suicider, lâcha Bob en se frottant le crâne, et les médecins ne savent pas encore si... J'ai passé la nuit à l'hosto en espérant qu'elle...

Il essuya une larme d'un revers de la main et Béatrix réprima un nouveau cri. Elle se jeta dans les bras de Bob et ils restèrent serrés l'un contre l'autre, muets pendant quelques minutes. Elle se reprochait de n'avoir pas deviné le malaise qui avait pu conduire Nath à ce geste. Quand elle s'écarta de Bob, sa tête décomposée lui rappela qu'il avait besoin d'un remontant.

— Raconte-moi tout ce que tu sais, ordonna-t-elle en se glissant derrière le comptoir de la cuisine.

Elle emplit la cafetière d'eau, fit griller des tranches de pain de mie, tandis que Bob commençait son récit :

— Je suis allé chez Nath hier soir, comme je te l'avais dit quand on s'est quittés... Un peu plus tard que je ne le voulais parce que j'ai d'abord vu un copain pour lui déposer des bouquins... Mais peu importe. Nath n'était pas là. Du moins, c'est ce que j'ai pensé quand j'ai frappé à sa porte et que personne n'a répondu. J'ai tambouriné longtemps. Assez pour faire sortir la voisine du palier juste en dessous... Une mamie, plutôt commère... Pour une fois, je reconnais que cela a du bon d'espionner la vie des autres ! Elle m'a certifié que Nath était là. La dame était au courant de tous ses faits et gestes ! Elle savait que Nath n'était pas allée bosser, qu'elle était sortie en début d'après-midi, qu'elle était revenue avec un paquet provenant de chez le pharmacien, qu'elle s'était de nouveau absentée dans la soirée, pour rentrer deux heures plus tard... Elle n'a pas bougé depuis, a-t-elle affirmé... Elle paraissait sûre d'elle. Alors je suis remonté, j'ai frappé de nouveau, j'ai crié... Un tapage de fou ! Et rien ! Pas de réponse... La mamie me répétait que Nath était là... Je n'ai pas réfléchi davantage, j'ai appelé les flics. Je devais avoir l'air paniqué car, quand ils ont débarqué, ils n'ont pas hésité une minute, ils ont enfoncé la porte. Nath était étalée sur le parquet du salon, sans connaissance.

Le SAMU est venu. Ils l'ont emmenée presque aussitôt. Ils n'ont pas eu à chercher ce qui s'était passé. Il y avait une bouteille de scotch vide près d'un fauteuil et des emballages de médicaments sur la table de cuisine... Il n'y avait plus qu'à agir vite. Ils ont fait tout ce qu'ils pouvaient. Mais elle ne se réveille pas...

Il mit sa tête entre ses mains, frotta son visage, ses paupières fatiguées.

Béatrix servit le café, apporta une assiette de tartines grillées et un pot de confiture.

— Mange un peu, murmura-t-elle.

— J'ai pas faim.

— Tu es tout pâle, il faut que tu avales quelque chose.

— Plus tard, peut-être. Je crois que je vais retourner à l'hôpital, attendre à côté d'elle. Je ne voudrais pas qu'elle soit seule si jamais elle revenait à elle.

— Elle n'a personne ? De la famille ?

— Non. Je l'ai appris cette nuit ! Pas de parents, ni frères ni sœurs. Sa mère a accouché sous X.

— Sous X ? répéta Béatrix. Mon Dieu !

— Oui. Nath a été abandonnée juste après sa naissance. Elle ignore qui l'a mise au monde... C'est terrifiant, n'est-ce pas ? Quand nous sommes arrivés aux urgences, les policiers ont fait une recherche pour savoir qui prévenir. Il n'y avait personne à avertir... Quand ils me l'ont dit, je suis resté bouche bée ! Ils ont dû imaginer que j'étais un petit ami de passage et que je n'étais pas au courant de tout ! Je savais que des enfants naissaient sans père ni mère mais je n'avais jamais rencontré quelqu'un dans ce cas. Quand je l'ai vue seule sur son lit d'hôpital, j'ai pensé qu'elle n'avait peut-être que nous... De simples collègues de travail.

— Être toute seule, c'est terrible. Pas de racine, pas d'histoire... Elle devait se sentir comme une extraterrestre lorsque nous parlions de nos parents devant elle. Même si les miens sont décédés, ils ont existé ! Je sais d'où je viens !

— Peut-être que cela explique en partie sa tentative de suicide, peut-être qu'elle a eu un gros souci et personne à qui se confier...

— Je vois ce que tu veux dire.

— C'est pourquoi je vais retourner auprès d'elle, déclara Bob en se servant une nouvelle tasse de café. Je n'ai rien vu venir, rien pu faire avant... Maintenant, je peux au moins être là. Si elle se réveille, j'aimerais qu'elle voie autre chose que des murs gris. Je ne voudrais pas qu'elle recommence ! Parce que je ne me le pardonnerais pas ! Si elle s'en tire, elle aura beaucoup de chance.

— Je vais aller à l'hôpital. Toi, tu vas te reposer un peu. Reste ici si tu veux. Tu me rejoindras plus tard.

Bob acquiesça. Il sentait l'épuisement le gagner. Son corps tout entier en était douloureux.

— Ton frère va être furieux si tu ne vas pas bosser ce matin, Trésor. À cause de madame Kalte et de la broche...

— Laisse tomber les bijoux, le coupa Béatrix. Pour le moment, la priorité c'est Nath. Je saurai quoi dire à Alban s'il râle. Je vais m'habiller et je file. Glisse-toi sous ma couette ! Je te la prête !

— Si jamais Nath...

Béatrix interrompit son ami :

— Quand elle reprendra connaissance, je lui dirai que tu as été là pour elle et je t'appellerai aussitôt.

Alban rageait. Tout allait à vau-l'eau... Nath était hospitalisée pour on ne savait combien de temps. Bob, qui avait passé la nuit à son chevet, dormait chez Béatrix ! Cette dernière s'était mis en tête qu'il fallait que quelqu'un reste à Saint-Louis auprès de Nath au cas où elle se réveillerait ! Qui pensait à la bijouterie dans tout cela ? Personne ! Sauf lui, Alban et le fidèle Daniel qui était à son poste, à l'atelier. Les autres avaient dû oublier combien la période des fêtes était cruciale pour la boutique et ils préféraient se rouler la tête dans les cendres.

— Douleur, affliction... Pauvres martyrs ! Comme s'il était nécessaire de veiller quelqu'un dans le coma ! râla Alban. Les commandes ne seront jamais prêtes à temps ! Si je suis coincé là, à servir le client, je ne peux pas m'occuper de la compta, je ne peux pas honorer mes rendez-vous ! Rien ne va plus ! Je dois annuler Anvers... Je n'ai pas le choix... Je ne peux pas laisser Daniel seul ici ! De toute façon, j'ai certainement déjà raté le train.

Il consulta sa montre et s'empara du téléphone. Il composa le numéro du diamantaire avec lequel il travaillait depuis toujours. Alfred Van Beers était un des leaders du diamant. Mais pas de n'importe quelle pierre. On ne trouvait chez lui que des joyaux inestimables qui n'étaient pas destinés à tous. Ne se fournissaient auprès de lui que les grands de Paris, ceux de la place Vendôme… Et Alban !

Alban grognait encore contre sa sœur en reposant le combiné. Monsieur Van Beers avait certes promis de lui garder la marchandise. Mais tant qu'il ne l'aurait pas entre les mains, il en douterait.

— Pourvu qu'il tienne parole, murmura-t-il en croisant les doigts.

Il avait posé une option d'achat sur un lot de diamants dont le prix s'élevait à quarante-cinq mille euros… Lorsqu'il serait face à Van Beers, on ouvrirait les négociations… Même si le montant n'était guère revu à la baisse, Alban ne renoncerait pas à l'achat. On était à peine à deux mois de la Saint-Valentin et les demandes pour des créations d'exception affluaient déjà. Il savait qu'il vendrait une alliance, elle figurait dans les réservations. Un tour complet de pierres qui, taillées, fonctionneraient comme un miroir… Un pavage de brillants qui serait facturé un peu plus de dix mille euros. En quelques ventes, l'investissement auprès de Van Beers serait vite et largement rentabilisé…

Cette pensée le ravigota et dissipa sa grogne. Puis les clients se succédèrent et il n'eut plus le temps de se lamenter. Quand Béatrix passa le seuil de la boutique, un sandwich à la main, il était presque 13 heures et il n'avait même pas encore baissé le rideau comme il le faisait toujours pour la pause du déjeuner.

— Bob est de nouveau à l'hôpital auprès de Nath, dit-elle avant de croquer un morceau de pain d'où dépassait une feuille de salade, alors me voilà !

— Ah ! Tant mieux parce qu'il faut te remettre dare-dare à la broche de madame…

— Tu ne me demandes même pas de nouvelles de Nath ? le coupa Béatrix.

— Bah, je suppose que rien n'est changé !

— Tu supposes bien ! aboya sa sœur. L'intoxication médicamenteuse a provoqué un dysfonctionnement cérébral sévère et les médecins ne disent rien d'autre que « il faut être patient ! ».

— Raison de plus pour ne pas disserter sur le sujet pendant des heures ! Il y a du travail ici ! On ne va pas mettre la clé sous la porte parce que Nath fait une déprime ! On ne peut rien pour elle !

— Assurément, susurra Béatrix en réprimant la violence qui grondait en elle. Contemplons notre nombril et laissons les autres baigner dans leur soupe à problèmes ! Pourquoi se préoccuper d'eux ? Tout va bien pour nous ! Les affaires marchent à plein régime ! Le fric rentre ! En parlant d'argent, j'aimerais bien que tu me donnes quelques explications sur celui qui est à l'origine de la bijouterie !

Alban regarda sa sœur avec des yeux ronds. Il ne comprenait pas… Elle était furieuse parce qu'il ne manifestait guère d'intérêt pour ce qui arrivait à Nath, mais quel rapport avec leur boutique ?

Plantée près d'une vitrine dans laquelle on exposait des solitaires, elle mordit encore dans son sandwich et mâcha lentement.

— J'attends, dit-elle lorsqu'elle eut avalé sa bouchée.

— Tu attends quoi ? Je ne te suis pas, Béa...

— Je veux des éclaircissements sur la fortune de notre famille, sur la façon dont nos parents ont pu disposer des capitaux nécessaires à l'achat de ce fonds de commerce... J'exige de savoir tout ce que tu sais !

— Cesse de me chercher des poux pour un oui ou pour un non ! C'est...

Alban se tut. Daniel quittait l'atelier et s'apprêtait à sortir pour aller déjeuner. Il passa devant eux telle une ombre discrète et ne s'arrêta que pour saluer Béatrix d'un geste déférent.

— On a une heure devant nous ! déclara Béatrix quand Daniel fut parti. Une heure durant laquelle tu vas tout me raconter... Sinon je risque d'exploser !

— Je te trouve déjà très explosive ! Ta rupture avec Thomas t'a bouleversée bien plus que je ne me l'étais imaginé !

— Laisse Thomas de côté pour le moment et mets-moi au parfum. Dis-moi tout ce que tu sais des Andrieu... de notre digne et respectée famille ! Il y a un secret, un truc louche, j'en suis certaine. Je n'aime pas ça ! Je sens qu'on me cache quelque chose. Cela commence à me ronger.

— Moi, ce que je sens bien c'est que toi aussi tu vas nous faire un petit épisode dépressif ! se moqua méchamment Alban.

— Ravale tes sarcasmes ! Pour ta gouverne, sache que la déprime de Nath, comme tu dis, c'est peut-être beaucoup plus grave... Nath n'a pas de parents ! Tu l'ignorais, n'est-ce pas ? Comme nous tous ici. Elle est née sous X. Pas de mère, pas de père… Pas facile au quotidien, n'est-ce pas ? Elle a dû souvent s'interroger, se demander d'où elle venait, pourquoi on l'avait abandonnée. Elle a dû chercher sa place et ne jamais la trouver. C'est peut-être la raison de son geste d'hier soir. J'espère qu'elle s'en sortira et que nous pourrons l'aider. Pour le moment, c'est des Andrieu de Bazer dont je veux que tu me parles ! Commence donc par notre grand-père… Que faisait-il pendant la guerre ? Pourquoi a-t-il été jugé très exactement ? Essaie de ne pas oublier les détails parce que j'ai l'impression qu'ils comptent beaucoup !

Assis dans un fauteuil tout près du lit, Bob écoutait le bruit de la machine, le bip régulier, qui indiquait que le cœur de Nath battait, qu'elle s'accrochait à la vie…

Il scrutait son visage, ses bras allongés le long de son corps. Il guettait un mouvement de doigts, quelque chose qui aurait annoncé la sortie du coma… Les paupières de Nath tressaillaient souvent mais l'infirmière avait expliqué que c'était un signe d'activité cérébrale, que cela n'indiquait pas le réveil du patient… Cependant, elle avait encouragé Bob à communiquer avec Nath. Alors Bob parlait… de tout et de rien. Il racontait l'impatience d'Alban qui trépignait en redoutant que Béatrix n'achevât pas ses commandes à temps, le froid qui sévissait, les boutiques pleines de monde à l'approche des fêtes, la recrudescence des vols à l'arraché… Il évoquait un livre qu'il avait lu, un film qu'il avait vu, un disque qu'il aimait plus que les autres…

— Je te le prêterai quand tu iras mieux, conclut-il. Ou bien nous l'écouterons ensemble et tu me diras ce que tu en penses. *Coldplay*… Retiens bien ce nom. Je suis sûr que tu vas adorer. Un peu de musique tandis que tu joueras avec tes pinceaux, c'est une bonne idée, non ?

Il consulta sa montre, il ne savait plus depuis quand il était là. Depuis la veille, depuis qu'il avait quitté l'appartement de Béatrix après avoir sommeillé quelques heures ?

Il était épuisé et avait perdu la notion du temps. Il posa sa tête près de la main de Nath et s'endormit.

Un policier le réveilla. Il venait rapporter les papiers d'identité de la jeune femme et son téléphone portable.

— Nous l'avons déverrouillé, expliqua-t-il, afin de fouiller dans sa liste de contacts. Il y en a peu… En dehors de son médecin traitant, d'un marchand de couleurs, d'un coiffeur, de la compagnie d'assurances et du numéro de la bijouterie dans laquelle elle travaille. Aucun numéro ne correspond à une connaissance personnelle… Pas de fiancé, pas de copine… Je crois que vous êtes le seul à vous soucier d'elle.

— Pouvez-vous me présenter vos papiers d'identité, s'il vous plaît, demanda l'employé des archives.

— Mes papiers ? sursauta Béatrix.

Elle était épuisée, à bout de forces ; la fatigue et la lassitude marquaient son visage. Depuis trois jours, elle consacrait ses journées à fouiller le passé et, pour rattraper le temps perdu à la boutique, elle travaillait à l'atelier jusqu'à 2 ou 3 heures du matin ; elle s'était juré d'achever la broche... La nuit dernière, elle s'était même endormie dans la minuscule chauffeuse qui jouxtait son établi. Daniel l'avait réveillée lorsqu'il était arrivé à 9 heures pétantes comme toujours.

— C'est la procédure. On va vous créer une carte de lecteur.

Béatrix fouilla dans son sac et tendit un étui de cuir noir. Tandis que l'homme se dirigeait vers un photocopieur, elle observait les gens autour d'elle, contemplait le hall d'accueil. C'était froid et impersonnel. Le bâtiment était austère à l'intérieur comme à l'extérieur. Elle ne se souvenait pas être déjà venue dans ce quartier du dix-neuvième arrondissement.

— La salle de consultation est par ici, annonça l'homme en revenant. D'abord, il faut déposer votre sac à la consigne automatique. Vous pouvez visionner des documents numérisés. Si vous souhaitez voir des originaux, il faut passer commande. S'ils sont sur place, cela ne demande qu'une trentaine de minutes d'attente. S'ils sont archivés ailleurs, deux ou trois jours. On vous prévient lorsqu'ils sont là. Puis-je vous aider pour commencer ? Que recherchez-vous ?

Béatrix le fixa d'un regard perdu.

— Je… Mes grands-parents habitaient Paris pendant la guerre… Je voudrais revoir leurs voisins… échanger des souvenirs…

C'était presque un mensonge mais c'était tout ce qu'elle avait trouvé. Si elle avait osé, elle aurait hurlé : « Je crois que mon grand-père a été un salopard de collaborateur ! Ma grand-mère prétend qu'il a pactisé avec le diable ! Peut-être que je vis aisément parce que ma famille en a volé une autre ! Celle de Yardena… »

Yardena… un prénom… c'était la seule piste qu'elle avait… avec l'adresse de la rue d'Anjou… Alban n'avait pas répondu à ses interrogations. Pourtant, elle l'avait sérieusement cuisiné !

Qu'avait-il dit très exactement ? se demanda-t-elle en s'installant devant un ordinateur comme on le lui indiquait. Concernant la fortune des Andrieu, il était clair qu'une partie provenait de la famille d'Amarine. La maison du Cotentin lui appartenait ainsi que des terres aux alentours d'Urville. Les revenus des fermages n'avaient jamais été très élevés. Ils suffisaient cependant à l'entretien de la demeure de Saint-Vaast. L'appartement de la rue d'Anjou, celui dans lequel Alban vivait aujourd'hui, avait été offert à Amarine par son père en cadeau de mariage ! Un beau présent ! Amarine l'avait quitté en 1945, elle était revenue s'installer à Saint-Vaast et n'avait plus jamais remis les pieds à Paris. Elle avait légué le logement de la rue d'Anjou à Armand quand il avait épousé Charlotte… Les jumeaux y étaient nés, y avaient grandi…

Bref, si Amarine disposait d'une véritable richesse, c'étaient avant tout des biens immobiliers ! Son mari, Jean, n'avait jamais été un nanti même si son nom de famille sentait la noblesse... Avant la guerre, il était journaliste. Mobilisé en 1939, fait prisonnier l'année suivante, il était revenu en France presque aussitôt après l'armistice signé par Pétain. Il avait repris son ancien métier mais du côté de l'occupant. Il s'était mis au service de l'ambassadeur d'Allemagne, Otto Abetz, le créateur des éditions Le Pont, celui qui censurait, au nom de l'Allemagne, tous les ouvrages français qui ne correspondaient pas à l'air du temps... Mais ce n'était que pour mieux couvrir ses activités dans la résistance... Du moins était-ce ainsi que Jean avait clamé son innocence devant le tribunal.

C'était à peu près tout ce que savait Alban. Pas grand-chose en somme.

Béatrix avait ajouté quelques éléments après une recherche à la bibliothèque. Diplomate et francophile, Otto Abetz ne s'intéressait pas qu'aux journaux, qu'aux livres et à la propagande nazie. Il avait aussi organisé l'expropriation des biens appartenant à des familles juives, il avait fait main basse sur des collections privées, telles celles des Kahn, des Rosenberg, des Rothschild... et de combien d'autres ? Quels avaient été ses complices ?

La question taraudait Béatrix.

Elle releva la tête. La salle de lecture était remplie... Elle se demanda si, comme elle, tous ces visiteurs venaient aux archives pour fouiller la mémoire, pour obtenir des aveux...

Elle était ici pour retrouver un nom et pour fouiner dans certains documents liés à l'épuration... D'après Alban, leur grand-père n'avait été jugé et puni que pour son travail auprès des éditions Le Pont. Béatrix craignait qu'on n'ait eu bien plus que cela à lui reprocher... Otto Abetz avait été condamné pour crimes de guerre ! Pour son rôle dans la déportation des Juifs de France ! Si Jean Andrieu avait été un proche de l'ambassadeur d'Allemagne, il n'avait peut-être pas œuvré que dans un département éditorial...

Béatrix avala sa salive. Elle ne parvenait pas à imaginer ce papy qui l'avait gâtée, câlinée comme un associé du pillage nazi. Pourtant cela n'avait rien d'improbable. Dans de nombreuses familles, de bons pères s'étaient comportés comme des ordures avec les Juifs...

Sur le conseil d'une bibliothécaire, elle s'était rendue, la veille, chez un bouquiniste du cinquième arrondissement, spécialisé dans la Seconde Guerre mondiale et l'occupation, qui vendait aussi d'antiques cartes postales et de vieilles photographies. Elle avait acheté un cliché très abîmé. C'était une photo prise à l'ambassade d'Allemagne lors d'une soirée en 1942, à l'occasion de Noël. Otto Abetz y avait convié ses plus fidèles collaborateurs, ses proches... Béatrix avait confié le document à un professionnel qui se chargerait de restaurer l'image, de l'agrandir... Elle voulait vérifier si son grand-père avait participé à ces dîners fastueux où le champagne semblait couler à flots alors que la population française manquait de pain et que le beurre se vendait au prix de l'or…

Elle avait longuement discuté avec le vieux bouquiniste. Il était à lui tout seul un livre d'Histoire. Elle l'avait interrogé sur les familles volées par les Allemands. On disait que certains nazis étaient devenus immensément riches en s'emparant des biens des Juifs, on racontait que des fortunes constituées de tableaux, d'or, de bijoux, avaient été cachées par les nazis en Suisse, mais aussi en Amérique du Sud. L'Argentine de Juan Perón avait accueilli les bourreaux à bras ouverts… On savait que les descendants de ces meurtriers profitaient, vivaient dans l'aisance grâce à ce que leurs pères avaient arraché à d'autres, qu'ils créaient à leur tour des partis néonazis qui répandaient la même idéologie dangereuse… Son grand-père avait-il pu partager les convictions de ces monstres ?

Rien que d'y penser, Béatrix en frémissait. Elle avait peur de ce qu'elle risquait de découvrir mais la curiosité, le besoin de savoir étaient plus forts.

Jean Andrieu de Bazer avait fait six ans de prison. Il avait été libéré après la loi d'amnistie de 1951. Il était aussitôt retourné vivre à Saint-Vaast auprès de sa femme, de ses enfants.

Et la bijouterie parisienne ? Son achat remontait aux années 1960… Jean avait apparemment aidé Armand et Charlotte à en faire l'acquisition l'année même de leur mariage. Où avaient-ils trouvé l'argent, tous les trois, pour s'offrir un fonds de commerce en plein Paris ? Pour acheter les premiers bijoux, les premières pierres et l'or qu'on utilisait pour fabriquer des parures uniques ? Ils auraient emprunté ? C'était impossible. Il aurait fallu au moins des décennies pour rembourser un tel crédit... Or, dans les papiers de la boutique, il n'y en avait nulle trace.

Il y avait tant de questions... Comment en avoir les réponses ?

Si quelqu'un savait, c'était sans doute Amarine. Il était illusoire d'espérer la faire parler. Sa mémoire n'était plus fiable et elle refuserait de toute façon de livrer quoi que ce soit qui puisse salir le souvenir de la famille...

François-Xavier avait dû aussi être au courant de certains faits. Désormais il frôlait la débilité profonde. Sa cervelle s'étiolait et il dégringolait dans la folie douce.

Et Odile ? Après plus de trente ans passés auprès des Andrieu, elle ne pouvait pas être totalement ignorante. Elle avait dû en entendre des choses... des mots, des bribes de phrases. Discrète, fidèle et entièrement dévouée à Amarine il ne serait certes pas évident de la forcer à quelques révélations. Béatrix se promit de tenter le coup. Dans quelques jours, elle serait à Saint-Vaast pour les fêtes de Noël. Dans quelques jours...

9

Carpe diem

— Champagne ? proposa Béatrix en tendant une bouteille vers Bob.

Il venait tout juste de franchir le seuil de la bijouterie.

— À 10 heures du matin ? interrogea-t-il en écarquillant les yeux.

— Pourquoi pas ?

— J'ai encore dans la bouche le goût du café et des croissants !

— Et alors ? Il faut fêter cette renaissance ! C'est comme si c'était le printemps !

— Nous sommes le 23 décembre ! Il fait moins sept degrés et on ne va pas tarder à voir flotter des glaçons sur la Seine ! Tu ne serais pas un peu toquée, Trésor ?

Pour toute réponse, Béatrix fit sauter le bouchon. Bob éclata de rire. Les mauvais jours appartenaient définitivement au passé. Désormais, tout ne pouvait aller que mieux.

— Tu as raison ! s'exclama-t-il. Mais ton frère ne va guère apprécier que tu tapes dans ses réserves !

— La boutique m'appartient autant qu'à lui. Par conséquent ce qui est dans le réfrigérateur aussi ! Il n'en saura rien puisqu'il n'est pas là ; il a rendez-vous au Crillon avec un client. Je vais demander à Daniel s'il veut trinquer avec nous !

Elle se dirigea vers l'atelier, revint presque aussitôt en remuant négativement la tête.

— Nous boirons seuls ! dit-elle. Viens, on va s'installer dans le bureau.

Elle servit deux coupes. Puis, avec une mine goulue, elle lécha ses doigts couverts de mousse.

— À Nath ! s'écria-t-elle en levant son verre.

— À Nath !

Elle écarta quelques dossiers et s'assit sur un coin de la table de travail d'Alban, les yeux tournés vers l'écran de contrôle qui permettait de surveiller l'entrée de la boutique. Pour le moment, il n'y avait pas un chat dans la rue… Quelques camionnettes de livraison circulaient mais les passants étaient peu nombreux. À cause du froid, peut-être…

Bob savoura sa première gorgée avec une impression de découverte et un sentiment de bonheur. Nath était sortie du coma la veille et il était là lorsqu'elle avait ouvert ses paupières. Cela lui avait procuré une joie immense. Presque celle d'un père qui voit naître son enfant ! Sauf que Nath ne pouvait être sa fille puisqu'il n'avait pas dix ans de plus qu'elle ! Sauf qu'il ne serait jamais papa puisqu'il n'aimait que les hommes ! Mais peu importait, l'euphorie était la même !

Il s'était presque jeté sur Nath, l'avait prise dans ses bras et avait ensuite appelé Béatrix pour lui annoncer la bonne nouvelle.

Dans un premier temps, Nath n'avait pas parlé, scrutant l'endroit où elle se trouvait, cherchant sans doute à se remémorer ce qui lui était arrivé. Quand elle s'était souvenue, elle avait pleuré. Alors, Bob avait serré sa main et lui avait murmuré qu'elle ne serait plus jamais seule, qu'il serait son frère, son ami, si elle le souhaitait. Dans un élan de sincérité, il avait avoué ce qu'il savait d'elle, ce qu'il avait appris lors de l'enquête des policiers : sa naissance sous X, son isolement… bref, sa grande solitude. Il se confessait pour lui éviter d'avoir à le faire. Elle avait acquiescé silencieusement et avait esquissé un sourire. Il lui avait promis qu'il ne lui poserait pas de questions, qu'elle se livrerait un jour, si elle en avait envie, si le besoin se faisait sentir et qu'il serait là pour l'écouter. Elle avait simplement chuchoté merci.

— Il est possible que Nath sorte demain, déclara Bob, après quelques instants de silence. Cela me surprend mais, ce matin, l'interne a dit qu'elle allait bien. Elle va partir avec une ordonnance pour le mois à venir et elle sera suivie en consultation par un psy… C'est tout ! On ne garde plus guère les patients à l'hôpital. Demain, c'est le réveillon. Je ne la laisserai pas seule. Je lui offrirai de venir passer la soirée en famille. Ce ne sera pas qu'une proposition, je ne lui donnerai pas le choix. Je fête Noël avec ma mère. Nous ne sommes que tous les deux. Elle sera ravie que je sois accompagné… et de surcroît par un être du sexe féminin !

— Elle va imaginer que tu comptes te marier !

— Oh ! Non, Trésor ! C'est du domaine de tes fantasmes ! Il y a bien longtemps que ma maman a renoncé à ce rêve. Elle sait que la bataille est perdue de ce côté-là et que je n'aime que les garçons quand il s'agit de me glisser sous la couette ! Mais elle sera heureuse de me voir avec une amie.

— Pour Nath, ce sera merveilleux. Je me demandais combien de Noëls elle avait dû être seule... Tous ? A-t-elle été dans des familles d'accueil ? Dans des foyers ? Elle n'aurait gardé aucun lien ?

— Ne te pose pas de questions inutiles... Faisons plutôt en sorte de lui prêter attention désormais. Avec un juste dosage. Il ne faudra pas qu'elle se sente surveillée. Il s'agit qu'elle comprenne que nous sommes là, qu'elle peut s'appuyer sur nous quand ça ne va pas... Et quand ça va aussi ! Il faudra partager un peu de notre temps avec elle, échanger quelques mots... autre chose que des banalités... l'emmener déjeuner avec nous quand nous sortons le midi, l'inviter à nous accompagner quand nous allons prendre un pot le soir, après le travail... Si elle accepte notre amitié ! Je crois qu'elle le fera.

— J'ai toujours pensé que tout allait bien pour elle, alors...

— Ne te cherche pas d'excuse ! la coupa Bob. Tu n'en as pas besoin. Tu n'es pas coupable. Je croyais qu'elle était à l'aise dans ses baskets... Elle était toujours sereine, d'humeur égale... On se trompait, c'est tout. Maintenant nous savons qu'elle est capable de nous renvoyer une image positive alors qu'elle est en souffrance, on sera vigilants !

Béatrix servit deux nouvelles coupes.

— Tu crois que cela suffira ? murmura-t-elle.

Bob fronça les sourcils et ses doigts pianotèrent nerveusement sur une pile de dossiers. Il était de ceux qui ne savaient dissimuler ni leur joie, ni leur angoisse. Ses sentiments, ses émotions transperçaient sa peau, s'affichaient sur son visage et rien n'aurait pu les masquer.

— Faire attention à elle sera suffisant ? répéta Béatrix. Cela peut empêcher quelqu'un de se… suicider ?

— Je ne sais pas… Si le désir d'en finir avec la vie est plus fort que tout, nous n'y pourrons rien. Mais si jamais on peut lui rendre un peu le goût d'exister peut-être que… Soyons positifs, veux-tu ? Je te préfère quand tu es un peu zinzin comme tout à l'heure ! Savourons ce délicieux champagne !

Il avala d'un trait son verre et le remplit de nouveau.

— Tu as raison ! s'écria-t-elle. Nath va bien, nous avons fini à temps nos commandes de Noël et mon frère est calmé ! Que souhaiter de mieux ?

— Madame Kalte von Burg était ravie de sa broche ! Ta réalisation est merveilleuse. Tu es une artiste !

— Je te retourne le compliment. Puisque nous parlons d'art, j'aimerais offrir un cadeau à Nath. Tu m'as dit qu'elle peignait… Mais que choisir ?

— Bah, tu peux passer chez un marchand de couleurs. Je suis sûr qu'on saura te renseigner, te conseiller…

— Ouais… Je vais faire ça ! marmonna Béatrix, l'air peu convaincu.

— Quand iras-tu ?

— Ce soir, en partant d'ici. Je vais filer à 18 heures. Je m'arrêterai aussi chez le confiseur. Le chocolat… c'est bon pour le moral et elle en a besoin !

— Je t'accompagnerai et j'achèterai quelque chose pour elle. Je veux qu'elle découvre une surprise au pied du sapin quand elle viendra chez ma mère.

— Alors je te donnerai mon paquet, décida Béatrix. Tu le placeras avec le tien sous l'arbre de Noël et…

La sonnerie de la porte d'entrée retentit et elle se tourna vers l'écran.

— Oh ! Zut ! Un client ! Faut que j'y aille !

— Hum… Ce me semble être un beau mec ! plaisanta Bob. Attends un peu…

Il retint Béatrix par la manche, scrutant l'image renvoyée par la vidéo.

— Il a l'air pas mal du tout ! Tu crois que c'est une bête de sexe, Trésor ?

Béatrix pouffa et haussa les épaules. Elle posa son verre sur le bureau et se dirigea vers la boutique d'un pas mal assuré. Le champagne lui tournait la tête, la sensation d'une douce chaleur courait dans ses veines et son esprit se faisait cotonneux…

Elle salua l'homme, le laissa contempler les vitrines pendant quelques instants. Bob était venu la rejoindre afin de mieux observer celui qui lui avait tapé dans l'œil. Sa première impression fut confirmée : le type était séduisant sans rien avoir d'une gravure de mode. Il était en jeans, portait une grosse veste noire qui faisait songer à un caban de marin et lui donnait une allure plutôt décontractée. Il n'avait pas d'alliance ! C'était un point très important même si cela ne garantissait rien…

Il était assez grand et sans doute âgé d'une cinquantaine d'années… Son charme résidait dans l'aspect anguleux de son profil. Ses joues un peu émaciées agrandissaient ses yeux clairs. Ils n'étaient ni bleus, ni verts… plutôt gris. Ses cheveux châtain foncé commençaient à se faire rares sur le dessus du crâne et il avait opté pour une coupe très courte, ne cherchant pas à dissimuler son début de calvitie.

Bob le détailla encore. L'individu n'était finalement pas beau. Mais il avait un quelque chose d'incroyablement attirant. Béatrix était scotchée, muette… On aurait dit qu'elle n'avait plus de langue ! Elle aussi étudiait l'homme avec un regard à la fois curieux, gourmand et Bob songea que c'était une bonne chose. Depuis sa rupture avec Thomas, elle était triste, taciturne, parfois même abattue. Il était grand temps qu'elle s'envole vers une nouvelle conquête !

— Puis-je vous aider ? demanda-t-elle en constatant que le client avait fait un tour complet du magasin.

— Heu… Oui… Vous avez de très jolies choses. De belles créations… Je cherche un cadeau. Oui, je sais, ce n'est pas très original à cette époque de l'année…

Béatrix eut un léger froncement de sourcils. Un cadeau... Voilà qui était bien vague. C'était pour cette raison qu'elle n'aimait pas être côté boutique. Elle détestait la vente, surtout quand le chaland était dans le flou et qu'il fallait orienter son choix ! Elle sentit que Bob était aux aguets, qu'il poursuivait son examen... Cela la déconcentrait. Elle ne savait pas comment aiguiller le client.

Le présent était-il destiné à un homme ou à une femme ? C'était la question cruciale pour son ami qui, entre deux battements de cils, continuait de dévorer le client ! Quel genre de bijoux la personne aimait-elle ? Boucles d'oreilles ? Bague ? Avec pierres ou sans ? Dans un style épuré ou sophistiqué ? Béatrix se décida à formuler tout haut ses interrogations.

Le type était indécis, tout lui plaisait !

— Pas de bague, finit-il par déclarer. Ma mère a de l'arthrose aux mains et aux doigts, alors... vous comprenez...

Béatrix et Bob échangèrent un regard complice... Il était en quête de quelque chose à offrir à sa maman !

— Un bracelet ? proposa Béatrix. Nous avons quelques beaux modèles... dont certains sont des pièces uniques.

Elle ouvrit une vitrine et sortit quelques parures. Elle les posa les unes après les autres sur son poignet afin que l'homme pût juger de l'effet.

— J'aime beaucoup celui-ci ! s'écria-t-il après un assez long moment d'hésitation. Il n'est pas commun.

— Il s'appelle Babylone. Il a été créé par Bob, ici présent ! Il vous en parlera mieux que moi ! Dans notre boutique, les bijoux ont souvent une histoire !

Bob s'avança et toussota pour éclaircir sa voix.

— L'originalité de cette pièce repose sur l'utilisation conjointe d'une pierre précieuse : le saphir et, de semi-précieuses : la turquoise et le lapis-lazuli, commença-t-il. Celui-ci vient d'Afghanistan. C'est l'un des plus beaux sur le marché à l'heure actuelle. Le bleu est intense, parsemé de quelques éclats jaunes de pyrite… juste ce qu'il faut. S'ils sont trop nombreux, la pierre perd de sa valeur. Comme vous le voyez, les lapis ont été à peine taillés, je les ai simplement polis. Je trouvais important que le travail ne soit pas trop élaboré afin de donner au bracelet un aspect ancien. C'est pourquoi l'or est patiné… S'il s'appelle Babylone, c'est parce que les Perses aimaient à utiliser le lapis-lazuli pour se parer, pour fabriquer leurs sceaux ! C'est aussi en hommage à mon père qui, avant les années 1990, a participé à plusieurs missions archéologiques dans cette partie de l'ancienne Mésopotamie. Les chantiers en Irak ont été abandonnés quand Saddam…

Un couple franchit le seuil de la bijouterie et Béatrix s'éloigna de Bob.

Jusqu'à 13 heures, il n'y eut plus un temps mort, les clients se succédèrent sans arrêt.

— Si nous terminions la bouteille de champagne proposa Bob quand les derniers acheteurs furent partis.

— C'est une bonne idée ! répondit Béatrix. D'autant plus que j'ai apporté du pain de mie et du saumon fumé. Hum… J'ai l'estomac dans les talons ! Nous allons beurrer quelques toasts ! Tu demandes à Daniel s'il se joint à nous ?

— M'étonnerait bien, marmonna Bob en ouvrant la porte de l'atelier.

Il la referma presque aussitôt et s'adressa à Béatrix :

— Daniel ne prend pas de pause ce midi. Il souhaite partir plus tôt ce soir. C'est entendu avec Alban, a-t-il précisé. Comme si je comptais ses heures ! C'est n'importe quoi ! Je ne suis pas son chef !

— Laisse tomber… En parlant d'Alban, on ne l'a pas revu !

— Ah ! Alors, ce rendez-vous au Crillon, ce n'était peut-être pas pour affaires ! C'était sans doute un cinq à sept ! Ou plutôt un dix à treize !

— Ce serait étonnant ! À cette époque de l'année, mon frère est monté sur ressorts et ses seuls centres d'intérêt sont la bijouterie et le tiroir-caisse ! Tu n'as jamais remarqué qu'Alban n'a pas de petite copine durant la période des fêtes ?

— L'appât du gain rendrait donc chaste ? Faudra que j'y pense ! s'écria Bob.

Il éclata de rire. Béatrix sourit et elle engouffra une énorme bouchée de toast. Elle se laissa tomber dans le fauteuil d'Alban, un grand siège de bureau, très confortable et elle étendit ses jambes en soupirant. Elle sentait son corps se détendre, ses muscles se relâcher et son esprit prêt à s'envoler.

— Buvons à ce bon moment ! déclara-t-elle en servant deux coupes de champagne.

— *Vinum laetificat cor hominis !*

— Ce qui signifie ?

— Que le vin réjouisse le cœur de l'homme ! C'est écrit dans la Bible. Trinquons aussi à cet inconnu qui m'a chaviré le cœur durant quelques instants !

Béatrix revit immédiatement l'homme que Bob avait imaginé comme pouvant être une bête de sexe :

— Pourquoi durant quelques instants ? C'est déjà fini ? Tu aimes et tu désaimes à la vitesse de l'éclair !

Elle pouffait intérieurement, sachant qu'elle branchait Bob sur un de ses sujets de conversation favoris et qu'il allait sans doute démarrer au quart de tour, s'épancher en confidences tantôt amusantes, tantôt émoustillantes voire grivoises. Mais puisque l'heure était à la légèreté…

— Il n'est pas pour moi puisqu'il n'est pas homo !

Béatrix écarquilla les yeux de stupeur :

— Tu ne lui as tout de même pas demandé ?

— Si, fit Bob avec une mine déçue.

— Mon Dieu ! Tu as osé ! Je ne t'aurais pas cru aussi… gonflé !

Bob s'esclaffa :

— Mais non ! Je plaisantais. C'est lui qui m'a mis sur la voie de ses préférences. Quand il s'est décidé pour le bracelet, il m'a dit que sa mère était désormais la seule femme qu'il ait à gâter. Son épouse est partie, il y a deux ans... Elle l'a quitté pour un autre... Il vit avec ses deux fils. Deux grands garçons d'une vingtaine d'années qui poursuivent leurs études. J'ai presque son CV complet ! Voilà un beau divorcé pour toi !

— Ah, parce que tu veux me caser ?

— La solitude ne te va pas.

— Peut-être, mais concernant ton client, c'est compromis... Il n'y a guère de chance que je le croise de nouveau.

— Sauf si tu le désires !

— Un claquement de doigts et il apparaît ? Quelle bonne fée tu es ! Explique-moi parce que la magie et moi, ça fait deux !

— Il s'appelle Adrian Maslovski... des origines russes sans doute... J'ai lu son nom sur sa carte bleue quand il a réglé. Tu vois, il n'y a pas une once de sorcellerie dans tout cela ! Je sais où il travaille... Tu peux donc le retrouver si jamais cela peut te faire plaisir... Il bosse pour une revue historique : *Passé proche*. Le siège de la rédaction est dans le cinquième et il y dispose d'un bureau.

— Tu l'as passé sur le gril pour apprendre tout cela ? Tu prépares ta reconversion dans le KGB, mon chou ?

— Ah, ne m'appelle pas mon chou ! râla Bob. Tu sais bien que je déteste ! Je me vois façon potée, cuit avec un morceau de lard et des carottes ! Soyons sérieux. Je ne l'ai pas cuisiné. J'ai évoqué mon père, l'archéologie, la Mésopotamie quand on parlait du bracelet... Il m'a dit qu'il était passionné d'histoire, qu'il s'intéressait surtout à une période plus récente. Il est spécialiste en histoire contemporaine : les années 1930, la Seconde Guerre mondiale et toute la période qui a suivi… Il publie quelques papiers dans le magazine que je viens de te nommer ! Alors, tu fais semblant d'être amateur de batailles, de victoires… Que sais-je ? Tu vas le voir sous prétexte de quelques questions…

— Bah voyons ! Je pourrais peut-être prétendre que j'ai un exposé à préparer pour le lycée… un exposé sur le débarquement en Normandie ?

— Non ! Là, tu exagères. Permets-moi de te dire que tu n'as pas vingt ans et que ça se voit !

— Je ferai des couettes pour l'occasion… Peut-être qu'il n'y verra que du feu ! badina Béatrix.

Elle releva ses cheveux de chaque côté de sa tête en tirant la langue. Son ami tapa du pied.

— Non ! Sois raisonnable deux minutes, nom d'un chien ! Tu peux être une mordue du jour J si tu veux et aller te documenter auprès de lui, sans chercher à avoir le profil d'une écolière ! Ce serait ridicule. Demande-lui s'il a quelques photos inédites, des lettres de soldats, des cartes topographiques. Potasse tes vieux bouquins d'histoire avant de solliciter un rendez-vous, révise un peu ! Il sera plus attentif à ton discours. Après… il ne te restera plus qu'à l'inviter à prendre un verre !

— Le champagne te donne de l'imagination… Je vois que tu as déjà écrit tout un scénario !

— Heu… oui… à peu près… parce que je n'ai pas encore songé aux détails les plus croustillants !

— T'es incorrigible ! sourit Béatrix. Il n'y a pas une seule embûche dans le parcours que tu prévois pour moi ? Pas un hic ? Tout va marcher comme sur des roulettes ?

— Ce sera à toi de faire au mieux ! Ce type m'a tapé dans l'œil… comme ça… Ensuite, j'ai eu l'impression que c'était quelqu'un de bien, de sensible. Quelqu'un qu'il serait bon de découvrir d'un peu plus près… Tu as l'air tellement malheureux depuis quelque temps… J'aime quand tes yeux pétillent de joie, Trésor !

Il la regardait avec tendresse. Elle avait tout ce qu'il aimait des femmes : une sensibilité à fleur de peau, une générosité parfois débordante, un caractère changeant selon le baromètre des humeurs. Elle était tour à tour drôle, triste, chipie ou peste. Elle était même capable d'un zeste de cruauté. On la haïssait ou l'on l'adorait. Mais on ne pouvait être indifférent face à Béatrix. Elle paraissait forte ; quand on la connaissait, on devinait combien elle était vulnérable.

— Bien, murmura-t-elle en mimant une moue sérieuse. Je vais donc revoir le *D-day*… Avec un bon manuel de terminale, ça devrait suffire ! Puis j'irai chercher quelques renseignements historiques auprès de cet homme puisque tu le trouves tellement…

— Parfait !

Bob vida d'un trait sa coupe de champagne, persuadé d'avoir convaincu son amie.

Béatrix jeta dans la poubelle le dernier morceau d'un toast. Elle n'avait plus faim. Elle resta songeuse.

Ses pensées étaient allées d'Adrian Maslovski à des préoccupations plus personnelles. Il y avait tant d'interrogations… tant de points obscurs chez les Andrieu… Elle avait encore fouiné la veille au soir dans les vieux relevés de comptes de la bijouterie et dans ceux de ses parents. Elle ne trouvait pas trace de l'argent qui avait pu servir à payer la boutique. La question restait donc entière : d'où provenaient les fonds qui avaient permis un tel achat ? En dehors de l'acquisition du magasin, d'où sortait le fric qui avait permis à ses parents, pendant des années, d'avoir un train de vie plus que confortable ?

Elle se souvenait de multiples détails de son enfance : les vacances, les voyages, les dîners au restaurant, les cadeaux avec lesquels on la gâtait… Elle avait toujours vécu dans l'aisance, à l'abri du besoin. On exauçait le moindre de ses désirs… Jamais personne n'avait gagné à la loterie chez les Andrieu ! Il fallait donc bien que la fortune ait une origine.

Dans la même veine, un autre élément chagrinait Béatrix. Quand madame Kalte von Burg était venue chercher sa broche trois jours plus tôt, elle s'était attardée pour papoter. Dans la conversation, elle avait eu quelques mots très intéressants :

— J'ai connu votre père, avait-elle lancé à Béatrix. Je me rappelle qu'une fois, je l'ai croisé à New York. C'était chez Sotheby's !

Béatrix avait intérieurement bondi. Qu'est-ce que son père avait pu faire dans une société de vente aux enchères de renommée internationale, cotée en bourse, spécialisée dans les œuvres d'art, où on ne rencontrait que les personnes les plus riches du monde, où on ne comptait qu'en millions ?

Sans montrer son impatience, elle avait tenté d'interroger la vieille dame. Celle-ci n'avait rien à lui apprendre de plus.

— Oh, je n'ai pas la mémoire des détails, s'était excusée Antoinette Kalte. Je ne sais même plus ce que mon époux a acheté ce jour-là chez Sotheby's. Ce devait être à la fin des années 1960 ou au début des années 1970, je crois… Les salles de vente, c'était le dada de mon mari… Mais je n'ai pas oublié combien votre père était séduisant. Quel homme ! Quelle prestance ! Il devait faire tourner bien des têtes !

Pour le moment, c'est ma tête qui bouillonne, songea Béatrix en contemplant sa coupe vide.

— Pourquoi cet air contrarié ? murmura Bob.

Son amie sursauta :

— Je pensais…

— À quoi ?

— À la famille…

— Ah, un coup de cafard à l'approche des fêtes ? Le départ pour Saint-Vaast te tracasse un peu ? Ça te perturbe toujours de réveillonner là-bas.

— Sans doute…

Bob s'approcha et embrassa Béatrix :

— Souris, Trésor. Tout n'est pas noir dans la vie même si certains êtres te manquent. Aujourd'hui nous nous sommes réjouis du rétablissement de Nath. C'est tellement fort ! Il ne faut pas perdre une miette de ce bon moment, ni le ternir par des idées sombres.

— Tu as raison.

— J'aimerais que tu gardes en toi une phrase…

— Laquelle, mon chou ?

Cette fois, il ignora le petit nom et continua :

— Cueille le jour présent sans te soucier du lendemain.

— Encore une citation biblique ?

— Non, elle est attribuée à un poète de l'Antiquité : Horace. En latin, ce « cueille le jour présent » tient en deux mots.

Il saisit un Post-it, y griffonna *« carpe diem »* et colla le morceau de papier sur la main de Béatrix.

— Apprends-les par cœur !

Littéralement, la phrase signifiait « Cueille le jour présent et sois le moins confiant possible en l'avenir ». Mais il préférait cacher à Béatrix les derniers mots… La version qui incitait à l'hédonisme était bien plus agréable… Les plaisirs étaient si rares, il ne fallait pas les laisser s'échapper !

10

Sans goût, ni couleurs

Seul, dans la salle à manger dont il n'avait pas allumé les lumières, Alban était figé dans la contemplation de la nuit, il songeait que ce Noël serait différent des autres. Il n'imaginait pas comment le réveillon se déroulerait, il pressentait seulement que ce serait une fête inhabituelle parce que, dans l'histoire de la famille Andrieu de Bazer, une page se tournait.

Il l'avait compris dès qu'ils étaient arrivés dans la maison de Saint-Vaast dans l'après-midi... dès qu'ils étaient entrés, sa sœur et lui, dans la bibliothèque pour aller embrasser Amarine. Elle était dans son fauteuil, pas auprès du feu mais face à la fenêtre. Elle n'avait pas répondu aux baisers de ses petits-enfants qui venaient la saluer, ni à leurs questions. Béatrix avait dû répéter au moins dix fois :

— Mamie, est-ce que tu vas bien ? Comment te sens-tu ? Ta jambe te fait-elle moins souffrir ?

Pas un mot n'était sorti de la bouche de la vieille dame. Elle ne s'était même pas aperçue d'une présence a ses côtés. Tenace, Béatrix avait continué à l'interroger, à parler, à l'inciter au dialogue. Deux heures s'étaient écoulées ainsi…

Amarine était restée muette, regardant droit devant elle, scrutant la cour lentement envahie par l'ombre du soleil couchant…

— Nous allons monter nous préparer pour le dîner, avait annoncé Alban après avoir consulté sa montre.

— Attendons encore un peu, avait chuchoté Béatrix.

Elle avait continué à bavarder toute seule, rêvant de faire sortir sa grand-mère de sa torpeur.

Soudain, elle avait failli hurler victoire parce qu'Amarine avait remué les mains, jouant avec ses pouces, les frottant l'un contre l'autre. Puis elle avait levé son bras, avait tendu son index comme pour montrer quelque chose. Béatrix et Alban s'étaient agenouillés auprès d'elle, plaçant leurs yeux à la même hauteur que les siens. Dans la cour que n'éclairait que la lanterne du perron, ils n'avaient rien distingué d'autre que les peupliers aux branches dénudées et la grange. C'était tout ce qu'on apercevait depuis cette ouverture…

Peut-être agacée de n'être pas comprise, Amarine s'était agitée, remuant dans son fauteuil comme si elle espérait le faire avancer encore plus près des carreaux. Puis sa lèvre supérieure avait tressailli. On aurait dit qu'elle voulait s'exprimer mais ne parvenait pas à articuler. Béatrix avait essayé de l'encourager :

— Que souhaites-tu que nous remarquions, Mamie ? Je ne vois rien. Il fait de plus en plus sombre, la nuit tombe…

Il y avait eu un bruit de déglutition et, enfin, la bouche de la vieille dame s'était ouverte :

— Là, sur le toit, il y a des…

Le mot lui échappait, elle le cherchait, courait après lui dans les dédales de son cerveau et sa tête s'était mise à dodeliner comme si la confusion qui bouleversait son esprit allait franchir les os de son crâne.

— Des oiseaux, avait murmuré Béatrix. Sur le toit de la grange, il y a des corbeaux, répéta-t-elle plus fort.

— Des corbeaux, avait acquiescé Amarine, le doigt toujours tendu et, après un instant d'hésitation, elle avait poursuivi : Prends-en deux ! Ça peut servir !

Béatrix s'était tournée vers son frère, incrédule, pas certaine d'avoir très bien saisi les paroles de sa grand-mère.

— Des corbeaux ! avait encore crié Amarine. Prends-en deux !

Béatrix s'était sentie étranglée d'effroi et d'impuissance. Alban avait vu qu'elle serrait les poings, que ses ongles entamaient ses paumes. Ce geste qu'elle faisait toujours, inconsciemment, quand elle avait peur, quand elle se savait paralysée, incapable d'agir…

— Monte dans ta chambre, si tu veux, lui avait chuchoté Alban. Je vais rester avec Mamie. Prends un bain, détends-toi…

Elle avait refusé.

— Des corbeaux, ânonnait Amarine, prends-en deux !

Elle avait longuement rabâché ces cinq mots, se balançant d'avant en arrière dans son fauteuil.

— Que ferions-nous de ces oiseaux ? On les passerait à la broche pour le repas de réveillon ? avait demandé Alban en tentant de plaisanter.

— Attrape-les ! Ça peut servir !

Alban avait capitulé. D'une poigne assez forte, il avait pris sa sœur par le coude, l'obligeant à le suivre à l'étage. Il l'avait lâchée sur le palier :

— Ce soir, c'est Noël, alors essayons de ne pas trop penser à tout ce qui nous fait peine. La famille se découd de tous côtés mais nous, on est encore là, tous les deux.

Béatrix avait embrassé son frère. Il était redevenu celui qu'elle aimait. Passé ces trois premières semaines de décembre où il avait craint de ne pas voir les commandes terminées à temps, où il semblait avoir un agenda en guise de cerveau et un tiroir-caisse à la place du cœur, il était de nouveau lui-même : un être attentionné, prévenant et agréable…

Une page se tournait chez les Andrieu de Bazer et dans l'obscurité de la salle à manger, Alban soupira. Il était redescendu après s'être douché, rasé de près, après avoir enfilé un pantalon bleu marine et une chemise rose pâle que Béatrix trouvait très jolie. Elle disait toujours que cette couleur faisait ressortir le noir de ses cheveux et de ses yeux. Il avait également passé la veste de costume assortie au pantalon. Mais il avait renoncé à la cravate. On serait en famille, pas en soirée de gala.

Ses poumons se gonflèrent de nouveau et il expira avec force. Décidément, il en était certain, ce réveillon serait différent des autres. Pourtant tout était organisé comme à l'accoutumée. Sur la table, dressée par Odile dès le début de l'après-midi, l'argenterie brillait, les verres de cristal étincelaient. Çà et là, entre les bougeoirs, des jacinthes étaient disposées sur la nappe blanche. On ne distinguait pas leur parfum car le sapin embaumait, répandant dans la pièce cette odeur si particulière de résine et de forêt. Alban s'approcha de l'arbre, se pencha, tâtonna à la recherche de l'interrupteur qui commandait les guirlandes électriques. Il sourit quand les multiples lampions commencèrent à clignoter.

Quelques images de son enfance se bousculèrent dans son esprit. Il revit Amarine quelques années plus tôt. Elle était une adorable grand-mère qui soignait son apparence. Pour le réveillon, elle revêtait une élégante robe noire, un peu stricte, elle posait sur ses épaules une étole de soie gris argenté, elle portait quelques bijoux et elle piquait dans ses cheveux toujours tirés en chignon des fleurs artificielles en satin noir. C'était sa tenue de fête. Quand elle descendait, un peu avant les autres, elle venait ici, dans la salle à manger, jetait un œil à la table, replaçait une assiette, une serviette ou un couvert, veillait en maîtresse de maison à ce que tout soit parfait. Puis elle se dirigeait vers la cuisine, passait un tablier et, malgré les protestations d'Odile, elle mettait la main à la pâte, arrosant la dinde qui cuisait dans le four, grattant une gousse d'ail sur les croûtons que l'on servirait pour accompagner la bisque de homard préparée dès le matin…

Alban se souvint qu'il aimait se glisser aux côtés des deux femmes, les observer tandis qu'elles s'affairaient. Lorsqu'il proposait son aide, qu'il tendait la main vers un plat ou une casserole, Amarine et Odile s'écriaient d'une même voix :

— Les hommes n'ont rien à faire aux fourneaux. File rejoindre les autres. Ou bien va donc allumer le feu !

Elles étaient d'une autre génération et insister aurait été les offenser…

Alban se tourna vers la cheminée. Quelques bûches étaient prêtes, sur un tas de petit bois d'où s'échappaient des morceaux d'un journal. Odile avait pensé à tout… Alban craqua une allumette et il contempla l'embrasement de l'âtre.

Tout semblait comme avant. Pourtant, tout était différent. La famille tombait en ruine… Daphnée avait décidé de rester à Paris avec ses enfants. Amarine se perdait dans des désirs de chasse aux corbeaux. François-Xavier, que son fils avait ramené de force de Dordogne la veille, avait une nouvelle lubie. Il voulait entrer en méditation, rester assis sur le vieux banc de pierre dans la cour. On l'avait autorisé à demeurer dehors une vingtaine de minutes en début d'après-midi. Mais le froid était mordant et il avait bien fallu le faire rentrer. Alors, pendant plus d'une heure, il avait crié, hurlé, tel un loup, et son épouse s'était décidée à faire venir le médecin.

François-Xavier s'était un peu calmé à l'arrivée du praticien, il avait expliqué qu'on le retenait prisonnier, qu'il était une sorte de Masque de fer, qu'on voulait cacher son existence mais qu'un jour viendrait où le secret serait dévoilé et qu'alors, le monde entier reconnaîtrait qu'il était l'héritier de la Maison de France. Le docteur avait acquiescé et il avait administré au patient un léger sédatif destiné à l'apaiser pour un temps.

— Joyeux Noël, avait-il déclaré en serrant la main d'Edwige avant de quitter la maison des Andrieu.

Silencieusement, il leur souhaitait bien du plaisir…

L'horloge sonna une heure et Odile songea qu'ils avaient dû tous monter se coucher. La soirée avait été longue, pénible. Ils avaient attendu minuit, tentant de bavarder autour d'une coupe de champagne, grignotant un morceau de bûche mais le cœur n'y était pas. Quand les douze coups avaient enfin retenti, Max était allé déposer l'enfant Jésus dans sa crèche. Un geste symbolique, répété chaque année, auquel Amarine tenait tout particulièrement. Cette fois, il lui avait totalement échappé. Elle avait passé la veillée de Noël dans son monde. Un ailleurs impénétrable pour les autres que même les mots les plus simples ne pouvaient traverser. Ensuite, Edwige avait annoncé le plus gaiement possible qu'il était l'heure d'ouvrir les cadeaux.

Béatrix avait regretté la précipitation d'autrefois, la bousculade autour du sapin, les cris, les rires.

Si au moins Daphnée avait été là, il y aurait eu Tess et Noé et un peu d'animation... Il lui avait semblé qu'on déballait les paquets avec beaucoup d'amertume. Le moment avait perdu son goût, ses couleurs... Elle avait ouvert elle-même celui du lecteur de CD qu'elle destinait à Amarine. Un présent devenu ridicule. Elle comprenait que sa grand-mère ne parviendrait jamais à apprendre à se servir de l'appareil, aussi simple et facile d'utilisation soit-il.

Durant le dîner, Odile avait senti que l'atmosphère était tendue même si tous faisaient semblant d'ignorer qu'Amarine jetait des morceaux de pain ou de viande sur le tapis, qu'elle baragouinait dans un jargon plutôt confus et que François-Xavier partait dans de grandes envolées sur le futur livre qu'il se promettait d'écrire afin de révéler qu'il était le descendant de Louis XVI, le roi mort sur l'échafaud. Odile n'avait perçu que quelques bribes de ces extravagances car elle avait refusé de dîner à la table des Andrieu.

Un soir de réveillon, sa place était en cuisine et elle ne dérogeait pas à la règle. Elle servait et mangeait de son côté, très rapidement, surveillant la cuisson du plat suivant. Elle n'était pas seule cependant. Clara était venue la rejoindre mais elle avait veillé à ne pas franchir le seuil de la salle à manger afin de ne pas heurter Edwige.

— Une heure ! Ils doivent être au lit ! dit tout bas Odile. Pourvu que monsieur François-Xavier ne pique pas de crise pendant la nuit... Il va réveiller tout le monde !

— Edwige est assez grande pour se débrouiller, grogna Clara. Je peux ranger les verres dans le lave-vaisselle ?

— Surtout pas, malheureuse ! Ils sont en cristal ! Il faut les laver à la main. Puis bien les rincer et, sans traîner, les essuyer avec un torchon propre !

Clara soupira, elle boucha l'évier et elle ouvrit le robinet d'eau chaude. Elle versa quelques gouttes de Mir et contempla la mousse qui gonflait lentement. À quoi bon toute cette vaisselle de fête ? Tout ce tralala ? Ce déballage d'argenterie ? Cet étalage de mets succulents, de vins délicieux qu'on savourait à peine tant le climat était tendu, sans aucun esprit de réjouissance ? Le Noël des Andrieu était une obligation qui n'avait aucun sens, une contrainte d'être ensemble alors que la famille était comme éparpillée…

— Tout ça, c'est de la frime, marmonna-t-elle en plongeant les verres dans l'eau. De la poudre aux yeux… Une illusion de fête…

Sa mère l'avait entendue :

— Peu importe, râla-t-elle. On n'est pas là pour en juger. Je sers dans cette maison. La cuisine, le ménage, c'est mon boulot. Mais toi, tu n'es pas obligée d'être ici. Va te coucher si tu veux.

Clara jeta un œil sur les piles d'assiettes, les plats, les casseroles qui s'entassaient sur la table et elle se mordit la lèvre.

— Je reste avec toi, murmura-t-elle en saisissant l'éponge. On ira plus vite à deux.

Il s'écoula une bonne dizaine de minutes dans un silence presque religieux.

— Tu crois que François-Xavier va pouvoir continuer à vivre dans cette maison ? demanda Clara au bout d'un moment.

— Que veux-tu dire ?

— Il semble vraiment de plus en plus… malade !

— Il l'est. Pour le moment, il est mieux parmi les siens. Il suffit de veiller sur lui.

— Les siens… Tu parles ! Max ne vient qu'un week-end de temps en temps… et Daphnée rarement. Edwige s'absente des journées entières et Amarine… la pauvre. C'est sur toi que va retomber la responsabilité de gérer François-Xavier !

— Mais non !

— Bien sur que si ! Tu t'occupes déjà d'Amarine. Comment le surveilleras-tu quand il lui prendra l'envie de sortir ? Tu as vu le cirque qu'il a fait aujourd'hui quand on l'a levé de son banc pour qu'il rentre au chaud ? Et la propriété qui n'est pas fermée ! Ce sera ingérable !

— Pour l'instant, il est entouré. Ensuite, nous aviserons. Tu sais, il y a eu une époque où vivre ici, y travailler, était vraiment agréable. Même sous les ordres de patrons qui avaient leurs exigences. Je n'ai pas oublié les colères de monsieur Jean quand je ratais les œufs à la coque ! C'était tout au début, quand on m'a embauchée… Un jour ils étaient trop cuits, le lendemain pas assez ! Parfois c'était le beurre qui était trop froid, trop dur, et il ne pouvait tartiner ses mouillettes ! Quand il se fâchait ainsi, Amarine venait me retrouver dans la cuisine, elle s'excusait pour son mari, disant qu'il était un peu irascible mais qu'au fond, il n'était que bonté… C'était vrai qu'il était bon… Maintenant c'est différent. En souvenir d'Amarine, de celle qu'elle a été, de tout ce qui me lie à elle, je vais continuer… S'il n'y avait pas eu cet accident, tout aurait été différent. Hélas…

La porte s'ouvrit et Odile suspendit sa phrase. Béatrix entra. Elle était en pyjama, avait la tête en vrac, les paupières mauves, les yeux brillants et Odile supposa qu'elle avait pleuré.

— Je croyais que tu étais montée te coucher, dit-elle.

— Oui, mais… Je n'arrive pas à dormir. Je vais prendre un verre de lait.

Elle se dirigea vers le réfrigérateur ; Odile la devança.

— Je peux me servir, reprocha doucement Béatrix.

Odile haussa les épaules. Quand on était dans SA cuisine, elle était aux commandes.

— Merci, murmura Béatrix en saisissant le verre qu'on lui tendait.

— Assieds-toi deux minutes, ordonna Odile. Bois tranquillement, cela t'apaisera.

La jeune femme obéit, s'installant sur la chaise qu'on lui montrait. Elle croisa le regard de Clara. D'abord elle crut y percevoir une sorte de froideur, puis il lui sembla y rencontrer de la compassion. Peut-être même de la pitié. Durant quelques instants, Béatrix envia cette fille à qui la nature avait donné tant de forces. Clara était robuste. Dans son corps et dans sa tête. Elle ne devait pas se poser mille questions, surtout pas celles qui étaient inutiles.

Elle fonctionnait à l'instinct, ce qui la rendait solide, résistante, fiable, sûre d'elle. Béatrix songea qu'elle ne devait pas la jalouser. Elle avait eu son lot d'ennuis. Pas les moindres. Clara était quelqu'un de bien et il devait être bon de l'avoir comme amie.

Si je le pouvais, c'est à elle que je me confierais, pensa Béatrix. Je lui dirais toutes mes interrogations, mes craintes... Elle saurait m'aider. Mais je n'ose pas aller vers elle. Quelque chose me retient. Comme si elle avait mis une barrière entre elle et moi. Pourtant...

Pourtant, c'était la famille Andrieu qui dressait un obstacle. Edwige surtout, puisqu'elle admettait la présence de Clara à condition qu'elle ne la croisât pas. C'était absurde et inhumain.

Béatrix se sentit soudain seule et perdue. Ce soir, pour la première fois depuis qu'elle avait plaqué Thomas, la tendresse d'un homme lui manquait. Bien sûr, Alban était là et il lui donnait toute l'affection dont un frère était capable. Mais elle aurait voulu davantage. Elle aurait voulu l'oubli comme du temps où elle était dans les bras de Thomas. Il savait effacer ses peines, ses doutes. Il la serrait contre lui, il l'embrassait, il la caressait et elle était loin de tout... Elle regrettait presque d'avoir jeté son amant hors de chez elle.

— Finis ton lait et file au lit ! dit Odile en souriant.

Béatrix la fixa. C'était comme avant... Quand elle était môme et qu'elle ne voulait pas dormir, elle redescendait tout doucement les marches de l'escalier. Elle venait voler quelques minutes ici, dans la cuisine, et Odile la gardait auprès d'elle. Ensuite, assez souvent, Odile la raccompagnait à l'étage et entrait dans sa chambre. Elle la bordait et lui souhaitait une bonne nuit en éteignant la lumière.

— C'est l'heure du dodo ! répéta Odile et elle se pencha sur Béatrix, lui donnant un baiser sur le front.

Ce geste simple libéra le flot d'émotions que retenait Béatrix. Elle fondit en larmes, s'écroula sur la table, la tête entre ses bras.

— Pleure, mon bébé. Pleure, chuchota Odile. Il faut bien que le chagrin trouve une issue…

— J'ai besoin de te parler, bafouilla Béatrix entre deux sanglots. Il y a des choses que j'ignore, que j'ai besoin de savoir, de comprendre… Tu peux sans doute m'éclairer.

Odile soupira :

— Que voudrais-tu que je te dise ? Notre Amarine vieillit. Il faut l'accepter comme elle est maintenant. Ce n'est pas de chance, c'est vrai, de la voir ainsi. Parfois il m'arrive de souhaiter qu'elle s'endorme doucement… et qu'elle ne se réveille pas. Ce qui me rassure, c'est que le médecin nous a expliqué qu'elle ne souffre pas. Elle ne se rend pas compte qu'elle perd peu à peu le fil de ses idées. Il faut profiter des bons moments qu'elle a encore, être auprès d'elle quand son esprit est disponible pour nous. Quand il ne l'est pas, il faut la laisser en paix. Ce n'est pas facile, je le reconnais. Moi, je la vois chaque jour, alors je ne remarque pas forcément la dégradation. C'est un peu comme si je m'y habituais, bien qu'au fond de moi, ce ne soit pas le cas. Pour toi qui reviens ici de temps en temps, à chaque fois, c'est un choc. Demain sera un autre jour... Peut-être sera-t-elle un peu plus près de nous...

— Ce n'est pas seulement au sujet d'Amarine que je voudrais que nous discutions. Aujourd'hui, je crois que j'ai admis quelle ne serait plus comme avant, que j'ai maintenant une autre mamie. Elle me fait un peu peur. Il faut que je m'y fasse, que je l'apprivoise... Ce ne doit pas être impossible. J'aimerais... Pourrais-tu me parler de mes parents ? De leurs voyages à l'étranger ? De l'achat de la bijouterie...

Odile déglutit lentement et elle attrapa le torchon qu'elle avait posé sur une chaise.

— Il est bien tard et tu devrais être au lit, décréta-t-elle, le visage fermé. Je dois ranger la cuisine.

Clara se pencha davantage sur l'évier, comme si elle allait y plonger sa chevelure flamboyante, elle frotta plus fort la casserole qu'elle récurait.

Nath ouvrit la porte de son appartement et la referma le plus silencieusement possible. Elle étouffa un bâillement puis sourit en constatant que la lune éclairait la pièce. Elle avança jusqu'à la verrière et se posta en dessous, levant la tête pour contempler les étoiles. Elle tendit le bras et murmura :

— Ce soir, j'ai touché le ciel.

C'était une nuit de Noël qu'elle n'oublierait pas... Elle avait dîné en famille pour le réveillon !

Bob l'avait entraînée chez sa mère. Elle avait d'abord refusé l'invitation, elle ne voulait pas s'imposer. Son ami n'avait pas cédé et elle avait fini par accepter. Elle ne le regrettait pas. Dès qu'ils étaient arrivés dans le trois-pièces où vivait Yvette Dumas, à Boulogne-Billancourt, Nath avait respiré une atmosphère qu'elle ne connaissait pas.

Yvette l'avait accueillie sur le seuil et l'avait serrée contre elle, lui donnant deux grosses bises sur chaque joue, lui ordonnant gentiment de se mettre à l'aise, de s'installer sur le canapé. On ne tarderait pas à servir l'apéritif.

Nath n'était pas restée assise. Elle était tombée sous le charme du sapin qui trônait dans un angle du séjour et s'en était approchée. Elle s'était agenouillée devant l'arbre. Elle avait admiré les boules, les guirlandes, la flèche lumineuse qui clignotait au sommet, les anges aux ailes de satin attachés par un fil doré ; ils paraissaient voler entre les branches. Elle avait observé les personnages, les animaux qui peuplaient la crèche. C'était comme la découverte d'un mets inconnu et savoureux. Sa personne tout entière s'était imbibée de cette révélation… Elle était tel un enfant envoûté par la magie de Noël…

Soudain, elle s'était retournée et avait vu qu'elle était seule.

Bob était avec sa mère dans la cuisine. La main gantée dans un torchon, il ouvrait les huîtres tandis qu'Yvette tranchait un citron. Nath avait offert son aide.

— Tu n'as qu'à beurrer quelques tartines de pain de seigle, si tu veux, avait répondu Bob avant que sa mère ne puisse intervenir.

Ils avaient papoté gaiement en préparant le plat de fruits de mer, en surveillant la cuisson des ris de veau…

Nath, enfant née sous X, s'était sentie adoptée. Peut-être que l'existence pouvait être autre qu'un monde atone et monochrome… Peut-être qu'elle pourrait trouver la force de retourner travailler à la bijouterie, de croiser Alban chaque jour, de lui parler, tout en sachant que jamais elle ne pourrait espérer autre chose que :

— Décidément, vous êtes une perle, Nath !

Elle leva encore le bras vers la verrière, s'amusa à pointer du doigt les étoiles. Une idée jaillit dans son esprit et elle eut envie de peindre. Elle se revit quelques jours plus tôt, rangeant ses pinceaux, ses couleurs, se préparant à quitter la vie.

Elle secoua la tête. Il fallait évacuer tout cela. Ou du moins essayer. Elle l'avait promis à Bob.

Elle se débarrassa de sa robe, de ses chaussures, enfila une sorte de grenouillère qui avait dû être rose… Elle était maintenant multicolore… Elle passa une grosse paire de chaussettes en coton bouclé. Elle déplia le grand plastique qui permettait de protéger le parquet, elle s'empara d'une toile vierge, la posa sur le chevalet. Elle sortit du placard son matériel et alluma deux spots dont l'éclairage se croisait au centre de la pièce. Elle glissa dans la platine un CD de Sade et quand la voix de la chanteuse s'éleva dans la pièce, elle ferma les yeux, voulant retrouver l'inspiration qui s'était présentée à elle quelques minutes plus tôt. Ce fut aussi fugitif qu'un éclair, deux ou trois secondes durant lesquelles elle capta de nouveau cette image qui l'avait interpellée.

— Perle sous l'orage, murmura-t-elle en saisissant une brosse.

C'était son ressenti, son vécu ces derniers temps. Elle avait essuyé une tempête, un gros grain, alors qu'elle était perdue au milieu d'un océan d'indifférence. Elle avait tenté de fuir la foudre, de s'en écarter en vidant une bouteille de scotch, en avalant trois boîtes de comprimés… Ce moment, elle allait le peindre, pour ne pas l'oublier, pour mieux se souvenir que, ce soir, elle avait rencontré la clémence, la bonté et l'envie d'exister encore.

11

Pas de mensonge dans la maison de Dieu !

« Son petit itsi bitsi tini ouini, tout petit, petit, bikini qu'elle mettait pour la première fois… Un itsi bitsi tini ouini, tout petit, petit, bikini… Un bikini rouge et jaune à p'tits pois… »

Béatrix se retourna dans le lit, grogna, enfouit son visage dans le matelas, attrapa son oreiller et s'en couvrit le crâne.

« Un deux trois, voilà ce qui arriva… »

— Qui peut bien faire un tel boucan à 8 heures du matin, un jour de Noël ? râla-t-elle.

Le coussin, qui ne lui était d'aucune utilité, vola à l'autre bout de la pièce. La musique était tellement forte qu'il aurait fallu se couler du béton dans les oreilles pour ne plus l'entendre.

« Elle doit maintenant s'élancer hors de l'ombre… Elle craint toujours les regards indiscrets… C'est le moment de faire voir à tout le monde… Ce qui la trouble et la fait trembler… »

Béatrix rejeta la couette et se leva d'un bond. Elle allait faire taire cette radio qui hurlait à plein pot.

« Un deux trois, elle a peur de montrer quoi… »

Elle grelotta et enfila un gros pull sur son pyjama ; l'étage était toujours un peu froid pendant les nuits d'hiver à Saint-Vaast. Elle sortit dans le couloir, cherchant d'où provenait l'infernale cacophonie. Les cheveux hirsutes, les yeux encore gonflés de sommeil, Alban apparut en même temps qu'elle sur le seuil de sa chambre.

— Que se passe-t-il ? demanda-t-il, la voix rauque. Quelqu'un s'entraîne pour la Star Ac' ? Pour un numéro de l'École des fans spécial Dalida ?

— J'en sais rien ! grommela Béatrix. On se croirait à Saint-Trop en plein été ! D'où vient ce récital ?

— De chez Max !

— De chez Max ? D'habitude, il fait la grasse mat' ! Qu'est-ce qui lui prend ? Ça ne peut pas durer ! Je vais lui dire deux mots !

Elle traversa le couloir et, le poing fermé, cogna à la porte de Max. C'était bien de là que sortait la chanson de Dalida. Soucieux de ne participer à aucune friction, Alban recula prudemment dans ses pénates.

Max ouvrit à Béatrix et elle l'écarta sans ménagement afin d'aller jusqu'au poste dont elle baissa le volume.

— T'es pas bien ? s'emporta-t-elle. Je voudrais dormir ! DOR-MIR ! Et je ne suis pas la seule !

Max eut un air désolé, il ouvrit la bouche mais avant qu'il n'ait pu répondre, un long hurlement s'éleva.

— C'était pour ne plus écouter ça ! murmura-t-il, au bord des larmes. Je n'en peux plus…

Béatrix avait reconnu la voix de son oncle :

— Je… Je n'avais pas entendu… Je suis navrée… Je ne voulais pas t'agresser.

Mal à l'aise, elle songeait à faire comme Alban… à battre en retraite pour ne pas en apprendre davantage.

— Il a commencé à crier il y a un quart d'heure. Il veut sortir, aller sur son banc. Ma mère tente de le raisonner. J'ai essayé aussi, je lui ai montré le thermomètre. Il affiche moins cinq degrés. Rien n'y a fait. J'en avais tellement marre que j'ai poussé le son !

— Je comprends mais… tu vas réveiller tout le monde ! Pense au moins à Mamie.

— Mamie est déjà debout. Son auxiliaire de vie est arrivée à 7 heures, comme chaque jour.

— Une auxiliaire de vie ?

— Oui, il en vient une depuis deux semaines. C'était nécessaire… pour la toilette, l'habillage. Ma mère ne voulait pas s'occuper de tout cela.

— Je n'aurais pas voulu non plus… Laver ma grand-mère… Non, je ne pourrais pas. C'est trop… intime. Ce serait dégradant pour elle et pour moi.

Un nouveau beuglement déchira l'air et Béatrix monta un peu le son de la radio.

— Je crois que plus personne ne dort, déclara-t-elle. Alors…

Elle se jeta dans les bras de son cousin, qui la serra contre lui.

— Je suis content, dit-il à son oreille, qu'Elias ait préféré aller fêter Noël dans sa famille. Au moins, il ne voit pas toute cette... déchéance ! Daphnée a bien fait de ne pas venir avec les enfants. Ce n'est pas un spectacle pour eux. Mais je suis heureux que tu sois là ! C'est moins dur...

Elle l'embrassa et se sauva, les yeux brûlants. Elle se glissa sous la douche, se sécha, se vêtit sans lambiner et descendit à la cuisine. Il n'y avait personne. Une brioche tiède attendait sur un plat et le café était encore chaud. Elle s'en servit une tasse, qu'elle but debout en regardant par la fenêtre.

Une paire de bottes en caoutchouc était posée sur le tapis-brosse près de la porte et Béatrix devina que Clara était dans la maison... Elle ne pouvait être que dans la bibliothèque aux cotés d'Amarine. Elle traversa le couloir et entra dans la pièce, sans bruit.

Amarine était installée au bureau. Elle tenait un stylo. Assise à ses côtés, Clara lui parlait doucement. Pressentant une présence derrière elle, elle se retourna et se leva pour saluer Béatrix.

— Amarine écrit, murmura-t-elle. Ce matin, après le petit déjeuner, je l'ai sentie bien, mieux qu'hier... disposée. Alors je lui ai donné quelques lignes à copier. La semaine dernière, elle ne savait plus écrire son nom. Je me suis dit que...

— C'est très bien, sourit Béatrix qui devinait que Clara voulait s'expliquer alors qu'elle ne lui demandait pas de se justifier. Vous avez raison de ne pas lui laisser tout oublier. Ce que vous faites pour Amarine, c'est vraiment...

Elle ne trouvait pas de mots.

— Merci, chuchota-t-elle. Merci d'être là pour elle, de lui accorder du temps et de l'attention.

Elle s'approcha de sa grand-mère qui, d'une main tremblante, reproduisait ce que Clara avait inscrit sur la ligne supérieure.

— C'est parfait, déclara Clara. Maintenant, Amarine, si vous le voulez bien, nous tournons la page et vous écrivez sans modèle.

La vieille dame hésita puis obtempéra.

— Amarine Andrieu de Bazer ! lut-elle avec fierté quand elle eut achevé.

Elle leva vers Clara des yeux pleins d'espoir. On aurait cru un enfant soucieux de faire plaisir à sa maîtresse d'école.

La grande rousse la complimenta.

Béatrix ravala sa salive et elle applaudit sans que la quitte la désagréable impression d'assister à une comédie de mauvais goût... Comment pouvait-on imaginer être heureux en félicitant une vieille dame qui avait griffonné quatre mots sur une feuille alors que, quelques années plus tôt, cette même femme dévorait deux livres par semaine, connaissait tous les classiques de la littérature, noircissait des pages et des pages de correspondance avec des gens dispersés dans toute la France... Un tel spectacle était abominable.

— Ah, tu es là, ma belle ! remarqua Amarine. As-tu bien dormi ?

Durant quelques secondes, Béatrix resta muette de surprise. La veille au soir, sa grand-mère était dans un pays peuplé de corbeaux et de chimères.

Ce matin, elle était bien là, avec un esprit qui paraissait clair, des paroles qui avaient un sens et elle reconnaissait les siens !

Amarine saisit les mains de sa petite-fille et l'attira vers elle.

— Parle-moi un peu de toi. Comment vas-tu, ma Béa ?

Béatrix bafouilla quelques phrases, évoqua des banalités puis :

— Et toi, Mamie, comment te sens-tu ?

C'était la question à ne pas poser à quelqu'un qui avait retrouvé, pour un temps, une grande partie de sa lucidité et qui était de nouveau capable d'analyser sa situation avec clairvoyance.

— J'en ai assez, murmura Amarine. La vie est trop longue pour moi maintenant. Il faudrait que ça s'arrête. C'est dur… À quoi cela sert-il de rester autant et de n'être plus rien ? Je ne bouge plus de ce fauteuil.

Ses lèvres se mirent à trembler et de grosses larmes coulèrent sur ses joues. Béatrix ne se souvenait avoir vu sa grand-mère pleurer qu'une fois : quand elle avait perdu ses deux fils… Elle l'avait toujours connue forte, courageuse, décidée… Désemparée, la jeune femme ne savait que répondre. Devant tant de discernement, que pouvait-on rétorquer ? Il ne fallait pas mentir… Surtout pas. Ne pas prétendre que les choses s'arrangeraient, que tout redeviendrait comme par le passé…

Béatrix se blottit contre Amarine, respirant son cou. L'odeur de la savonnette lui rappela son enfance… Quand, en fin de journée, Amarine les appelait, les forçait à rentrer, qu'Alban et Daphnée obéissaient sans rechigner, que Béatrix traînait un peu pour gagner quelques minutes, que Max se cachait dans la grange, qu'il fallait aller le chercher, parfois sous la menace d'une quelconque punition… Odile s'en chargeait, roulant de gros yeux pour simuler la colère. Ensuite, ils passaient tour à tour au bain et Amarine venait vérifier qu'ils étaient propres. Si l'examen n'était pas concluant, elle faisait la moue… Souvent elle prenait une brosse pour frotter leurs ongles, elle les décapait vigoureusement jusqu'à ce qu'il ne restât plus la moindre trace de terre ou de poussière.

— On ne se met à table qu'avec des mains irréprochables ! répétait-elle.

Quand la toilette était finie, elle démêlait les cheveux de Béatrix sous le regard goguenard d'Alban et de Max qui se félicitaient de ne pas avoir une tignasse aussi longue, aussi fournie que celle de la fillette. La petite grimaçait quand le peigne tirait sur une mèche nouée…

Où étaient donc mes parents tandis que Mamie nous gardait ainsi pendant des jours ? se demanda Béatrix. Où allaient-ils ? Papy n'était pas là la plupart du temps… Je ne revois qu'Odile et Mamie… Mais c'est si flou… Il y a peut-être des détails qui m'échappent et…

— Faut que ça s'arrête ! réitéra Amarine. C'est trop long ! C'est assez !

Béatrix releva le visage pour observer sa grand-mère. Dans le bleu délavé de ses prunelles, il n'y avait plus que tristesse et lassitude. La jeune femme songea que si elle avait eu ce qu'il fallait pour exaucer cette prière, pour mettre un terme à cette existence devenue trop pénible, elle l'aurait fait. Elle aurait permis à cet être cher de s'en aller en toute conscience de son choix, avec dignité… C'était ainsi que chacun devait pouvoir mourir… Qu'allait devenir Amarine quand son état se détériorerait davantage ? Serait-elle comme ces pauvres vieux qui ne savaient même plus aller aux toilettes ?

Il était bouleversant de voir cette femme qui avait eu tant de prestance, aussi diminuée. Elle était maintenant comme un enfant perdu, abandonné…

Oubliant son envie de fuir ce monde, Amarine tendit ses doigts, mima une caresse et murmura :

— Couche-toi là, ma belle, à mes pieds.

L'invisible Sola était de retour et le regard d'Amarine s'était éloigné, de nouveau parti dans un ailleurs où nul ne pénétrait.

Béatrix revit des images d'un reportage qu'elle avait suivi à la télévision quelques jours plus tôt… On avait filmé Bagdad, après un bombardement. Les rescapés sortaient des caves, assourdis par les déflagrations, ils titubaient, les yeux exorbités, ils découvraient leurs proches le ventre évidé, la face déchirée, les jambes arrachées… La caméra ne s'attardait pas sur le carnage. Elle revenait sur les survivants, zoomait sur leur bouche restée ouverte dont aucun son ne sortait. Ils ne comprenaient pas, ils ne mesuraient pas… Ce ne pouvait être vrai…

Ma grand-mère vit sous les bombes, songea Béatrix, un obus vient d'exploser non loin d'elle et elle a perdu le fil de la réalité.

— Ne restez pas ici si c'est trop dur à supporter, si vous avez de la peine, conseilla doucement Clara.

— Je ne sais pas si je préfère quand elle est lucide et voudrait en finir... Ou comme maintenant, enfermée dans sa bulle...

— Là où elle est, dans ses rêves, elle ne souffre pas... du moins, je le crois. Un jour, vous accepterez.

Béatrix acquiesça d'un mouvement du menton et s'éloigna.

— Odile n'est pas là ? demanda-t-elle avant de sortir.

— Elle avait quelque chose à faire... À Saint-Vaast, je crois... Je ne l'ai pas questionnée. Elle n'était pas causante.

Béatrix hocha la tête. Un matin de Noël... Elle savait où était allée Odile...

Elle referma sur elle la porte de la bibliothèque et entendit des voix dans la salle à manger. Elle se glissa dans l'escalier et monta doucement les marches...

Elle avait une idée en tête depuis son retour à Saint-Vaast, elle voulait photographier le collier dissimulé par Amarine. C'était mal, elle ne l'ignorait pas. Mais sa grand-mère n'en saurait rien... Elle avait besoin de ce cliché pour poursuivre ses recherches et faire la lumière sur ce secret qui broyait ses méninges depuis des semaines.

Penchée sur le caveau, Odile retira ses gants de laine, elle ramassa les fleurs fanées, les fourra dans son panier. Puis elle ôta l'emballage transparent du magnifique bouquet de roses rouges qu'elle avait apporté et le déposa sur la pierre.

— Joyeux Noël à vous tous, murmura-t-elle. Vous nous manquez… Amarine n'est pas là cette année, monsieur Jean. J'en suis navrée. Je préfère ne plus l'amener ici si elle ne le réclame pas. Ce n'est pas bon pour sa tête. Enfin, je crois… C'est tellement difficile de savoir ce qui est bon et ce qui ne l'est pas pour elle. Je ne suis pas sûre qu'on sache bien s'y prendre. Même le docteur semble perdu. Tout ce qu'il rabâche, c'est que c'est comme ça, parfois, quand on vieillit. Le corps tient bon mais l'esprit s'effrite un petit peu tous les jours… Il fait froid ces temps-ci alors je ne voudrais pas que madame Amarine attrape une vilaine toux… Elle est mieux à la maison. Vous ne m'en voudrez pas, n'est-ce pas, monsieur Jean ? Elle aimait bien venir ici vous parler un peu… Mais elle ne cause plus beaucoup…

Odile sortit un mouchoir de sa poche et essuya le coin de ses yeux. Puis apercevant quelques saletés sur le marbre clair, elle les écarta du bout des doigts :

— Quand la température sera plus clémente, qu'il ne gèlera plus, je viendrai nettoyer votre demeure…

Elle épousseta encore quelques grains de terre, observa un instant les noms des parents de Béatrix et d'Alban. Ils étaient là, sous le marbre, sans y être… puisqu'on n'avait jamais retrouvé les deux corps… Elle se demanda s'ils l'entendaient tout de même. Dans le doute, elle s'agenouilla à l'angle du tombeau mais prit soin de lever le regard vers le ciel. Elle soupira :

— Vous avez deux jolis enfants, Charlotte. Vous pouvez être fière ! Vous aussi, Armand… Ils ont bien poussé, bien réussi dans la vie… Paris, la bijouterie… Mais ils ne sont pas encore mariés, ni l'un ni l'autre ! Toujours collés tous les deux. Ce n'est pas bon quand on vieillit… Faudrait tout de même que ces deux-là fondent une famille maintenant ! Alors si, de là où vous êtes, vous pouviez donner un coup de pouce… Une gentille fiancée pour Alban… Un bon mari pour Béatrix… quelqu'un qui lui ferait oublier les tourments de l'existence. Elle n'est pas heureuse, la petite. Elle cherche trop de réponses à des questions qui n'en ont pas.

Odile se redressa, frottant ses genoux douloureux, frissonna, remit ses gants et réajusta son bonnet sur ses oreilles.

Il ne faudrait pas que j'attrape la mort, songea-t-elle. Parce qu'Amarine serait bien seule…

Elle ramassa son panier et trottina vers la sortie du cimetière. Elle regarda sa montre, il n'était pas très tard. Elle avait encore le temps d'une prière dans la maison de Dieu.

Béatrix débraya et repassa en seconde, roulant au pas, scrutant les rues. En ce matin de Noël, Saint-Vaast était désert. Les quelques passants marchaient à pas pressés. Le froid, mordant, n'incitait pas à la promenade.

Elle cherchait Odile. Elle avait fait une halte au cimetière, pensant y découvrir l'employée de maison. Elle y était arrivée trop tard. Mais les fleurs fraîches déposées sur le caveau indiquaient qu'elle ne s'était pas trompée.

Intérieurement, elle maudit encore son frère et ses interrogations suspicieuses qui lui avaient fait perdre de précieuses minutes... Il avait souhaité savoir où elle allait. Quand elle avait répondu Saint-Vaast, il lui avait proposé de l'accompagner car elle avait un air bizarre... Bien qu'elle s'en défendît il ne la trouvait pas dans son assiette...

Il y avait la queue devant la boulangerie. Une longue file d'attente qui s'étirait sur le trottoir. On venait acheter le pain et surtout la bûche de Noël...

Béatrix se gara un peu plus loin et s'approcha de la boutique. À travers la vitrine, elle observa les clients durant quelques instants. Odile n'était pas parmi eux. Elle remonta dans l'automobile, démarra de nouveau et freina brusquement. La Renault 4 d'Odile était là. Pas bien loin de l'église...

Quand elle pénétra dans l'édifice, Béatrix eut l'impression que le froid redoublait. Elle souffla et une brume vaporeuse s'échappa de sa bouche. Puis l'odeur la saisit, celle de l'humidité, des vieilles pierres... Ce parfum qu'on ne rencontrait nulle part ailleurs. Le bénitier attira sa main et elle y plongea les doigts. Un geste machinal qui la surprit, qui l'emporta vers le passé, dans cette époque lointaine où Amarine conduisait les enfants à l'office du dimanche.

Au bout de son index, la goutte d'eau lâcha prise et s'écrasa sur le pavé. Béatrix hésita encore un instant et se signa. Des années auparavant, elle avait renoncé à croire. Comment un Dieu qu'on disait n'être que bonté pouvait-il faire tant de mal aux hommes ? Comment avait-il pu lui arracher si tôt son père et sa mère ? Son oncle ? Son grand-père ? Comment cet être qui ne devait accorder que grâce pouvait-il ôter à Amarine et François-Xavier leur esprit et les laisser vivoter dans un corps devenu désobéissant et inutile ?

Dieu avait tranché d'un grand coup de sabre et Béatrix ne le comprenait pas. À moins qu'IL n'ait souhaité les punir. Tous ! Pour la première fois, Béatrix adhéra à la thèse délirante d'Amarine, celle de la sanction divine. C'était peut-être la grandeur du lieu qui lui faisait cet effet, peut-être la blancheur de la pierre, la hauteur de la nef et ses voûtes néogothiques… ou la lumière qui traversait les vitraux. Toute cette atmosphère si particulière qui incitait à la croyance et à l'humilité.

Il y avait peu de monde. Quelques femmes seulement parmi lesquelles Béatrix n'eut aucun mal à repérer Odile. Elle était assise sur un banc, la tête un peu penchée en avant. Elle priait sans doute.

Béatrix s'approcha et les mains jointes d'Odile confirmèrent son intuition. Elle s'assit doucement et il se passa plusieurs minutes avant qu'Odile ne s'aperçût d'une présence à ses côtés.

— Ah ! Tu es là ! fit-elle. C'est bien de revenir vers Dieu.

La jeune femme haussa les épaules, ne répondit pas et Odile saisit qu'elle était venue pour autre chose. Cependant elle fit comme si de rien n'était et elle ferma de nouveau les yeux, ânonnant tout bas le Notre Père.

Béatrix était décidée à patienter. Le temps qu'il le faudrait. Elle attendit qu'Odile se redressât, qu'elle rangeât son missel dans son sac, qu'elle se levât pour la retenir.

— Il faut qu'on parle, murmura-t-elle en posant doucement mais fermement sa main sur le bras d'Odile.

— On discutera plus tard. Il faut que je rentre à la maison. C'est Noël et j'ai le déjeuner à préparer.

— Alors ne perdons pas de temps. Tu me donnes quelques instants et je te libère.

Les derniers mots de Béatrix s'accordaient parfaitement avec la poigne qu'Odile sentait sur son coude. Elle était prisonnière et son geôlier ne la lâcherait pas facilement.

— Ce n'est pas le lieu pour causer, tenta-t-elle encore en songeant à la conversation qu'elle avait réussi à éviter la veille au soir.

— Au contraire ! On est dans une église. Devant Dieu, pas de mensonge.

— Je ne suis pas une menteuse, grogna Odile.

— Je sais… Mais tu me caches des choses. Hier soir, tu as esquivé… Je n'ai pas insisté car Clara était là. L'heure est venue de m'éclairer un peu. Je voudrais que tu fouilles dans tes souvenirs, que tu m'en dises plus sur mes parents, sur leurs voyages à New York, sur l'époque où la bijouterie a été achetée…

Odile essaya un ultime repli :

— Je ne suis qu'une employée... Il y a des choses que j'ignore.

— Là, tu mens et c'est mal ! Tu partageais leur vie. Tu n'es pas aveugle, pas sourde, alors ne me prends pas pour une idiote. Il y a forcément des sujets dont tu as entendu parler, des trucs que tu as surpris par-ci par-là... Je t'en prie... Je préfère savoir avant qu'on ne soit tous traînés dans la boue...

— Je ne vois pas pourquoi il en serait ainsi, se redressa Odile. Les Andrieu sont respectés.

— Ils ne le seront plus quand mon ex balancera à la télé sa nouvelle émission !

— Qu'est-ce que cette histoire ?

En quelques phrases, Béatrix évoqua le projet de Thomas, ses allusions sur la fortune malhonnêtement acquise des Andrieu. Cela décida Odile.

— C'est vrai qu'il y a eu des bizarreries, commença-t-elle. Enfin... ce n'est pas exactement cela... C'est pas facile à expliquer.

— Fais de ton mieux.

— Quand je suis entrée au service de ta grand-mère, il n'y avait pas grande richesse dans le foyer. Ils vivaient bien, sans plus. Amarine recevait les revenus des fermes, Jean exerçait comme correspondant de presse à Cherbourg. Il n'était plus question pour lui de travailler à Paris puisque Amarine refusait d'y remettre les pieds ! Ce qu'ils gagnaient ne permettait pas de faire des folies... Puis Jean s'est mis à la plongée, avec un copain de Saint-Vaast d'abord, avec ses enfants ensuite.

Amarine n'aimait pas ! Elle disait que c'était dangereux. C'est à cette époque-là que l'argent a semblé rentrer davantage. Il m'est alors arrivé de saisir le mot trésor dans les conversations. Comme il y a pas mal d'épaves anciennes le long de nos côtes, j'ai pensé qu'ils avaient trouvé un vieux galion… D'autant qu'une fois, il était venu un monsieur qui paraissait spécialisé dans cette question. Jean l'avait invité durant tout un week-end… Le type fouillait depuis des années le chenal de Saint-Malo, à la recherche d'une frégate qui avait coulé là quelques siècles plus tôt. Je suppose que Jean prenait conseil auprès de cet homme… Voilà, c'est tout. Ton grand-père a peut-être découvert un magot, il ne l'a pas ébruité et en a fait profiter sa famille. Je ne vois rien de mal là-dedans. Pas de quoi salir une réputation ! Il y a encore dans la bibliothèque quelques dossiers dans lesquels ton grand-père classait des coupures de journaux. Tu n'auras qu'à les consulter si ça t'amuse !

— Je regarderai, oui. C'est tout concernant ces bateaux coulés ? Rien de plus précis ? Des noms ?

— Celui de Saint-Malo, c'était *La Dauphine*. Je me souviens bien de ce nom parce que l'homme qui était venu voir ton grand-père est repassé à la maison… C'était il y a quelques années. Il apportait sa bonne nouvelle, il avait enfin identifié le vaisseau grâce à un canon et à l'ancre de miséricorde… Il voulait partager sa découverte avec Jean. On lui a annoncé le décès de ton grand-père… Il était tout penaud quand on lui a appris. Il est resté quelques heures avec Amarine puis est reparti. On ne l'a jamais revu.

— Mouais… Ça ne m'intéresse guère. Les recherches de ce type n'avaient rien à voir avec celles de la famille ! Les plongées de Papy et de mes parents près de Saint-Vaast, qu'en sais-tu ?

— Rien… Ils en parlaient peu. Les seules fois où ta grand-mère et moi avons pu les accompagner, ce n'était pas ici mais à Oléron !

— À Oléron ?

— Oui, tu ne te rappelles pas ? On était allés passer huit jours de vacances là-bas. Tu devais avoir quatre ou cinq ans…

— Non, ça ne me revient pas. Raconte-moi, s'il te plaît.

— Ton grand-père avait loué une maison à Saint-Denis d'Oléron et il payait les services d'un pêcheur qui l'emmenait ainsi que tes parents, André et François-Xavier, chaque jour au large du rocher d'Antioche. Amarine et moi avons fait partie de l'expédition une fois, avec vous, les enfants… pour le plaisir d'une excursion en mer.

Béatrix fouillait sa mémoire, aucune image ne réapparaissait… C'était agaçant, frustrant de ne pas retrouver ne serait-ce qu'une impression de cette journée.

— Parle-moi encore de cette promenade, commanda-t-elle gentiment.

— Le pêcheur, un vieux bonhomme, que j'ai écouté comme un maître d'école tant il était passionnant, nous a expliqué l'origine du rocher. C'était une résurgence des falaises de Chassiron en pleine mer, un obstacle autrefois invisible pour les marins. Il avait été le théâtre de nombreux drames… jusqu'à ce qu'une tour de signalement soit édifiée. Mais avant cela, beaucoup d'hommes ont perdu la vie dans ce lieu. L'épisode le plus marquant étant le naufrage du *Port Caledonia* qui s'échoua sur Antioche un jour de tempête. Plus de vingt morts… Vingt-trois sont enterrés au cimetière de Saint-Denis. La mer n'a pas rendu tous ceux qu'elle a pris, comme toujours.

— Je sais, murmura Béatrix en songeant à ses parents.

Odile resserra son sac contre elle et elle esquissa un mouvement pour se lever.

— Attends un peu, ordonna Béatrix. Je n'ai pas fini. Que faisaient Papy et mes parents près de cet endroit si dangereux ?

— Ils s'entraînaient à la plongée… Enfin, je le crois. Je ne les ai jamais vus remonter quoi que ce soit.

— Un entraînement…

Béatrix était perplexe. Elle était persuadée d'avoir sous les yeux toutes les pièces du puzzle mais de ne pas trouver le bon sens pour les emboîter… À moins qu'il ne manquât un morceau…

— Pourquoi Oléron ? chuchota-t-elle.

— Alors là, tu m'en demandes trop.

— Laissons tomber Oléron… Tu penses qu'ils auraient pu découvrir un trésor assez important pour financer l'achat de la bijouterie ?

— Oui… Pourquoi pas ? Ils auraient pu mettre la main sur la cargaison d'un vieux galion… Ça n'existe pas que dans les livres de pirates ou de corsaires !

— Et les voyages à New York ?

— Pour les affaires sans doute, soupira Odile. Je t'ai tout dit.

— C'est vrai ? Tu ne me caches rien d'autre ?

Odile acquiesça sans un mot. Béatrix tripotait sa poche depuis un moment, elle se décida à en sortir son téléphone et le braquant brusquement sous le regard d'Odile, elle lança :

— Ce collier, tu le connais ?

Elle fixait Odile tandis que celle-ci se penchait sur la photo… Elle guettait le moindre signe de trouble. Il lui sembla percevoir un léger mouvement des paupières et un frémissement du menton.

— Non, je ne l'ai jamais vu, murmura Odile.

— Tu en es bien certaine ?

— Sûre et certaine, marmonna Odile en se levant.

Elle se dirigea vers la statue de la Sainte-Vierge et alluma un premier cierge, puis un autre et encore un autre. Enfin elle s'agenouilla, broyant ses rotules sur le pavé dur et froid de l'église. Béatrix l'épiait de loin. De trop loin pour discerner les lèvres qui prononçaient une prière, une demande de pardon pour avoir osé mentir dans la maison de Dieu, à deux pas de la croix.

12

La quatrième dimension

— Racontez-moi ce cauchemar, demanda le médecin en fixant Béatrix.

Elle s'était décidée à prendre rendez-vous chez le généraliste. Depuis son retour de Saint-Vaast, elle n'avait pas eu une nuit tranquille. Chaque fois qu'elle fermait les yeux, elle était hantée par des visions affreuses. Elle ne voulait plus dormir tant elle redoutait ces images qui la réveillaient en sursaut, tremblante, imprégnée d'une sueur froide qui collait à son corps, et bouleversée pour la journée qui s'ensuivait.

Bob, affolé de lui voir une mine aussi défaite quand elle arrivait le matin à la bijouterie, l'avait poussée à aller consulter.

— C'est toujours à peu près la même chose, murmura-t-elle tandis que son regard s'envolait vers les derniers étages de la bibliothèque sur lesquels trônait une encyclopédie de médecine qui devait dater de Mathusalem. Il fait sombre, je suis sur un îlot en pleine mer, toute seule. Les flots se creusent peu à peu, le vent se lève et la tempête se déchaîne. Je perçois le fracas des vagues, je distingue un bateau qui déchire sa coque sur les rochers un peu plus loin… J'entends crier. Je vois des bras qui se tendent vers moi, je peux presque les toucher mais pas les attraper. Je ne peux sauver personne. J'effleure des doigts, je devine des visages qui grimacent de peur… Puis…

— Puis ? insista le praticien devant l'hésitation de Béatrix.

— Vous allez me prendre pour une folle !

— Non, je vous crois seulement très perturbée en ce moment. Continuez !

— Le diable est là… au-dessus de la mer, au-dessus de ces gens qui appellent au secours… Il rit aux éclats et prélève son tribut.

— Et vous ?

— C'est comme si on m'obligeait à contempler ce spectacle affreux, je ne peux pas tourner la tête, pas fermer les paupières, pas boucher mes oreilles… J'assiste à tout et je suis impuissante…

— À quel moment vous réveillez-vous ?

— Une déferlante arrive sur moi et j'ai la bouche pleine d'eau, je suffoque, j'étouffe et je me réveille… échappant à la noyade.

— Bien, fit le docteur en pianotant sur le clavier son ordinateur, je suppose que vous n'avez pas fait votre deuil… pas réglé… comment dire ? La mort de votre père et de votre mère. Une sorte de contentieux traîne depuis des années et il resurgit maintenant. Vos parents sont-ils présents dans ce cauchemar ?

— Pas toujours. Il y a des anonymes… et deux enfants.

— Qui sont ces deux enfants ?

— Je ne sais pas, mentit Béatrix en se reprochant d'avoir mentionné ce détail.

— Peut-être que vous vous projetez avec votre frère... Peut-être qu'inconsciemment vous auriez voulu disparaître avec vos parents... Bon, je ne vais pas vous assommer avec des somnifères ou autres psychotropes. On va se contenter, pour commencer, d'un décontractant. Il devrait vous apaiser, vous permettre de retrouver le sommeil. On tente ce traitement pendant un mois. Si les soucis persistent, il faudra alors songer à aller consulter un spécialiste.

— Un psychiatre ?

— Oui. Le mot fait peur, je sais. À tort. Ce sont de bons médecins qui savent agir sur les comportements. J'en connais un qui excelle dans son domaine. En attendant, il ne faudrait pas rester seule... Rassurée, vous dormiriez mieux. Pourquoi ne pas demander à Alban de vous héberger quelque temps ?

Béatrix régla sa consultation, empocha son ordonnance et quand elle se retrouva sur le trottoir de la rue Notre-Dame-des-Victoires, elle hésita un instant. En face, un bar-tabac était ouvert, elle traversa la chaussée et entra. L'odeur de café se mêlait à celle des croissants fraîchement arrivés de chez le boulanger... Elle commanda un thé. Les clients allaient et venaient, le tiroir-caisse sonnait régulièrement et le garçon criait les commandes. Elle vida sa tasse jusqu'à la dernière goutte. Il était largement l'heure de rejoindre la bijouterie.

Nath était occupée avec une dame quand elle arriva, elle lui présentait des colliers et Alban était enfermé dans son bureau. Il était au téléphone et elle comprit au ton de sa voix que la situation était grave. Un gros client insatisfait peut-être, une commande qui ne pouvait être prête à temps… Elle imagina que son frère serait de mauvaise humeur pour toute la journée et qu'il allait encore se tracasser inutilement, rabâcher que la réputation de la maison était ternie, qu'ils risquaient la faillite…

Quand elle ouvrit la porte de l'atelier, Bob l'accueillit d'un grand sourire.

— On déjeune ensemble ce midi, Trésor ? demanda-t-il en venant l'embrasser.

Il avait hâte de savoir ce que le médecin lui avait dit. Elle acquiesça d'un clin d'œil et salua Daniel qui sertissait un rubis sur la monture d'un pendentif. Elle déverrouilla son coffre et en sortit quelques boîtes. Elle travaillait sur la reproduction d'un bracelet ancien, à partir d'une simple photographie prise dans les années 1930 et dont la qualité, même après que le cliché fut passé par les mains d'un spécialiste de l'image, laissait encore à désirer…

Béatrix avait déjà réalisé le support. En platine, il comportait quatre motifs rectangulaires articulés… une sorte d'ossature qu'elle avait finement ajourée. L'étape suivante consistait à inclure quelques minuscules perles de culture. Elle s'installa au-dessus de la loupe, inclinant davantage le spot pour mieux profiter de la lumière. Elle perçut une présence derrière elle et reconnut le parfum de Bob, le 3e homme de Caron. Elle tendit vers lui sa main gauche, ne perdant pas le mouvement de la droite qui déposait une perle grosse comme une tête d'épingle dans un tout petit berceau.

Bob saisit ses doigts et les caressa. Elle sourit, cette douceur soudaine lui faisait un bien fou. Elle sentait la chaleur de la peau de Bob contre la sienne, un contact de quelques centimètres carrés qui diffusait dans son être une sensation d'apaisement.

— Encore une magnifique création, murmura-t-il.

— Encore trois semaines de boulot au moins ! Peut-être quatre ! Avec ma vue qui me fait des infidélités en ce moment, ce n'est pas facile !

— C'est parce que tu es fatiguée. Ça va aller mieux. Ne t'inquiète pas... Il va être lourd ce bijou ! La dame qui le portera ne risque pas de l'oublier !

— Un peu plus de quarante-neuf grammes quand il sera fini et deux centimètres de largeur. La semaine prochaine, j'attaque la taille des diamants... à l'ancienne. Ça va être coton !

— Tu sais le faire. Pas de panique, Trésor. Et ensuite ?

— Ensuite je vais paver chaque rectangle de diamants, poser les liens qui seront eux aussi recouverts de brillants et qui rendront l'ensemble moins rigide. La pierre centrale, plus grosse, sera sertie. Dix-sept carats de diamants...

— Magnifique !

— L'addition le sera aussi ! Je crois qu'Alban a conclu cette affaire pour près de vingt-sept mille euros !

— En parlant du loup...

Alban entrait et Bob lâcha les doigts de Béatrix, reculant vers sa place.

— Il faut que nous discutions, Béa. On va dans mon bureau. Max nous rejoint, je l'ai appelé.

Béatrix se leva comme un automate, baissant les yeux pour ne pas croiser ceux d'Alban. Elle avait peur d'y deviner qu'il était arrivé quelque chose de grave... Elle ne pensait plus qu'à Amarine en suivant son frère.

Nath sortit de la librairie, serrant un paquet sous son bras et elle s'arrêta quelques instants devant la vitrine pour enfiler ses gants. Parmi tous les ouvrages, trois portaient sur le même sujet : la fin du monde toute proche. Depuis quelque temps les médiums et autres prophètes ne parlaient que de cela. Restait à savoir comment cette catastrophe se produirait. On évoquait la chute d'une météorite géante sur la Terre, ou bien une explosion nucléaire, ou encore un brusque réchauffement du climat qui provoquerait l'inondation des terres habitables du globe en quelques jours...

Certains auguraient même que les humains seraient les victimes d'une invasion extraterrestre... Un remake d'*Independance day*, en quelque sorte. L'autre grand désaccord était sur la date de l'apocalypse... Si tous les extralucides la prédisaient dans l'année à venir, ils ne la situaient pas le même jour sur le calendrier.

Ce n'est pas plus mal, songea Nath, en souriant. Au moins, on ne sait pas exactement quand on va disparaître !

Ces élucubrations de cartomancienne l'amusaient. Elle n'y ajoutait pas foi et s'étonnait qu'on trouvât autant de livres sur ce sujet. Les programmes de télévision foisonnaient également d'émissions de ce type depuis des semaines... comme quoi il y avait un public pour cela ! Les hommes aimaient se faire peur, c'était sans doute la seule raison !

Au bout de la rue Saint-Augustin, elle hésita à se diriger vers la station de métro. Le froid était toujours épouvantable mais, après une journée passée dans la bijouterie, un peu de marche ne nuisait pas. Elle avait besoin de prendre l'air. D'autant que les heures qui venaient de s'écouler avaient été pénibles. En fin de matinée, il y avait eu un conseil de famille dans le bureau d'Alban. Il avait réuni son cousin Max et sa sœur.

La discussion avait été longue et orageuse... Nath avait perçu de brusques élévations de voix, avait saisi quelques mots sans comprendre la teneur de la discussion. Béatrix était sortie de la pièce les yeux rouges et gonflés. Elle était retournée s'installer à son établi et n'avait plus parlé... Elle avait murmuré un vague bonsoir en quittant la boutique à l'heure de la fermeture et Bob lui avait emboîté le pas, ne s'arrêtant devant Nath que le temps de la serrer dans ses bras, de déposer deux grosses bises sur ses joues.

C'est un ami, un vrai, pensa Nath avec tendresse.

Elle revit son réveil à l'hôpital, Bob à ses côtés... Bob qui ne l'avait pas lâchée depuis. Il y avait eu ce fabuleux Noël et tous les autres moments partagés. Elle n'était plus seule, perdue dans un monde inconnu. Elle attrapait la vie autrement, en découvrant des moments savoureux qu'elle n'avait jamais imaginés. Et tellement, simples... Il suffisait d'un déjeuner, d'un verre le soir, en sortant du travail... d'une promenade dans les jardins du Luxembourg le dimanche après-midi ou d'une séance de cinéma, le temps d'une soirée... d'un cadeau, une bricole, qui signifiait tout bêtement « je pense à toi »... et tout prenait du goût. La solitude du passé était oubliée. Bob était une oreille, un regard. Il pouvait deviner ce qu'on ne parvenait pas à avouer. Il abordait tous les sujets, sans tabous, avec une réelle facilité.

Sans doute est-ce dû à son homosexualité, songea Nath. Il a souffert... à cause des autres. Il y a tant d'intolérance, d'incompréhension dans notre société. Elle sait si bien condamner. On a beau parler de libération des mœurs, les préjugés n'ont pas disparu. Bien que Bob ne se plaigne pas, qu'il assume, je suis certaine qu'il n'a pas échappé à cette sorte de répression dont les homophobes sont capables, je suis sûre qu'il sait quel poids cela représente de se sentir en marge. C'est pourquoi il m'a si bien comprise et adoptée... protégée aussi.

— J'ai de la chance, murmura-t-elle en trottinant allégrement. J'ai un ami.

Elle se revit le vendredi précédent avec Bob. Ils étaient allés rue Vieille-du-Temple prendre un verre chez « la Belle Hortense ». Elle avait découvert un endroit où elle ne se serait jamais rendue seule : un bar dans lequel on pouvait bouquiner, acheter des livres. Bob en était ressorti avec le plein de polars et le regard un peu brillant !

Elle souriait et si ceux qui la croisaient dans la rue avaient pris le temps de lever les yeux, de les détacher de l'écran de leur téléphone portable ou de leurs pieds, ils auraient vu une femme heureuse de vivre. Nul n'aurait pu dire que, quelques semaines plus tôt, elle avait souhaité en finir.

Rue de Lancry, elle fit une halte dans une boulangerie et acheta du pain frais. Pour le dîner, elle ferait des œufs à la coque ! Elle salivait déjà en imaginant les mouillettes tartinées de beurre qu'elle plongerait dans le jaune de l'œuf légèrement salé. Elle avait appris à savourer des plaisirs sommaires… Ensuite, elle sortirait ses pinceaux. Elle avait en tête une idée qu'elle voulait réaliser, en poser au plus vite les premiers traits… comme le musicien qui fredonne le début d'une mélodie et griffonne les notes initiales sur une partition… Elle avait déjà un titre pour cette toile qui n'était encore que dans les cheminements de son esprit.

Sur le quai de Valmy, une publicité lui fit soudain perdre son sourire. Aubade annonçait sa leçon n° 42 « Créer vertiges et palpitations » sur une belle image de femme en sous-vêtements. Ce fut pour Nath le rappel de la Saint-Valentin qui approchait à grands pas. Le souvenir de cette date qu'elle n'avait pourtant jamais célébrée mais autour de laquelle elle avait bâti quantité de rêves… Des rêves qui avaient un prénom… Alban… Elle avait beau se dire que cette fête était purement commerciale, elle enviait tous les amants du monde qui se retrouvaient autour d'un dîner aux chandelles, qui entrechoquaient leurs coupes de champagne, qui s'embrassaient, qui échangeaient un cadeau d'amour. Combien de fois avait-elle imaginé Alban lui tendant un écrin dans lequel elle aurait découvert une jolie bague ?

Au lieu de cela…

Ses lèvres se vrillèrent et un mauvais rictus déforma son visage.

Alban lui avait offert un présent quand elle était revenue travailler à la bijouterie après les fêtes. Ses doigts tremblaient légèrement quand elle avait ouvert l'enveloppe. C'était peut-être deux billets pour assister à un spectacle… Il l'accompagnerait… Ils passeraient la soirée ensemble… Rien que tous les deux…

Le mouvement incontrôlé de ses mains avait tout de suite cessé quand elle avait découvert un bon d'achat. Deux cents euros à dépenser comme il lui plaisait aux Galeries Lafayette.

Elle avait eu l'impression de recevoir une gifle. La même que lorsqu'il lui disait : « Vous êtes une perle, Nath ! »

Elle regarda encore la splendide brune photographiée pour Aubade, sentit sa gorge se nouer et comprit que la crise d'angoisse approchait. C'était tellement dur d'aimer et de ne rien devoir attendre en retour. Elle se rendit compte qu'elle était loin d'être guérie et qu'il n'était pas question d'abandonner les séances chez le psy. Le chemin était encore long à parcourir. Alban était le seul homme qu'elle ait jamais approché d'aussi près ! Le seul autour duquel elle avait pu bâtir un fantasme.

Réservée, Nath ne s'était livrée à aucune tentative de séduction vis-à-vis de son patron. Elle avait tout gardé en elle, avait méticuleusement tissé une sorte de toile, faite de rêves et d'illusions, qui l'avait peu à peu emprisonnée. Cela n'avait pas été difficile : Alban était beau, un peu mystérieux parce que peu expressif. Il avait beaucoup de charme, d'allure… une tournure presque aristocratique sans doute héritée de son éducation. Comment ne pas fondre devant un tel modèle ?

Elle songea à la dernière entrevue avec le psychiatre qui la suivait depuis quelques semaines. Elle avait parlé d'Alban sans le nommer, il avait répondu qu'elle avait fait de cet homme un mythe. Devant cette affiche présentant une belle femme à peine couverte de quelques dentelles, elle déchiffrait le mot.

Alban ne lui offrirait jamais de jolis sous-vêtements et elle ne lui donnerait jamais de leçon façon Aubade… Elle ne serait que celle à laquelle on remettait un chèque-cadeau d'une valeur non négligeable… mais tellement impersonnel.

Une voiture klaxonna pour faire dégager un automobiliste qui bouchait une porte cochère et Nath sursauta.

Le mythe s'effondra dans le nuage d'un pot d'échappement et le vrombissement d'un moteur.

— Houhou ! Tu sais qu'il y a bien cinq ou six minutes que tu te brosses les dents ! cria Bob derrière la porte. À ce rythme, il ne va guère te rester d'émail ! Quant à tes gencives, je n'ose même pas imaginer dans quel état tu les mets… Tu comptes en faire une pâtée pour chiens ? On ne t'a jamais dit qu'un brossage de trois minutes est suffisant ?

Bob patienta encore quelques secondes et reprit :

— Je peux entrer ? Ou bien tu es dans ta splendide nudité ? Je risque de faillir à ma règle peut-être ? De renoncer à aimer les hommes ? De me jeter sur toi ? Dis, je peux entrer, Trésor ?

Il entendit un grognement qu'il décida de considérer comme un consentement et ouvrit. Béatrix était face au miroir, légèrement penchée sur le lavabo, elle se regardait tout en continuant de se malmener avec une énergie débordante.

Bob posa la main sur son épaule, la caressa avec tendresse.

Elle aperçut le reflet de Bob derrière elle et resta immobile, le fixant.

Il fit couler un filet d'eau, emplit un gobelet et le lui tendit. Elle se ressaisit enfin et rinça sa bouche.

— Tu vas avoir un sourire digne de faire de la pub pour Colgate, murmura-t-il gentiment. Il n'est pas très tard mais c'est l'heure du dodo, je crois. Tu as l'air crevé.

Lui tenant le bras, il la tira doucement hors de la salle de bain et la conduisit vers la chambre. Elle s'allongea sur le lit, remonta la couette sur elle, machinalement.

— C'est bien la première fois que je partage ma couche avec Ève ! ironisa Bob.

Il espérait la faire sourire mais il était impossible de la dérider. Impossible aussi de la faire parler. Peu avant la fermeture de la bijouterie, elle lui avait demandé si elle pouvait dormir chez lui. Il avait accepté, heureux de lui venir en aide. Elle l'avait suivi. À l'heure du dîner, elle avait mangé le contenu de l'assiette qu'il avait déposée devant elle. Sans un mot. Quand tout avait été rangé, Bob avait allumé la télé. Sur France 2, *Envoyé spécial* diffusait un reportage sur les anti-IVG.

Bob avait regardé avec attention les images de ceux qui, depuis trente ans, tentaient de faire abroger la loi Veil, de faire interdire l'avortement. Plusieurs fois, il avait essayé de commenter un propos, un cliché, afin de susciter une réaction de Béatrix… Elle était face à l'écran mais ne percevait rien. Elle était mal depuis quelques jours et la discussion dans le bureau d'Alban paraissait l'avoir achevée !

Bob prit place à côté d'elle, éteignit la lumière, la ralluma presque aussitôt et se redressa :

— Je ne vais pas pouvoir dormir !

— Ah… heu… je vais rentrer chez moi.

— Je ne t'ai pas demandé de rentrer chez toi ! cria Bob. Je ne vais pas pouvoir dormir, non pas parce que tu es là, mais parce que tu es muette comme une carpe depuis des heures ! Parce que j'ai l'impression d'être couché auprès d'un fantôme ! Parce que tu n'as pas dégoisé trois phrases pendant toute la soirée ! Et parce que je me tracasse !

— …

— T'as plus d'yeux tant tes paupières sont gonflées ! Tu ressembles à une tortue Ninja, ce qui dans d'autres circonstances pourrait être drôle ! J'avais un voisin qui se prenait pour Léonardo... Il avait le déguisement adéquat, piquait des crises pour ne manger que de la pizza... Sa mère était folle ! Moi, je suis dingue car tu as pleuré et je ne sais pas pourquoi ! Je n'ai pas posé de question espérant que tu te confierais... Je suis ton ami tout de même !

Béatrix se rapprocha de Bob, elle colla sa tête contre son épaule et le contact de cette peau très douce la rassura. Son esprit se détendit, son corps respira. Face à elle, sur le mur, elle remarqua une toile. Sur un fond patiné aux couleurs de terre d'automne se dessinait une chevelure très brune, presque noire, bouclée, dans laquelle flottait un ruban de soie anthracite, un peu transparent, au travers duquel on percevait encore les mèches. Une prouesse de l'artiste. Chaque cheveu se détachait de l'ensemble comme si le vent soufflait au travers de cette crinière, la faisant voltiger légèrement.

— Elle est belle ! murmura Béatrix.

— Oui... C'est un cadeau de Nath ! Elle l'a peinte pour moi.

— Pourquoi une femme ?

— Parce que je lui ai avoué que ce qui m'a toujours manqué, chez les hommes, c'est cette parure que sont les cheveux. Si tu regardes bien, tu verras que rien n'indique qu'il s'agit d'une femme. On ne distingue aucune silhouette... C'est toi qui interprètes ce que tu vois.

— C'est vrai.

— Maintenant, si on causait un peu de toi ? De ton rendez-vous chez le médecin… de cette longue conversation avec ton frère et ton cousin… Bref ! de tout ce qui te perturbe !

Béatrix soupira, songeant que si elle commençait à tout expliquer, ils en auraient pour la nuit.

— Cela risque d'être long, avança-t-elle.

— Peu importe. C'est nécessaire. Urgent même.

Elle déballa tout. Les raisons de sa rupture avec Thomas quand il lui avait présenté son projet d'émission… Ses inquiétudes sur ce que ses allégations pouvaient avoir de vrai… Son enquête aux archives et ailleurs… Les propos d'Amarine, certes plus très cohérents, mais qui ne semblaient pas que pure folie concernant la famille de Yardena… Sola qui n'était pas une légende, puisqu'on la voyait sur des photos. Elle raconta ses cauchemars, ce diable qui, chaque nuit, réveillait la tempête, noyait des innocents dans les cris et la douleur.

— Quand j'y pense, chuchota Béatrix, j'ai le sentiment que mon inconscient veut me délivrer un message. Comme si quelque chose était là, à portée de ma main et que je ne le voyais pas. Je crois que ces horribles rêves vont me poursuivre… jusqu'à ce que je sache la vérité.

— Peut-être que tu compliques les choses… Peut-être que tout ceci te trouble tellement que tu finis par entrer toi aussi dans la fable. Ne te vexe pas, Trésor ! Je veux seulement dire que l'être humain a parfois tendance à extrapoler, à force de vouloir tout analyser… tout maîtriser.

Rejetant la couette, Béatrix se leva et sortit de la chambre. Bob s'apprêtait à la suivre, regrettant ses paroles, se demandant comment il allait se rattraper. Mais elle revenait déjà, n'ayant pas l'air contrarié.

— Regarde, ordonna-t-elle doucement en se recouchant à côté de lui. Tu trouves toujours que ça ressemble à une fable ?

Avec attention, il observa les photos que lui tendait Béatrix.

— Quelle pièce magnifique ! C'est le collier que tu as dessiné un jour, n'est-ce pas ?

— Oui… C'était une esquisse faite de mémoire mais quand je suis allée à Saint-Vaast pour les fêtes, je l'ai photographié. C'est une preuve, tu comprends ? Une preuve que Yardena a existé, qu'Amarine ne délire pas, que son mari lui a offert un bijou qu'il a volé à une autre…

— Que comptes-tu faire ?

— Je n'en sais rien… et c'est ce qu'il y a de pire. Je fouille, je récolte tout ce que je peux, sans trop parler, car j'ai honte quelque part… Je voudrais découvrir la clé toute seule. Quand j'interroge mes proches, ils disent tout ignorer… Alban, Odile… Personne ne se décide à lâcher ne serait-ce qu'une miette. Pourtant je devine qu'ils sont au courant… pas de tout. Cependant, je crois que chacun a saisi une petite chose et que tout cela mis bout à bout nous amènerait à la vérité… À Saint-Vaast, j'ai fouiné partout. Y compris dans les quelques papiers qui traînent encore dans le bureau de mon grand-père. Il n'y a rien de révélateur. La seule chose qui m'a interpellée, c'est un album dans lequel il collectionnait les coupures de journaux, des articles sur des bateaux naufragés, les plongées organisées pour renflouer les épaves. Mais que puis-je faire de tout cela ? J'imagine bien que cela a son importance mais je ne discerne pas en quoi. Je ne vois pas de rapport entre ma famille et le drame de *La Luna*, qui heurta le rocher de Quillebœuf, au large du phare de Gatteville en 1860… et encore moins le rapport avec *La Blancbe Nef* qui coula au même endroit en 1120 ! Pas de trésor à bord de ces navires !

— Je ne sais que te conseiller…

— Ma meilleure piste, c'est sûrement ce bijou, dit Béatrix en reprenant les clichés pour les examiner de nouveau.

— Il a certainement été fabriqué dans la première moitié du XXe siècle, remarqua Bob. Le fermoir est particulièrement ouvragé. Un travail d'artiste… ce qui n'a pas échappé à Daniel quand il a vu ton croquis !

— Amarine le garde caché au fond d'un tiroir depuis des années… Ce n'est pas sans raison. Et ces voyages à New York…

— Explique-moi.

— Madame Kalte von Burg a rencontré mon père à New York, il y a des années… Chez Sotheby's.

— Sotheby's, répéta Bob, songeur. La plus ancienne société internationale de ventes aux enchères… On y achète ou on y cède des pièces rares, uniques, hors de prix ! C'est intrigant que ton père y soit allé.

— Oui. Cette trace, je vais la suivre. Je veux connaître la vérité !

Bob acquiesça. Il comprenait. Lui aussi, il aurait voulu percer ce secret. Plutôt savoir que douter.

— Cette discussion dans le bureau de ton frère c'était à ce sujet ? demanda-t-il.

— Non… L'état de santé d'Amarine se détériore de jour en jour. Enfin c'est son mental qui se dégrade surtout. Elle perd vraiment la tête, de façon exponentielle. Elle jette tout et n'importe quoi dans les toilettes… des pièces de monnaie… des culottes… J'avais du mal à croire ce que me racontait mon frère ce matin. J'ai appelé Odile, elle a tout confirmé. Il y a quelques jours, elle a cherché une de ses poêles. Elle l'a retrouvée, quelques heures plus tard, en allant ranger du linge dans la salle de bain. Amarine avait caché l'ustensile entre les serviettes… Il y a eu pire. C'est pourquoi ma tante a jugé bon d'avertir son fils et mon frère ce matin…

— Pire ? C'était quoi ?

Béatrix frotta ses yeux et elle se lança dans un récit qui lui paraissait encore improbable. Elle avait l'impression de narrer un vilain conte… Le genre d'histoire qui n'arrive qu'aux autres et qu'on se refuse à croire tant cela semble énorme… La veille au soir, il s'était produit un incident impressionnant et grave, dans la maison de Saint-Vaast…

Après le dîner, Edwige s'était installée au salon pour regarder un film, avec Amarine et François-Xavier. Tout se déroulait normalement, jusqu'à ce qu'Amarine bondisse vers la télé. Les deux poings en avant, elle s'était jetée sur l'écran pour défendre un des deux personnages que l'autre voulait étrangler. Edwige avait immédiatement tenté de la ceinturer. Mais la rage décuplait les forces de la vieille femme. Odile était intervenue pour aider Edwige à maîtriser Amarine, à la contraindre à se rasseoir. Elle hurlait toujours, pointant son doigt vers la télé : « Il est fou, il est fou, il va la tuer ! Faut la secourir ! »

Consterné par ce qu'il venait d'entendre, Bob saisit la main de Béatrix.

— Elle était dans le film, murmura-t-elle en regardant son ami. Elle était dans une autre dimension. Tu imagines à quel point tout doit être emmêlé dans son esprit ? Elle ne différencie plus ce qu'elle voit à la télé de la réalité. Tout ne fait qu'un. Il n'y a plus de barrière… plus de frontière…

— C'est désespérant… Mais pourquoi cette entrevue si tendue dans le bureau d'Alban ce matin ?

— Ma tante veut que nous prenions une décision. Ou plutôt elle en a déjà pris une ! Elle souhaite placer Amarine dans un institut spécialisé. Elle dit que c'est dangereux de l'avoir sous son toit, qu'elle ne peut s'en occuper d'autant plus qu'elle doit aussi gérer mon oncle ! Tandis qu'Amarine « attaquait » la télévision, affolé, il s'est mis à miauler et il voulait grimper dans les rideaux comme pour y trouver refuge.

L'espace d'une seconde, Bob faillit pouffer de rire, il se contint. Les événements les plus dramatiques avaient parfois quelque chose de drôle quand ils étaient grotesques. C'était indécent et amusant en même temps.

— Ta tante n'a pas tort, elle ne peut pas veiller sur tout le monde. Tu devrais l'admettre.

— Je ne veux pas qu'on enferme ma grand-mère ! Qu'on l'attache comme une bête !

— Ne dis pas n'importe quoi, Trésor ! On ne traite pas les gens comme ça !

— Qu'en sais-tu ?

Bob hocha la tête… Il n'en savait rien, c'était vrai. Comment faisait-on pour calmer ces gens lorsqu'ils étaient hospitalisés ? À coups de camisole chimique ? En les emprisonnant dans des pièces capitonnées ?

— Il n'y a pas une autre solution ? demanda-t-il.

— Oui, il y en a une. Prendre une personne qualifiée à domicile. Mais Edwige n'adhère pas. Elle dit qu'elle a peur maintenant, qu'il arrivera un malheur si on ne fait pas interner Amarine. Elle prétend que tout est source de danger : les fenêtres de l'étage, l'escalier, la cour…

— Et Alban, qu'en pense-t-il ?

— Alban et Max se rangent à l'avis d'Edwige. Daphnée refuse de prendre position. Si Alban maintient son opinion, je quitte Paris et la bijouterie ! J'irai à Saint-Vaast vivre avec Amarine !

— Ce serait une très mauvaise idée ! s'emporta Bob. Un coup de tête ridicule ! Tu n'as pas les épaules pour cela ! Ce serait un sacrifice inutile !

— Je me doutais que tu ne me comprendrais pas, toi non plus !

Énervé, Bob souffla bruyamment :

— Parce que c'est idiot ! C'est un suicide... exactement le même geste que Nath quand elle a avalé ses comprimés ! Sauf que toi, tu vas mourir à petit feu !

La comparaison musela Béatrix.

— Écoute-moi, reprit Bob en essayant d'être calme. Si tu as deux sous de bon sens, je t'en prie, écoute-moi... Tu ne peux pas t'occuper de ta grand-mère... d'abord parce que tu es trop attachée à elle, que tu ne sauras pas faire la part des choses. Ensuite parce que je crois que tu seras vite démunie quand elle tombera davantage dans...

Il hésitait... Il voulait apaiser Béatrix, la contraindre à raisonner et surtout ne pas attiser sa colère.

— La folie ? murmura-t-elle.

— La folie, la maladie... Appelle ça comme tu veux ! Peu importe. Pourquoi veut-on toujours cacher les choses ? Ne pas les nommer comme elles doivent l'être ? C'est aussi stupide que quand on dit de quelqu'un qu'il est mort des suites d'une longue maladie pour ne pas employer le terme cancer. C'est ridicule ! Ce que je vois, c'est que tu es déjà suffisamment bouleversée. Tu as perdu le sommeil, tu fais des cauchemars... Tu m'as même demandé de venir dormir ici le temps de récupérer. J'en suis heureux car je suis ton ami... Alors comment en supporterais-tu davantage ? Tu imagines à quel point vivre aux côtés d'Amarine sèmerait la désolation dans ton esprit ? Va la voir autant que tu veux, file à Saint-Vaast chaque week-end si ça te chante ! Mais ne renonce pas à ta vie !

— Tu ne me soutiendras pas ? sanglota Béatrix.

Bob leva les yeux au ciel puis son regard redescendit sur le mur qui lui faisait face. Il contempla un instant la toile offerte par Nath... Cette magnifique chevelure qui le faisait rêver, qu'il aimait toucher du bout des doigts le soir avant de se mettre au lit. Nath avait un vrai talent, elle ne vivrait peut-être jamais de sa peinture mais il y avait du bonheur dans ses tableaux et tous les maux de la terre aussi. Il était heureux de l'avoir sauvée, de lui avoir accordé son amitié... Béatrix était de la même souche que Nath. Elle avait du génie. À la bijouterie, toutes ses créations le prouvaient !

— Si, je te soutiendrai, affirma-t-il après avoir réfléchi. C'est pourquoi je refuse de te laisser t'exiler à Saint-Vaast de façon définitive, de te voir t'enfermer pour jouer la garde-malade. Si je te disais que tu as raison, ce serait exactement comme avoir trouvé Nath gisant sur le parquet et avoir attendu qu'elle s'éteigne doucement au lieu d'appeler les secours !

13

Volte-face

Thomas abattit violemment son poing sur le bureau. La vibration le ramena à la réalité et il se souvint qu'il avait déjà fait remplacer ce meuble après un accès de colère. Il ne savait que faire pour canaliser sa rage. Encore furieux, il attrapa ses cheveux de chaque côté de son crâne et il les tira jusqu'à en crier de douleur. Puis il s'affaissa, la tête entre les mains.

Quand il se redressa, il aperçut par la fenêtre qui lui faisait face la tour TF1. Elle dominait le quai du Point-du-Jour, brillait dans le ciel de Boulogne-Billancourt. Elle était un emblème de puissance, de reconnaissance… On pouvait toujours critiquer la première chaîne ! Elle était indétrônable ! Les plus grands journalistes du petit écran travaillaient pour elle. Thomas n'avait qu'une ambition : les rejoindre… partager le feu de la rédaction quand un événement se produisait… s'asseoir dans un fauteuil confortable, derrière une de ces baies vitrées qui scintillaient comme de l'argent, quand l'actualité était plus calme.

C'était son rêve. S'il avait mis autant d'ardeur à préparer sa nouvelle émission, c'était bien pour se faire remarquer… par le public de la chaîne privée pour laquelle il bossait, bien sûr. Mais surtout par les dirigeants de TF1. Des projets, il en avait à leur proposer… et pas des moindres.

Il sentit que son irritation fondait doucement, qu'elle se transformait en une sorte de chagrin, de dépit, d'abattement qui rougissait ses yeux et brûlait ses paupières. Il n'avait pas tout perdu, non… mais une fois encore, son espoir de traverser la Seine, d'entrer dans la cour des grands, s'éloignait. C'était la faute de Béatrix. Elle ne supportait pas qu'il pût révéler la vérité sur sa famille de voleurs !

Elle n'avait pas agi elle-même. Elle avait beau jouer les braves… courageuse, oui, pas téméraire ! Elle avait appelé son frère au secours et cet idiot d'Alban avait requis les services d'un avocat ! Une procédure était en cours. La diffusion de l'émission était repoussée.

Pas annulée, songea Thomas pour se revigorer. Pas annulée, repoussée… Ce sera l'affaire d'un mois ou deux… Trois, peut-être. L'avocat n'obtiendra rien de mieux. Mon dossier est béton ! Je peux prouver tout ce que j'avance ! Alors, il pourra toujours y aller avec ses grandes phrases et ses gestes bien étudiés ! Il ne gagnera pas. Mais moi…

Si la justice lui donnait raison, et il ne pouvait en être autrement, il entrevoyait déjà comment tirer profit de l'incident. Ce serait un juste retour des choses… Il organiserait une conférence de presse, revendiquerait le droit à l'information, balancerait le nom de cette famille qui avait essayé d'user de sa fortune pour faire taire la vérité… Ce serait un joli coup de pub ! De quoi faire démarrer en fanfare son programme ! Booster l'audimat ! Il n'y avait rien de tel qu'un scandale !

Calmé, rassuré, il s'approcha de la fenêtre, y colla son nez et souffla très fort. Un nuage de buée se forma sur le carreau. À travers les minuscules gouttelettes, il distingua encore la tour construite par Bouygues, comme si rien ne pouvait l'effacer. Il se demanda si elle ne l'avait pas toujours fait rêver. Il remontait dans ses souvenirs…

Entrer chez TF1 était son idéal, sa quête depuis une éternité… Une aspiration qu'il portait en lui depuis qu'il avait réfléchi à ce qu'il voulait faire de sa vie. Il était à peine adolescent quand il avait attrapé le virus. Depuis vingt ans, il contemplait le cylindre de verre, il l'avait vu s'élever. Il se rappelait le chantier, il avait suivi son avancée presque pas à pas. On le voyait depuis le périphérique que son père empruntait le week-end pour aller aux courses à Auteuil. Thomas se moquait des chevaux et des courses. Déjà, à cette époque, il observait les caméras…

Il souffla de nouveau, colla davantage son nez sur la vitre, se recula et éclata de rire. Ses narines étaient imprimées sur le carreau !

— Quel sale môme je fais ! s'écria-t-il en pouffant encore. Est-ce que Béatrix peut rigoler en ce moment ? Je sais qu'elle se cache derrière l'intervention de son frère… Mon émission existera, qu'elle le veuille ou non !

Un sentiment de puissance gonfla la poitrine de Thomas et il revint s'asseoir dans son fauteuil, imaginant combien son ex devait trembler depuis des semaines. Quant à Alban, il n'était guère mieux…

Énervé, Alban attrapa un énième mouchoir en papier et il essuya ses mains. Il les considéra pendant quelques secondes, d'un air dégoûté. Elles étaient moites. Il les épongeait sans arrêt et il ne se passait pas dix minutes sans qu'elles se couvrent de nouveau d'une transpiration collante et tiède. C'était désagréable. Répugnant. Il avait l'impression que tout son être suintait à travers ses paumes.

Il entendit Bob qui sifflotait dans l'atelier et ouvrit la porte de son bureau. Il avait besoin d'un peu de bonne humeur, de divertissement.

Il n'avait pas obtenu grand-chose en faisant appel à son avocat… Un sursis, tout au plus. Au bout du compte, c'était bien peu. Si Thomas ne reculait pas, il faudrait employer d'autres moyens. L'argent, peut-être. Mentalement, il fit un rapide calcul. Au mieux, il disposait de soixante-dix mille euros. Cela pourrait-il faire taire Thomas ? Il en doutait. Le journaleux avait des dents à rayer le parquet… Pour le payer davantage, il faudrait mettre la bijouterie dans la balance… sous la forme d'une cession de parts ? C'était une idée à étudier…

— Non, je ne pourrai jamais partager mon bien avec lui ! murmura Alban. Ce serait révoltant. Inconcevable. Jamais je ne pourrai m'y résoudre. Alors, que faire si j'échoue devant la justice ? Quelle arme utiliser ?

Ses réflexions furent interrompues par l'entrée de Nath. Elle déposa devant lui une pile de courrier et ressortit sans un mot. Il la remercia en souriant et remarqua qu'elle restait de marbre. Elle avait changé depuis sa tentative de suicide. Elle était toujours aussi efficace mais un peu étrange dans son comportement, plus distante peut-être. Elle ne devançait plus ses désirs, ne lui préparait plus un café quand il arrivait. Elle évitait son regard, parlait peu. Pourtant il ne lui avait fait aucun reproche sur son absence !

— Avec les femmes, allez savoir ! marmonna Alban. C'est toujours trop compliqué ! Inutile de se remuer les méninges pour si peu ! Si elle veut bouder, qu'elle boude ! Pourvu qu'elle bosse !

Dans la pièce voisine, Bob ne sifflait plus, il chantait :

— Marcia danse un peu chinois
La chaleur
Dans les mouvements d'épaules
À plat
Comme un hiéroglyphe inca
De l'opéra.

Alban quitta silencieusement son bureau. Il aimait aller observer ses orfèvres en plein ouvrage.

Penché sur son établi, Bob ne cessait pas de fredonner l'air des Rita Mitsouko, tout en achevant une broche. Avec minutie, il accrocha une perle poire en dormeuse. C'était l'ultime étape, le couronnement de ce bijou façonné selon l'époque Art Déco. L'or jaune avait été travaillé comme une dentelle et dessinait des volutes. De minuscules feuilles et boutons de bleuets formaient un cœur. Au centre de chaque fleur, un diamant rose délicatement nuancé d'orangé brillait. Le bouquet était agrémenté d'une énorme perle de culture qui, à elle seule, coûtait une fortune.

— C'est elle, la sauterelle
La sirène en mal d'amour
Le danseur dans la flanelle
Ou le carton.

— Divin, murmura Alban par-dessus l'épaule de Bob. Divin ! Bravo ! Béatrix arrive à quelle heure ?

— Elle ne tardera pas, marmonna Bob sans relever la tête.

— Elle va un peu mieux, n'est-ce pas ?

— Oui.

Il répondait affirmativement alors qu'il n'en était pas tout à fait convaincu mais il ne souhaitait pas discuter de Béatrix avec son frère. Il songeait qu'Alban ne s'occupait pas de sa sœur aussi bien qu'il aurait dû le faire. Il ne lui en faisait pas le reproche, ne s'en sentant pas le droit mais n'en pensait pas moins.

Certes, Béatrix dormait mieux ; mieux que les premières nuits qu'ils avaient partagées et durant lesquelles elle se réveillait hurlante, agrippée aux draps, les yeux exorbités comme si elle avait vu le diable !

Elle l'avait vu, le malin, il n'y avait pas de doute… il était encore là, dans son regard paralysé de terreur.

Peu à peu, les cauchemars s'estompaient. Quand Bob sentait qu'elle s'agitait, qu'il devinait que les démons la malmenaient, il la prenait dans ses bras, la serrait contre son torse, la câlinait, attendant qu'elle s'apaisât. Désormais leurs nuits étaient plus calmes et elle avait même évoqué la possibilité de retrouver son appartement... Il ne savait pas s'il en serait soulagé... Assurément, il reprendrait sa vie de patachon ! Il irait de conquête en conquête, profiterait de nouveau des plaisirs de la chair.

Depuis près de trois semaines, il se faisait l'effet d'être un ascète, un ermite qui ne goûtait plus à rien ! Ou presque. Il était comme un type au régime, planté devant la vitrine d'un grand pâtissier pour y contempler les tartes aux fraises, les macarons et les millefeuilles débordants de crème, avec l'interdiction formelle de goûter, ne serait-ce qu'une miette, de tous ces délices ! Si Béatrix s'en allait, ce serait la fin de la diète amoureuse !

D'un autre côté, si elle regagnait son chez elle, il ne serait pas tranquille... Il n'était pas sûr qu'elle soit prête. Elle se broyait encore la tête avec ses questions et quand ils dînaient le soir, elle ne parlait que de ses doutes. C'était la preuve que les soucis et les incertitudes n'étaient pas oubliés...

Elle se tracassait pour Amarine. Il n'avait pas été aisé de la faire renoncer à son stupide projet d'aller s'installer à Saint-Vaast... Mais le rôle de Bob s'arrêtait là. Il ne pouvait pas se montrer plus utile. C'était un problème à régler en famille, il n'avait pas à s'en mêler.

Il comptait cependant mettre son grain de sel ailleurs... Béatrix était harcelée d'interrogations qui touchaient au passé, qui concernaient son grand-père. Jamais elle ne parviendrait à trouver les réponses toute seule. Bob avait pris une décision. La contraindre à accepter de l'aide de la part de quelqu'un dont les recherches historiques étaient le métier !

Il avait contacté Adrian Maslovski, le client venu à la bijouterie peu avant Noël, l'historien qui bossait pour un très sérieux magazine. Il avait réservé pour le soir même une table, dans un bistrot qu'il aimait bien, rue de Moscou. Il avait convié Adrian à ce dîner... et Béatrix, à laquelle il n'avait pas précisé qu'ils seraient trois à table ! Elle serait certainement fâchée mais finirait par se calmer.

— Il faut que je sorte, annonça Alban. J'ai un rendez-vous. Je ne serai pas absent longtemps.

Il fit encore quelques pas dans l'atelier, rajusta sa chemise, sa cravate et se pencha sur Daniel. Lui aussi était en passe d'achever son travail : une magnifique bague en or jaune, au centre de laquelle était serti un cabochon de jade ovale, épaulé de part et d'autre de huit diamants. Encore une belle création qui réjouirait le client...

Il repassa dans son bureau et saisit sa mallette. Quand il tira la porte derrière lui, il entendit de nouveau chanter :

— Et quand tu souris et quand tu ris
Je ris aussi
Tu aimes tellement la vie...

Deux fois, trois fois peut-être, Adrian Maslovski avait failli quitter la table. S'éclipser discrètement. Sans scandale. Laisser ces deux amis bijoutiers régler leurs comptes entre eux dans ce bistrot où le patron servait, en entrée, un œuf cocotte comme il n'en avait jamais mangé !

Qu'est-ce qui l'avait retenu ? La cuisine était excellente mais pas au point de demeurer au centre d'un champ de bataille ! Pendant près d'une heure, il avait eu l'impression de revivre les derniers combats de Berlin, de se trouver sous le feu des orgues de Staline ! On tirait d'un côté, on ripostait de l'autre ! C'était à mots couverts, sans esclandre. Pour ne pas être entendu des autres clients… Mais ça tiraillait sec tout de même !

Béatrix n'avait pas apprécié de se retrouver face à un inconnu auquel son ami prétendait raconter ses histoires de famille… Elle n'avait pas agressé Adrian. Pas du tout. Elle l'avait même salué très cordialement, sentant qu'il n'était pas responsable de ce qu'elle appelait un traquenard. En revanche, elle avait immédiatement lancé l'attaque contre Bob qui répliquait du tac au tac !

Alors pourquoi Adrian Maslovski ne s'était-il pas dérobé ?

Peut-être parce que, lorsqu'il avait fait mine de se lever, Bob Dumas l'avait gentiment prié de rester.

Peut-être parce que Béatrix Andrieu de Bazer, malgré son air furieux, était en pleine détresse. Derrière les éclairs que lançait son regard noir, on sentait son désarroi.

Quand les assiettes de sauté de veau étaient arrivées devant eux, elle s'était calmée.

Depuis elle ne parlait plus, jouant avec la viande du bout de sa fourchette, picorant quelques morceaux, sans paraître les déguster. Son désespoir n'en semblait que plus grand...

Ignorant l'attitude de Béatrix, Bob poursuivit la conversation, interrogeant longuement Adrian sur la façon dont on menait des recherches en histoire, exposant lui-même les doutes qui hantaient Béatrix à propos de sa famille puisqu'elle refusait de se confier. Elle ne disait plus un mot et c'était à se demander si elle écoutait...

Quand le serveur déposa sur la table trois coupes emplies de mousse au chocolat, Béatrix ouvrit son sac à main. Elle en sortit une photo, l'observa quelques secondes puis la tendit à Adrian, sous les yeux ébahis de Bob qui pensait que c'était fichu, que son amie n'accepterait jamais l'aide de l'historien.

— Je voudrais identifier les personnes présentes sur ce cliché, murmura-t-elle, le rose aux joues. Il a été pris à l'ambassade d'Allemagne, pendant la guerre. En 1942... à Noël. Il y a Otto Abetz... et je reconnais mon grand-père. Il est là, assis entre deux femmes. Aucune des deux n'est ma grand-mère. C'est un agrandissement du cliché original. Voulez-vous le voir aussi ?

Adrian acquiesça, étonné du revirement de la situation. Béatrix capitulait, se soumettait... Elle lui donna une autre image, plus ancienne, jaunie, abîmée et elle lui remit une loupe.

— Je vois que vous êtes équipée, sourit Adrian.

Elle lui rendit son sourire, et sa fragilité, ses angoisses n'en parurent que plus grandes.

— J'aimerais savoir ce que mon grand-père a réellement fait aux côtés des Allemands, à quel point il a collaboré. Je pense qu'il ne s'est pas contenté d'écrire pour eux, de participer à leur propagande… J'ai peur que ce ne soit allé bien plus loin !

Adrian hocha la tête. Il comprenait.

— J'ai une autre photographie à vous confier. Je ne sais si elle vous sera utile…

Adrian admira longuement le magnifique collier de perles dont l'éclat était rehaussé d'une émeraude de belle taille. Le fermoir ouvragé témoignait du savoir-faire de l'orfèvre qui avait réalisé la pièce.

Tandis qu'il contemplait le bijou, Béatrix le dévisageait. Elle pouvait faire confiance à cet homme, parce qu'il portait en lui quelque chose de vrai, de sain. Ses yeux clairs laissaient transparaître la loyauté et elle avait d'envie d'y croire… Depuis des mois, autour d'elle, elle ne percevait que mensonges.

— Je l'ai trouvé dissimulé dans les affaires d'Amarine, ma grand-mère, chuchota-t-elle. Elle dit que…

L'hésitation la gagnait… Parler d'Amarine était comme un obstacle infranchissable. Bob tapota sa main pour l'encourager. Maintenant qu'elle acceptait de dévoiler ce qui la tracassait, il ne fallait pas s'arrêter, pas reculer. Adrian Maslovski était un type fiable, on pouvait tout lui raconter.

— Ma grand-mère, reprit doucement Béatrix, n'a plus toute sa tête. Mais je crois que sa mémoire était encore intacte ou presque quand elle a prétendu que cette parure ne lui appartenait pas, qu'elle lui avait été offerte par mon grand-père, qu'elle ne l'avait jamais portée parce qu'elle était à une autre… À une femme prénommée Yardena, qui vivait à Paris, pendant la guerre, avec son mari, ses enfants, sur le même palier que mes grands-parents. Un jour ils ont tous disparu… sauf la chienne qui a été adoptée par Amarine.

Adrian hocha la tête. Il comprenait. Elle n'avait pas besoin d'en expliquer davantage, de se faire souffrir un peu plus. Il en avait rencontré, des personnes qui, comme Béatrix, découvraient que le passé d'un aïeul n'était pas exactement celui qu'elles avaient imaginé, celui qu'on leur avait conté.

— Je vais me renseigner, murmura-t-il. Vous me donnez l'adresse de l'immeuble où vivaient vos grands-parents ?

— Rue d'Anjou. J'ai fait quelques recherches aux archives. Le propriétaire du logement d'en face s'appelait André Picot. Il louait son appartement. Je n'ai pas le nom des locataires… celui de Yardena…

— Je le retrouverai. De même que ceux des personnes présentes sur cette photographie prise à l'ambassade d'Allemagne. Ce ne devrait pas être trop long ni compliqué. J'ai accumulé pendant des années de recherche des tonnes de documents sur cette période noire. Par contre, je ne vous promets pas de m'y mettre dès maintenant. Je termine un article à paraître bientôt dans notre revue et je pars trois jours en République tchèque avec un reporter. Ensuite un court séjour à New York. Mais je m'en occupe dès mon retour.

Quand il avait prononcé le mot article, Béatrix avait frémi. Il l'avait perçu.

— Ne vous inquiétez pas, ajouta-t-il pour la rassurer. Si je découvre des choses déplaisantes, je ne les utiliserai pas. J'ai quantité de sujets à travailler... et aucune raison de dévoiler sur la place publique ce que vous préféreriez voir caché... que vous auriez aimé ignorer sans doute.

Bob respira un grand coup. Il ne regrettait pas d'avoir provoqué cette rencontre même si les présentations avaient été houleuses et si, pendant un moment, Béatrix avait eu clairement l'envie de le dépecer sur place ! Elle devait en finir avec les doutes et tant pis si la vérité était dure à digérer. Le mieux était de tout savoir avant que Thomas ne finisse par obtenir le droit de diffuser son émission.

— Je vais vous paraître curieuse mais puis-je me permettre de vous demander le sujet de votre travail en République tchèque ? dit timidement Béatrix.

— Theresienstadt, répondit Adrian en reposant la cuillère pleine de mousse au chocolat qu'il s'apprêtait à engloutir. Il s'agit d'un camp de concentration, un peu particulier, mis en place par la Gestapo en 1941. C'était une façade visant à cacher l'extermination des Juifs pendant la guerre, une opération de propagande, une colonie juive modèle qui permettait de répondre aux interrogations publiques sur le sort des Juifs. On y filmait des familles heureuses, des concerts, des boutiques, des cafés, des enfants allant à l'école. Tout était faux. L'envers du décor était le même que dans les autres camps. On mourait à Theresienstadt comme ailleurs… la famine, la maladie, les épidémies de typhus… la déportation vers Auschwitz et les chambres à gaz. Robert Desnos, le poète français, est mort là-bas… peu de temps après la défaite de l'Allemagne et la libération du camp par les Soviétiques.

— On peut retrouver la trace de tous ceux qui ont été déportés, de ceux qui ne sont pas revenus des camps ?

Adrian voyait bien où Béatrix souhaitait en venir. Il choisit de modérer sa réponse, de se montrer prudent :

— Les nazis étaient très organisés dans la déportation et l'extermination, très procéduriers… Il fallait fournir des chiffres, montrer qu'on était rentable quand on dirigeait un camp. Ils tenaient des registres, une comptabilité plutôt parfaite de ceux qu'ils avaient raflés un peu partout en Europe. À la fin de la guerre, quand ils en ont eu le temps, ils ont brûlé un maximum d'archives compromettantes. C'est pourquoi nous n'avons malheureusement pas tous les noms de ceux qui sont décédés à l'Est ou pendant leur voyage dans les wagons à bestiaux des trains... Cependant, grâce à des recoupements, à des témoignages et à tout le travail fourni par le Mossad, on a déjà beaucoup d'identités... trop même !

— Oui, trop, acquiesça Béatrix presque machinalement.

— Mon voyage aux États-Unis concerne ce point, poursuivit Adrian. Il y a, à New York, un historien que je souhaite rencontrer. Il possède des images de Theresienstadt qui compléteront mes recherches. Mais je vous le promets, dès que je suis de nouveau à Paris, je me mets en quête de ce qui vous préoccupe.

Bob héla le serveur et commanda des cafés.

Les doigts sur les lèvres, les sourcils froncés, Béatrix réfléchissait. Elle pensait à Thomas... Une idée mûrissait doucement. Elle se décida à la formuler :

— Si jamais l'enquête sur ma famille vous permettait de réaliser un beau papier, ne vous en privez pas, Adrian. Je préfère que le passé des Andrieu soit révélé par un historien que par n'importe quel journaliste en quête de scandale ou de gloire !

Bob faillit s'étouffer. Quel revirement ! Voilà que Béatrix proposait à Adrian de publier un article sur les Andrieu ! On apportait les cafés, il demanda trois armagnacs.

— Du vieil armagnac, précisa-t-il au garçon.

Il lui fallait bien cela pour se remettre des émotions de la soirée. Heureux, il imagina la tête dépitée de Thomas si jamais Adrian écrivait quelques lignes avant que la télé ne dévoile quoi que ce soit ! Il n'y aurait pas de scoop ! Thomas pourrait aller se rhabiller ! Cette perspective lui plaisait. Béatrix aurait sa vengeance ! Mais on n'en était pas encore là. Ce qui comptait le plus, c'était l'air détendu de Béatrix, les couleurs revenues à ses joues, ses yeux qui pétillaient, l'esquisse d'un sourire sur son visage...

— Prenez le temps qu'il vous faudra, Adrian, dit Béatrix après avoir avalé une bonne gorgée d'alcool. Je ne suis pas pressée. Je sens bien qu'il y aura du vilain dans ce que vous découvrirez... Je crois que je m'y habitue déjà. Je n'ai plus guère d'illusions... Tout ce que je veux, c'est ne plus vivre avec ce mensonge qui pèse sur moi et me pourrit la vie.

Le bistrot s'était vidé. Ils étaient les derniers clients. Le patron vint les saluer, il connaissait bien Bob, un habitué...

— Le dîner vous a-t-il plu ? interrogea-t-il en frottant ses mains sur son tablier.

— Un régal ! Comme toujours ! le félicita Bob.

— Vous rentrez en taxi ?

Bob hocha la tête affirmativement, Béatrix et Adrian firent de même.

— Alors, je vous offre le dernier verre et si vous le permettez, je le partage avec vous !

Il revint avec une bouteille de vieil armagnac et Bob remarqua tout de suite que ce n'était pas celle que le serveur avait apportée un peu plus tôt.

— C'est ma cuvée… ma réserve personnelle ! déclara le patron en servant quatre verres. Je ne la sors que pour les grandes occasions !

Bob admira la couleur ambrée du Château de Cassaigne puis il porta le verre sous son nez pour en humer le parfum. Ensuite il but une gorgée, qu'il garda en bouche quelques secondes avant de l'avaler.

— Un chef-d'œuvre ! complimenta-t-il en faisant claquer sa langue.

Il reposa son dos sur la banquette de cuir, allongeant un peu les jambes sous la table. Il sortit de sa poche des étuis à cigares et les montra au patron.

— Il n'y a plus que nous ! Pourquoi s'en priverait-on ? répondit celui-ci.

Il se leva et tira les rideaux. Puis il éteignit les lumières de la salle, seul le comptoir était encore éclairé. L'ambiance se faisait plus feutrée. Même la rue de Moscou parut soudain moins bruyante.

Béatrix refusa le Habano que lui tendait Bob. Les trois hommes en allumèrent un et tirèrent quelques bouffées en silence.

L'apaisement gagnait Béatrix. C'était peut-être l'effet de l'alcool… Au fond d'elle-même, elle savait qu'il n'y avait pas que cela. Elle avait fait un grand pas en acceptant l'aide d'Adrian et en admettant que sa famille ne fût pas celle qu'elle croyait. En contemplant les volutes de fumée qui s'envolaient vers le plafond, elle songea qu'elle avait connu le pire et que, désormais, plus rien ne pourrait la surprendre. Le travail d'Adrian n'allait faire que confirmer quelques soupçons. Tant pis pour la réputation des Andrieu de Bazer ! On assumerait !

Elle vida son verre. Les doutes, les soucis de ces derniers mois s'étaient envolés. Il n'y avait plus qu'une douce chaleur qui irradiait son corps et berçait sa tête.

Elle posa les yeux sur Bob, il rêvait. Elle regarda Adrian. Un brin de mousse au chocolat tachait la commissure de ses lèvres rose pâle et lui donnait un air de gamin. Il n'avait plus rien d'un historien sérieux. Il riait maintenant, le patron ayant raconté une de ses blagues un peu grivoises que Béatrix, distraite, n'avait même pas entendue…

Elle n'écoutait plus qu'elle et son être qui se calmait doucement. Elle percevait les battements de son cœur, comme s'il revenait à la vie. Elle aurait pu s'endormir là, sur une banquette de cuir, entre deux tables, certaine que le diable ne viendrait pas la troubler. Il ne la dérangerait plus. Ce soir, elle lui avait fermé sa porte.

14

Entre deux mers

Clara gara la voiture le long du quai et elle en sortit rapidement. En quelques secondes, elle déplia le fauteuil roulant rangé dans le coffre, elle ouvrit la portière arrière, détacha Amarine, lui tendit la main pour l'aider à descendre.

Amarine ne fit pas un mouvement et Clara la souleva aussi facilement qu'une plume pour l'asseoir dans la chaise. Elle réajusta l'écharpe de la vieille dame, vérifia que son manteau était boutonné de haut en bas, que son bonnet cachait bien ses oreilles. Elle attrapa un plaid et couvrit ses jambes. Il ne pleuvait plus, le soleil se dissimulait de temps à autre derrière les nuages mais, quand il brillait, on sentait qu'il apportait à l'air une douceur printanière.

— Le bonnet est peut-être de trop ! dit Clara en se penchant vers Amarine et, d'un geste vif, elle ôta le couvre-chef, le fourra dans sa poche.

Elle fit le tour du véhicule et tapa fortement sur le pare-brise.

— Vous dormez ! cria-t-elle. On vous attend.

Béatrix sursauta, cligna les yeux puis, sans pouvoir se retenir, bâilla.

— Je rêvais, s'excusa-t-elle en s'extirpant lentement de la voiture. Je me suis laissé bercer tandis que vous conduisiez. Je n'avais pas vu que nous étions arrivées... pas entendu que le moteur ne tournait plus.

Elle s'étira, respira fortement :

— Hum... c'est bon d'être ici. J'adore Barfleur.

— Moi aussi ! On y va ? demanda Clara en souriant. Je vous laisse piloter.

Béatrix acquiesça d'un clin d'œil et sourit à Clara. Sous le soleil, la chevelure rousse de la jeune femme pétillait de mille feux et les marins qui déchargeaient des caisses de poissons ralentirent la cadence. Ils n'étaient pas insensibles au charme de cette belle fille... Béatrix s'en amusa intérieurement, cependant elle ne fit aucun commentaire. Elle n'était pas assez proche de Clara pour se le permettre. Pourtant, elle avait le sentiment de partager beaucoup avec elle... Mais Clara l'impressionnait encore.

— Tu es bien installée, Mamie ? interrogea Béatrix en se tournant vers Amarine. On commence notre vadrouille en poussette afin de ne pas t'épuiser ! Après déjeuner, tu marcheras un peu. Cela te convient ?

Elle n'espérait pas de réponse et elle s'empara des poignées.

— On passe par l'église, suggéra-t-elle, Amarine aime cet endroit. Moi aussi !

— OK, dit simplement Clara.

Elle voulait bien aller n'importe où... pourvu qu'on se promenât. Depuis que Béatrix était arrivée à Saint-Vaast trois jours plus tôt, on se baladait, le matin comme l'après-midi !

En quelques heures, la maison des Andrieu de Bazer avait connu une petite révolution.

D'abord Béatrix avait eu une longue conversation avec sa tante Edwige afin d'imposer son point de vue. Amarine ne partirait pas dans un institut spécialisé. On engagerait du personnel adapté pour s'occuper d'elle. Jour et nuit si nécessaire. Béatrix avait déposé sur la table un bel argument : un énorme chèque qui couvrirait amplement les premiers frais. Pour la suite, elle avait recommandé à Edwige de vendre quelques terres. Il suffisait de contacter le notaire, Amarine était désormais placée sous tutelle et on pouvait disposer de ses biens. Béatrix avait cependant précisé que l'intégralité de la somme rapportée par la cession de biens fonciers devrait être versée sur un compte qui servirait à financer l'ensemble de la prise en charge d'Amarine. Il n'était pas question de dilapider l'argent autrement.

Béatrix était rassurée car Maître Dubourg était un homme droit, intègre et on pouvait lui faire confiance, il veillerait au grain. Elle mesurait la chance qu'elle avait de vivre dans une famille où il n'y avait pas de problèmes financiers et elle imaginait sans peine comment les autres, ceux qui étaient dans le besoin, devaient se débattre pour s'en sortir en ayant à charge une personne malade comme Amarine…

Ensuite Béatrix était allée à Cherbourg, elle y avait acheté une voiture et un fauteuil roulant.

Quand elle était revenue, elle avait confié les clés de l'automobile à Clara :

— Elle est à vous. Et ne dites pas non, s'il vous plaît ! Vous l'utilisez comme bon vous semble. Je ne vous demande qu'une chose, si vous le voulez bien. Sortez ma grand-mère dès que vous le pourrez. Elle a besoin de prendre l'air. Elle a toujours été habituée à aller et venir à sa guise. Si elle reste enfermée, elle va devenir complètement folle.

C'était un euphémisme…

Amarine ne reconnaissait plus personne, pas même sa petite-fille. Pas une seule fois, elle n'avait prononcé son prénom. Quand elle avait dégoisé quelques mots, elle avait vouvoyé la jeune femme. Elle la confondait avec une voisine, quelqu'un qu'elle avait dû côtoyer dans les années 1930 peut-être, avant de se marier… Quant à tout ce que Clara avait tenté de réapprendre à la vieille dame, c'était déjà oublié. Pendant quelques semaines, Amarine avait de nouveau su signer son nom et Clara s'en était réjouie. C'était du passé. Amarine ne savait plus calligraphier une seule lettre ; Béatrix l'avait vérifié la veille.

— Dessine un A, Mamie. Écris-nous tes initiales.

Amarine l'avait regardée sans comprendre puis elle avait longuement observé le stylo qu'elle tenait, l'air de se demander à quoi cet objet pouvait bien servir.

— Je pensais qu'elle pourrait voter… pour les présidentielles, avait murmuré Clara. Je croyais qu'elle…

— Vous faites de votre mieux, Clara, l'avait coupée Béatrix. Je vous en remercie. Quant aux élections, il serait imprudent de laisser Amarine choisir n'importe quel bulletin et le glisser dans l'enveloppe ! Peut-être qu'avec sa mise sous tutelle, elle ne dispose même plus de ses droits civiques. Je me renseignerai auprès du notaire si vous y tenez. Honnêtement, ce n'est pas ce qui me préoccupe le plus. Ce que j'aimerais, c'est que nous puissions lui donner une belle fin de vie… la plus agréable qui soit compte tenu des circonstances…

Dans sa tête, Béatrix avait cheminé. Avant de revenir à Saint-Vaast pour quelques congés, elle était retournée chez son médecin, avait parlé de sa grand-mère, s'était fait expliquer tout ce qui concernait la maladie d'Alzheimer, puisque c'était bien le diagnostic posé par le neuropsychiatre chez lequel on avait emmené Amarine en consultation, à l'hôpital de Cherbourg après le terrible incident que, dans la famille, on appelait l'attaque du téléviseur…

Maintenant Béatrix comprenait le sens du mot irrémédiable. Elle l'acceptait. Revoir Amarine, c'était admettre de se trouver face à une personne différente et de ne plus partager tout ce qui s'était créé pendant des années de complicité. L'amnésie rongeait le cerveau de la vieille dame et les événements récents ne se fixaient plus, ceux qui étaient un peu plus anciens perduraient avant de disparaître eux aussi. Ne restaient que des bribes d'un passé lointain, susceptibles de se mélanger.

L'aphasie était un autre symptôme que l'entourage devait supporter. Béatrix sentait bien que la communication était rompue avec sa grand-mère mais elle continuait à lui parler, sans aucun retour, n'attendant aucune conversation. Elle surveillait ses gestes, de plus en plus maladroits, parfois dangereux. Elle goûtait son assiette avant de la lui donner car Amarine ne percevait plus ni le chaud ni le froid. C'était une attention de toutes les minutes. Un travail épuisant. En échange duquel il n'y avait rien à espérer.

La maladie était incurable pour le patient. Les proches pouvaient se soigner. C'était ce sur quoi le médecin de Béatrix avait insisté :

— Chaque fois que vous ferez quelque chose pour votre grand-mère, c'est à vous que vous ferez du bien. Alors ne vous en privez pas ! La meilleure des thérapies est celle qui permet à l'aidant de trouver sa place dans cette situation inédite et difficilement tolérable. Certaines personnes sont confortées par un placement dans un établissement adapté, d'autres ont besoin de garder le malade auprès d'eux. La confusion mentale qui ravage Amarine la plonge dans le mutisme et l'indifférence. Vous, vous êtes encore capable de sentiments, d'émotions. C'est vous qu'il faut protéger… en essayant de tisser une nouvelle relation avec votre grand-mère, tout en sachant que cette relation sera à sens unique… tout en gardant à l'esprit qu'Amarine pourra se transformer à tel point qu'un jour, peut-être, vous n'aurez même plus l'énergie de la voir. Aussi dur que cela puisse paraître, cela arrive. Il n'est pas question de culpabiliser. Nul ne peut faire le sacrifice d'épauler un être qui est ailleurs, qui peut se révéler d'une agressivité débordante, ingérable, incompréhensible…

L'agressivité… c'était le pire. Béatrix en avait fait les frais le soir de son arrivée. Elle avait accompagné Amarine dans sa chambre, l'avait aidée à se mettre au lit. Auparavant, elle avait voulu lui ôter son gilet. La vieille dame s'était débattue, avait crié et elle avait mordu sa petite-fille au poignet. Jusqu'au sang. Hébétée, Béatrix était restée sans bouger, tenant sa main, tandis qu'Amarine se glissait sous les draps sans même un regard pour celle qu'elle venait de brutaliser.

— On entre dans l'église ? proposa Clara. Ou bien on fait le tour du cimetière avant ?

— Le cimetière d'abord, répondit Béatrix.

Il n'y avait rien d'étrange à se promener entre les tombes. De là, la vue était magnifique, on découvrait la baie de la Masse, Gatteville et la pointe de Barfleur. La mer et le granit. Partout. Des rocs énormes sur lesquels les vagues se fracassaient, des pierres taillées pour les habitations… et pour la maison de Dieu. Avec son clocher sans flèche, on l'avait supprimé à cause des intempéries, elle dominait le village et le port, les protégeait. Dans ce pays de marins, où les croyances et les superstitions régnaient encore, ce n'était pas rien.

Elles ne passèrent que quelques minutes dans l'église et Béatrix nota, à peine déçue, que le lieu ne suscitait aucune réaction particulière de la part de sa grand-mère.

Elles continuèrent la promenade, discutant, s'adressant à Amarine qui restait hermétique.

— Max arrive après-demain, dit soudain Béatrix à Clara. Si le temps se maintient, on pourrait peut-être envisager une balade avec lui et François-Xavier !

Clara grimaça. François-Xavier était imprévisible. Autant elle parvenait à canaliser Amarine, autant François-Xavier était ingérable. Mais après tout, si son fils les accompagnait…

— Pourquoi pas ? répondit-elle. On irait où ?

— Je ne sais pas. Il faut y réfléchir. Si vous avez une idée…

Elle avait bien songé à Tatihou… Faire l'aller-retour en bateau car la traversée à pied n'était possible qu'aux grandes marées et inenvisageable avec un fauteuil roulant…

Elles redescendirent vers le port, où la vie était toujours intense, les pécheurs continuaient à décharger leur cargaison de produits frais.

— J'ai faim, déclara Béatrix. On mange au café sur le quai ?

Clara lui répondit d'un sourire et elle poussa le fauteuil vers le bistrot. Elles commandèrent un plateau de fruits de mer et, tour à tour, elles décortiquèrent pour Amarine les crevettes, les bigorneaux, les langoustines. Elles versèrent un filet de citron sur ses huîtres. Elles lui beurrèrent des tartines de pain de seigle. La vieille dame mangeait, les yeux dans le vague. Parfois sa main laissait tomber quelques miettes, ses lèvres parvenaient a articuler quelques mots :

— Mange, ma belle, mange.

Sola était là, prés d'elle. Fidèle, câline, attendant patiemment qu'on lui donnât un morceau de pain, un reste quelconque… Béatrix fut soulagée de cette présence invisible. Dans son monde, Amarine n'était pas tout à fait seule…

— Tu as réfléchi à ma proposition ? demanda Bob.

Nath grimaça, tentant de vider sa bouche.

Ils étaient installés sur un banc, dans le jardin des Tuileries et mangeaient un sandwich. Pour la première fois depuis des jours, le ciel était clément et la température agréable.

— Oui… heu… non… Exposer… Je ne sais pas… Je ne l'ai encore jamais fait.

— Raison de plus pour te lancer !

— Ce n'est pas une décision facile à prendre.

— Il te suffit de dire oui

— Ce n'est pas si simple.

Bob soupira. Il était tellement séduit par les toiles de Nath qu'il avait envie que d'autres que lui puissent les découvrir. Un de ses amis possédait un salon de thé, rue Gabrielle, dans le dix-huitième arrondissement. Il y organisait régulièrement de petites expositions pour valoriser le travail d'artistes inconnus. Bob avait fait quelques photos des peintures de Nath, les avait montrées à son copain qui, emballé, invitait Nath à venir accrocher ses œuvres au sein de sa boutique.

— C'est une belle occasion pour commencer ! Tu ne seras pas noyée parmi d'autres et ce sera presque en toute intimité… Le salon de thé, ce n'est pas le Grand Palais tout de même ! Ou alors, tu es vexée parce que tu voudrais le Louvre ! Je m'en vais de ce pas décrocher la Joconde et mettre une de tes toiles à sa place !

Bob pouffa. Il plaisantait, sans lâcher prise. Convaincre Nath était devenu une priorité. Il se promettait de la harceler jusqu'à ce qu'elle cède !

— L'idée même de montrer ma peinture à des inconnus m'effraie ! geignit-elle.

— Je comprends mais il faut passer ce cap.

— Donne-moi encore un peu de temps pour y penser, s'il te plaît.

— OK, je vais te laisser un peu de répit… Mais demain, je veux ta réponse et… j'exige un oui !

— Ta bonté me touche, ironisa Nath. Alban et Béa sont absents de la bijouterie et je… Qu'est-ce qu'ils viennent faire là-dedans, ces deux-là ? On parle de toi. Béa est certainement en train de faire des pâtés de sable sur une plage normande ou de se geler les orteils dans l'eau et Alban… Au fait, où est-il parti ?

— Je l'ignore. Ce n'était pas prévu. Il m'a signalé son départ hier soir, lors de la fermeture… Il devrait rentrer demain. Du moins, c'est ce qu'il m'a dit. Ce n'est pas un rendez-vous avec un client, j'en suis sûre, j'ai vérifié son agenda !

Nath se mordit la langue, regrettant d'avoir montré qu'elle espionnait son patron. Mais Bob ne releva pas.

— On s'en moque de toute façon, déclara-t-il, balayant l'air d'un grand geste de dédain. Alban ne me manque pas. Je le trouve taciturne en ce moment ! Quand il vient rôder dans l'atelier, c'est uniquement pour être sûr qu'on bosse ! Comme si on dansait la carmagnole quand il n'est pas là !… Béa, j'ai hâte qu'elle revienne… Je suis certain qu'elle sera ravie d'apprendre qu'on va enfin pouvoir admirer tes œuvres ! Elle viendra au vernissage, sans doute accompagnée de quelques connaissances. Peut-être même de clients de la bijouterie ! Ce sont des amateurs d'art ! Ma mère sera là aussi. Je lui en ai déjà dit deux mots.

Il avait tout arrangé, tout préparé. Ou presque.

— T'es pénible ! râla-t-elle.

Elle souriait, malgré tout.

— Non, tenace. Béa te dirait que j'ai raison de l'être… Passé le coup de pression lié à la décision, ce projet va te booster !

Nath hocha la tête affirmativement. Elle était loin d'en être persuadée mais Bob était si enthousiaste qu'elle savait déjà qu'elle ne refuserait pas ce qu'il lui proposait. Elle ne pouvait le décevoir. Il faisait tant pour elle. Il avait déjà tellement fait…

Il la regardait intensément et elle redoutait une nouvelle offensive.

— Je te le dis ou pas ? demanda-t-il, l'air sérieux.

— Quoi ?

— Que tu as un morceau de tomate coincé entre les dents !

Il éclata de rire et, comme son téléphone se mit à sonner, il consulta l'écran et posa un doigt sur ses lèvres :

— Chut ! C'est ma dernière rencontre qui m'appelle ! Ce soir, je te parie que je ne dors pas en célibataire ! s'exclama-t-il avant de répondre.

Le taxi fit une embardée et Alban s'accrocha à la poignée de la portière. Prudent, il décida de ne plus la lâcher. La route était sinueuse, percée de nids-de-poule et le chauffeur slalomait pour les éviter. Sans freiner. Il se la jouait façon pilote de rallye...

Cramponné à sa bouée de sauvetage, Alban tenta de se concentrer sur le flash d'informations que diffusait France Bleu Frequenza Mora. L'île de Beauté avait connu une nuit bleue. Une série d'attentats, en Haute-Corse et en Corse du Sud, avait visé cinq résidences secondaires appartenant à des continentaux, sans faire de victime, fort heureusement. Les actions n'avaient pas été revendiquées, précisait le gendarme interviewé, les démineurs étaient au travail sur les différentes scènes afin de les dépolluer, de recueillir des indices.

Dans le rétroviseur, Alban perçut un sourire sur le visage du chauffeur, une sorte de mauvais rictus, comme si l'homme se réjouissait de ces crimes.

— Les continentaux n'ont qu'à rester sur le continent ! maugréa-t-il, cynique.

Il serra les dents.

Alban, lui, serra les fesses... Ce mec avait une tête de terroriste et il conduisait comme un dingue ! Il se raisonna cependant, imaginant que le type s'amusait à effrayer les touristes et il décida de ne plus l'observer, de se concentrer sur les merveilles de la forêt qu'ils traversaient. Entre les pins, sur un sommet au loin, il crut apercevoir de la neige. Peut-être en restait-il un peu, un résidu de l'hiver… Peut-être qu'il rêvait… ou qu'il délirait car la température ambiante était déjà élevée pour un début de printemps. Il avait chaud et sa chemise lui collait au corps. Sans doute la climatisation était-elle en option dans cette voiture ! Le chauffeur ouvrait sa fenêtre, de temps à autre… pour fumer ! Alban n'avait pas osé lui faire remarquer que la loi interdisait le tabac dans les lieux publics et il subissait l'odeur âcre d'une Gauloise toutes les vingt minutes. Il en avait l'estomac chaviré mais ne bronchait pas.

La fatigue eut raison de lui, toujours agrippé à la poignée de la portière, il reposa sa nuque sur le dossier de la banquette. Ses paupières se fermèrent et il s'endormit.

Soudain, la voiture pila et Alban fut projeté vers l'avant, manquant, malgré sa ceinture de sécurité, d'encastrer son nez dans le repose-tête de la place passager.

— Vous êtes arrivé ! déclara l'homme.

Groggy, Alban descendit du taxi et il se pencha vers la portière du chauffeur, tendant un gros billet.

— Vous pouvez m'attendre ? J'ai besoin de deux heures… Gardez la monnaie !

Peu convaincu, le type grimaça. Alban lui tendit un autre billet.

— Deux heures. Pas plus, aboya l'homme.

Son accent corse très prononcé rendait encore plus redoutable le noir de son regard.

Alban acquiesça en songeant que le bonhomme ne patienterait pas au-delà du temps imparti... qu'il lui faudrait aller au pas de course. Il n'y avait pas loin d'un kilomètre pour rejoindre le bar de la plage où il était attendu.

C'était non loin de Serriera. Le village, presque dissimulé dans le maquis, s'accrochait aux pentes de la montagne et Alban apercevait déjà la mer en contrebas. Il se mit à courir, trébuchant dangereusement sur le chemin caillouteux qui descendait vers la grève.

La sueur dégoulinait sur son front, noyait ses yeux. Aveuglé, il s'arrêta quelques secondes afin de s'éponger et reprit sa course. C'était à peine s'il avait le temps d'admirer le magnifique paysage qui se dévoilait à lui. La mer, d'un bleu intense, découpait la côte, léchait une mince plage de sable fin... Un paradis sur terre. D'autant qu'en cette saison, il n'y avait pas un chat !

Sur la terrasse du bar, ou plutôt de la cahute, il aperçut celui qu'il venait rencontrer et il galopa encore plus vite. En nage, essoufflé, il parvint à son but. L'homme le retint d'un geste alors qu'il allait s'asseoir à sa table :

— Prends celle d'à côté. On ne doit pas nous voir ensemble. Parle tout bas !

— Il n'y a personne !

— Il y a toujours des yeux et des oreilles ! Quand on n'est pas d'ici, on n'est pas bien vu. Je suis toléré parce que je me fais discret !

Alban soupira et, pendant un instant, il fit mine d'observer la plage. Puis ses yeux se tournèrent vers l'homme.

— Ne me regarde pas ! marmonna ce dernier. On ne se connaît pas. Tu as l'air d'avoir soif. Va te chercher quelque chose à boire. Paolo ne se déplace pas pour servir et il n'a pas de personnel en basse saison ! En revenant, tu me racontes et tu files d'ici.

Alban s'approcha du comptoir et émit un bruit de gorge destiné à appeler celui qu'il voyait bouger derrière un rideau de billes en bois. Traînant la savate, Paolo fit son apparition et d'un geste du menton, il signifia qu'il écoutait le client.

— Un Vittel, s'il vous plaît, demanda Alban en sortant un billet.

Le barman déposa une bouteille, un décapsuleur, un verre devant Alban et il empocha l'argent, rendit la monnaie disparaissant aussitôt vers l'arrière-boutique.

Alban reprit sa place et avala d'une traite son eau minérale, regrettant de n'avoir pas pris deux bouteilles.

— Alors ? fit l'homme avec une certaine impatience. Pourquoi es-tu si inquiet ?

— D'après mon avocat, je n'ai obtenu qu'un sursis concernant la diffusion de l'émission. Tôt ou tard, elle passera à la télé. À moins que je n'achète Thomas… que je lui propose une somme suffisamment intéressante pour qu'il renonce.

— Mauvaise idée, grogna l'autre. En admettant qu'il accepte, dès qu'il aura dépensé tout le fric, il oubliera sa promesse. Il reviendra à la charge, te réclamera davantage. Tu ne pourras pas payer, la famille Andrieu sera de toute façon sur les écrans et tu seras à sec... Car je ne pense pas que tu disposes d'une fortune. Il faudrait le faire taire ! Définitivement !

Le regard agrandi par l'effroi, Alban sursauta.

— Je ne pourrais jamais, chuchota-t-il.

— Je ne t'ai pas dit de le faire toi-même. Mais au lieu de lui donner ton fric, tu paies quelqu'un pour...

Il se tut. Un craquement s'était fait entendre derrière lui et il imagina que, caché par le rideau, Paolo pouvait être aux aguets, l'oreille tendue, prêt à saisir quelques bribes de conversation.

— Tu habites ici ? demanda Alban qui avait envie de changer de sujet. À Serriera ?

— Tu n'as pas besoin de le savoir. On se rencontre ici parce que ça me va. Qu'est-ce qu'il prévoit de révéler ce Thomas ?

— Les activités du grand-père Andrieu pendant la guerre.

— C'est tout ?

— Peut-être qu'il a découvert comment il s'est enrichi après... Comment la famille Andrieu en a profité...

— Peu probable. Il t'aurait donné d'autres noms... Ne t'affole pas. La guerre, les collabos, cela ne date pas d'hier et ceux qui ont connu cette époque disparaissent peu à peu. Pour le reste, d'après ce que tu m'as dit d'Amarine, ce n'est pas elle qui pourra témoigner. Si elle perd la tête, personne n'ajoutera foi à ce qu'elle prétendra ! Et encore... si jamais on venait l'interroger. Ce que je ne crois pas. Il y aura quelques vagues et ça tombera aux oubliettes !

— T'es bien sûr de toi ! Moi, j'ai peur.

Il n'y a pas de raison… Garde ton calme. Évite de m'appeler. Et ne viens pas ici pour un oui ou pour un non ! Il ne faut pas qu'on puisse établir un lien entre nous.

Alban acquiesça, déçu de repartir sans une solution. Il avait espéré de l'aide. Ignorant les premières recommandations, il pivota vers l'homme et le fixa :

— C'est tout ?

— C'est tout ! Maintenant tu files. Sans te retourner.

15

Un dernier verre

Lorsque Clara se pencha à la fenêtre pour tirer le volet, elle aperçut de la lumière dans la maison des Andrieu. Il y avait du monde dans la cuisine… Pourtant il était plus de minuit et elle les croyait tous au lit depuis longtemps. La lanterne du perron s'alluma, la porte s'ouvrit et deux personnes sortirent. Elle reconnut le médecin et Edwige, qui raccompagna l'homme jusqu'à son véhicule.

Pour qui était-il passé aussi tardivement ? Pour François-Xavier ou pour Amarine ? Sans doute pour la vieille dame… Elle s'était montrée très agitée durant la journée et il y avait fort à parier que la soirée avait été mouvementée.

Quand il en était ainsi, Edwige appelait le docteur. Il administrait un calmant léger à Amarine afin que tous puissent dormir tranquilles…

L'état de santé d'Amarine s'aggravait et, pour la première fois, Clara se demandait s'il était raisonnable de s'entêter à vouloir garder la malade sous son toit. On frôlait l'imprudence.

Elle s'allongea sur son lit, songeant à Béatrix. Devait-elle lui téléphoner pour lui faire part de ses impressions, lui dire qu'il était peut-être temps de réfléchir au placement d'Amarine dans une maison spécialisée ? Elle hésitait... Comment Béatrix accueillerait-elle cette discussion ? Voudrait-elle seulement avoir une conversation à ce sujet ?

Elle était repartie de Saint-Vaast plutôt ébranlée. Elle y était pourtant arrivée pleine de force, de courage, de détermination. Pleine d'espoirs aussi...

Mais il y avait eu cette fameuse journée à Tatihou et tout avait été bouleversé.

Clara, Béatrix, Amarine, Max, Elias et François-Xavier étaient partis après le déjeuner. Ils étaient allés au port, avaient embarqué sur *Le Tatihou II* qui faisait la traversée jusqu'à l'île. Drôle de véhicule que ce bateau amphibie capable de rouler au milieu des parcs à huîtres, quand la mer était basse et qui naviguait normalement à marée haute.

À l'aller, les flots étaient loin, ils avaient circulé sur le rhun, ce chemin praticable au centre d'une des premières régions ostréicoles de France.

Quand ils étaient arrivés sur Tatihou, François-Xavier avait commencé à s'agiter et Béatrix avait songé qu'elle n'aurait pas dû l'amener en ce lieu. Il devait en avoir d'horribles souvenirs malgré sa mémoire grignotée par l'amnésie... C'était sur une de ces plages qu'on avait retrouvé le corps sans vie de son frère. Quant à lui, il gisait, inconscient, quelques mètres plus loin. Peut-être que l'endroit le perturbait...

Face à l'excitation de François-Xavier, Elias, l'ami de Max, avait alors eu une idée de génie. Il lui avait proposé de déclamer quelques vers et ils avaient récité ensemble *L'Albatros* de Baudelaire. Le calme était revenu et on avait pu songer à la promenade.

Clara avait donné le bras à Amarine, Béatrix avait poussé le fauteuil vide... Faire quelques pas était bénéfique pour la vieille dame. Quand elle avait paru fatiguée, que sa marche s'était faite moins sûre, on l'avait assise et Max avait joué le chauffeur. Elle parlait toujours peu, baragouinait deux ou trois mots parfois incompréhensibles ou bien répétait inlassablement la même chose. En quelques heures, elle avait évoqué plus d'une dizaine de fois son sac à main qu'elle pensait avoir oublié dans la voiture ou perdu. Béatrix avait bien essayé de la rassurer, de lui expliquer qu'elle n'avait pas pris son sac, qu'il devait être posé comme toujours sur la console de l'entrée, à la maison... Rien n'y avait fait. Alors, on l'avait laissée causer toute seule, sans plus tenter de la raisonner. Puis, sans explication, elle était passée à autre chose. Elle s'était mise à chantonner :

— J'ai deux amours... Mon Pays et Paris...

Comme un disque rayé, elle avait dû murmurer une centaine de fois le refrain de la chanson de Joséphine Baker, les yeux dans le vague, ne voyant rien du si joli paysage de Tatihou. Ils connaissaient ces lieux par cœur, sauf Elias pour qui c'était une découverte... Ils y trouvaient toujours quelques détails étonnants, parmi les oiseaux nicheurs, dans les bâtiments aux murs de granit et aux toits de schiste ou sur les murailles du fort Vauban.

Ils avaient évité le musée mais avaient passé un bon moment dans les jardins botaniques.

Quand était venue l'heure de réembarquer à bord du *Tatihou II*, la mer était haute, le vent s'était levé et de délicats rouleaux blancs se dessinaient sur les vagues. À peine le bateau s'était-il éloigné du quai que François-Xavier s'était mis à crier. Il avait peur, il voulait descendre. Brusquement il avait foncé sur le bastingage pour l'enjamber. Max l'avait retenu de justesse et Béatrix s'était approchée afin d'aider son cousin à réinstaller son père sur le banc. Les cris de François-Xavier avaient alors redoublé.

— Ne me touche pas ! avait-il hurlé à Béatrix. Je sais que tu veux me tuer ! Te débarrasser de moi !

Il s'était débattu avec rage. Clara et Elias étaient venus en renfort pour calmer le forcené.

Dans la panique générale, Amarine avait, elle aussi, quitté sa place et elle s'était jetée sur Béatrix, tentant de l'étrangler.

Autour d'eux, les autres passagers, ébahis, avaient assisté à la scène sans oser intervenir. Certains détournaient le regard pour ne pas être les témoins de ce qui ressemblait à un règlement de comptes en famille !

Le port de Saint-Vaast était tout proche, la traversée était courte, mais ces quelques minutes avaient semblé à Béatrix une éternité. Max avait fini par ceinturer son père, Clara avait maintenu Amarine. Béatrix n'avait plus rien dit. Elle s'était éloignée du groupe, les avait suivis de loin, avait marché en retrait lorsqu'ils avaient regagné les voitures.

De retour à la maison, elle était montée dans sa chambre. Elle n'était pas venue dîner. Max était pourtant allé tambouriner plusieurs fois à sa porte…

Elle était descendue bien plus tard, quand tous avaient été couchés. Clara, qui faisait un dernier tour de la demeure pour vérifier si toutes les portes étaient bien bouclées, l'avait aperçue dans la cuisine, assise à table. Elle avait toqué contre la vitre. Béatrix lui avait fait signe de venir la rejoindre.

— Vous ne dormez pas ? avait demandé Clara.

C'était une évidence mais elle n'avait pas trouvé d'autre entrée en matière…

Béatrix avait levé la tête et fait une drôle de grimace. Elle avait paru chercher où elle était, qui s'adressait à elle. Ses yeux brillaient, ses lèvres se déformaient. Elle avait bu. En témoignait la bouteille bien entamée devant elle.

— Hum… du sancerre ! avait souri Clara pour dédramatiser la situation. Je vois que vous avez bon goût mais d'habitude, à cette heure-ci, on prend plutôt une tisane !

— Je n'aime pas les vins de merde, même pour me soûler la gueule !

— La grossièreté ne vous va pas, Béatrix.

— J'ai pas besoin de leçon !

— Je ne me le permettrais pas. Vous êtes bien élevée, vous avez beaucoup d'éducation, de la classe… Vous exprimer ainsi, non… Ça ne vous ressemble pas.

Béatrix avait voulu répondre mais un hoquet l'avait secouée.

— Vous m'offrez un verre ? avait demandé Clara en s'asseyant.

Elle s'était servie sans attendre. Ce serait un peu moins d'alcool dans le sang de Béatrix. Il y avait eu un long moment de silence. Puis Clara, embarrassée par l'ivresse de Béatrix et surtout sa détresse, avait posé sa main sur celle de la jeune femme.

Béatrix avait agrippé ses doigts et s'était effondrée. Son oncle l'avait accusée d'être une meurtrière en puissance. Sa grand-mère avait essayé de la tuer. C'était une famille de déments et elle s'interrogeait... Était-elle folle, elle aussi ? Le deviendrait-elle ? Était-ce dans les gènes ?

— Non, avait tenté de la rassurer Clara. Il n'y a pas de folie en vous... Mais beaucoup trop d'alcool ce soir !

— Tu as raison ! Je croyais que boire me ferait oublier... On peut se tutoyer, n'est-ce pas ?

— On en reparlera. Ce soir, vous êtes soûle ! On verra demain si vous en avez toujours envie.

Le lendemain, Béatrix était partie dès l'aube, avant même qu'Odile n'ait pris son service. Fuyant la maison sans aucun au revoir... Ne souhaitant croiser personne. Elle n'avait pas dormi. Toute la nuit, elle avait ressassé les paroles de François-Xavier. Pourquoi son oncle avait-il hurlé au crime ? Pourquoi autant d'animosité ? Dans les souvenirs d'enfance de Béatrix, les Andrieu avaient toujours été unis, complices. Pourquoi la famille se déchirait-elle maintenant ?

Béatrix avait donné rendez-vous à Adrian Maslovski dans le bistrot de la rue de Moscou où ils avaient dîné avec Bob, quelques semaines plus tôt. Elle s'était bien gardée de dire à son ami qu'elle allait revoir l'historien. Il aurait forcément fait quelques commentaires émoustillants sur cet homme qu'il avait jugé très à son goût et elle ne désirait pas s'étendre sur le sujet !

Adrian était déjà là lorsqu'elle parvint au restaurant et il se leva aussitôt afin de l'accueillir. Elle sourit, songeant que cette courtoisie masculine devenait fort rare.

Ils passèrent commande et entrèrent dans le vif du sujet.

— Je pense avoir trouvé des renseignements qui vous éclaireront sur le passé des Andrieu de Bazer, commença-t-il. Pour le moment, je laisse de côté la famille de Yardena et la photographie du collier. La recherche s'avère un peu plus compliquée que je ne le prévoyais et je ne voudrais pas vous aiguiller sur une fausse piste. Mais vous verrez que l'histoire de votre grand-père rejoindra sans doute celle de Yardena.

— Dites-moi tout de même ce que vous avez déniché sur cette femme !

— Non. Pas maintenant. Dans quelques jours, quelques semaines tout au plus, je vous le promets. Quand je serai certain de mes informations. Tout ceci est très long et minutieux.

— Je m'en veux de grignoter votre temps, s'excusa Béatrix.

— Surtout pas ! C'est passionnant de fouiller dans les archives et les mémoires ! De faire cogiter ses propres méninges !

Elle leva son verre vers lui et il hésita à faire de même :

— Je ne sais pas si vous aurez encore envie de trinquer quand je vous aurai dit ce que j'ai appris.

— Je vous écoute, murmura-t-elle, en s'efforçant de rester calme alors qu'elle sentait son cœur s'emballer.

Elle pressentait des révélations qui allaient encore la bouleverser. Mais il n'était plus temps de reculer. Il fallait aller au bout. En terminer avec toute cette affaire.

— Nous oublions donc pour le moment Yardena et le collier, reprit Adrian. Je vais vous parler de l'autre cliché. Celui pris à l'ambassade d'Allemagne… Vous y aviez reconnu votre grand-père et Otto Abetz. Les deux femmes dont vous souhaitiez connaître l'identité sont des courtisanes… des cocottes… hum… Enfin, vous voyez…

— Vous voulez dire des prostituées ?

— Oui, en gros c'est cela. À ceci près que celles-ci ne faisaient pas le trottoir, ni ne vivaient en maison close. Elles se faisaient une bonne place auprès des dignitaires nazis dans un but uniquement financier, tout comme elles l'avaient fait auprès de nos hommes politiques sous la IIIe République. Elles ont toujours existé quels que soient l'appellation et les régimes au pouvoir ! Aujourd'hui on parlerait de call-girl ou d'escort-girl…

— Mon grand-père fricotait avec ces… cocottes ?

— Non. Elles étaient là pour les Allemands. Je me suis aussi penché sur les autres protagonistes présents sur l'image. C'est beaucoup plus intéressant ! Voici la liste des noms.

Il tendit à Béatrix une feuille. Certains patronymes lui étaient totalement inconnus. En revanche elle écarquilla les yeux en déchiffrant certains. Sacha Guitry, Arletty…

Adrian perçut sa surprise :

— Ils étaient artistes. Ils n'ont pas cessé de l'être pendant la guerre. Mais c'est vrai qu'ils ont entretenu des relations plus que cordiales avec l'occupant. Ils n'avaient guère d'états d'âme. Le Tout-Paris… ses cabarets, ses nuits folles… Une frivolité dont on raffole encore plus en temps de guerre… quand on peut se le permettre bien sûr ! Quant à votre grand-père…

Il se gratta le crâne, un peu embarrassé.

— Je vous écoute, murmura-t-elle pour l'encourager autant que pour se donner du cran.

— C'est très complexe, avança-t-il avec diplomatie. J'ai reconstitué son rôle dans un réseau de résistance parisien et il semble qu'il n'ait jamais lâché ses camarades. Certains ont témoigné en sa faveur lors de son procès en 1944… Il n'en reste pas moins que sa place auprès d'Otto Abetz est confuse. L'ambassadeur d'Allemagne était persuadé que le contrôle des intellectuels français était aussi important qu'un objectif militaire. Homme cultivé, grand amateur d'art, de lettres, il s'est donc gagné sans trop de difficultés les faveurs d'un certain nombre de journalistes dont votre grand-père puis les a embauchés aux éditions Le Pont. C'est ainsi que Jean Andrieu se retrouve dans le camp de la propagande et de la censure... tout en appartenant a un mouvement de partisans ! Étrange mais peut-être que, comme une bonne poignée de Français à l'époque, il ne voulait pas des Allemands en France tout en n'étant pas franchement antinazi.

— Il n'était donc pas celui qu'on croyait ! Un fasciste lui aussi !

Elle repoussa son assiette, dédaignant la délicieuse omelette au saumon qu'elle avait à peine entamée.

— Ne le blâmez pas ! s'écria Adrian et il baissa aussitôt le ton. Il a servi sa cause. Il ne faut pas oublier la situation de l'Europe à cette période. Je parle là du tout début de la guerre. Certains avaient peur du communisme... Staline malmenait son peuple en Union soviétique, Hitler n'était pas détesté par tous les Allemands et, entre deux dictateurs, les sentiments des Français pouvaient aller vers celui qui semblait... le moins pire ! Hitler, en l'occurrence. Il y a eu des Desnos, des René Char mais aussi des Céline et des Brasillach. On n'y peut rien, c'est ainsi : les avis étaient partagés. Je suis persuadé que si la guerre se rejouait aujourd'hui, ce que je ne souhaite pas, nous aurions les mêmes flottements entre deux camps ! Il serait illusoire de croire que nous avons su tirer les enseignements de l'Histoire, de penser que nous serions tous des patriotes et des résistants en cas de conflit ! Il y aura toujours des hommes pour pencher du mauvais côté de la balance… peut-être par ignorance !

— Mon grand-père n'était pas idiot à ce point ! Il ne pouvait douter que ce qu'il faisait était mal. Cela me dégoûte !

— Non, ne vous offusquez pas. Il n'avait pas le recul que nous avons aujourd'hui… ni les connaissances. Certes on savait pour les camps de concentration. L'extermination, on ne l'imaginait pas…

— Mouais…

Il la fixa, désespérant de la convaincre. Il était venu pour lui livrer ce qu'il avait appris, pas pour faire un procès à qui que ce soit. C'était trop tard et inutile. En revanche, la transmission du savoir était indispensable.

Il attrapa le dernier morceau du filet de bar qui restait dans son assiette et écarta d'un coup de fourchette les légumes. Il n'avait plus faim.

— Laissez-moi vous raconter votre grand-père, reprit-il, ensuite vous le jugerez.

Jean Andrieu avait été mobilisé en septembre 1939. Il avait fait dix mois de guerre, comme beaucoup de militaires à l'époque. En juin 1940, il avait été fait prisonnier non loin de la frontière belge puis transféré en Allemagne. Quand il était rentré, quelques jours avant Noël 1940, il n'avait pu reprendre son métier de journaliste puisque la censure était partout et les quotidiens interdits de parution. Le régime de Vichy avait mis fin à la République et à bon nombre de libertés telles que celles de la presse. Jean avait très vite adhéré à un réseau de résistance parisien et presque en même temps, il était apparu, d'abord très ponctuellement, dans l'entourage d'Otto Abetz. Ensuite, il s'était engagé davantage auprès de lui.

— Ce qui explique que vous le trouviez sur une photo prise lors d'un dîner à l'ambassade d'Allemagne, ajouta Adrian. Il s'avère qu'il a toujours été entre deux feux. Concernant ses motivations premières, il faut lui laisser le bénéfice du doute. Les journalistes ont été au cœur de la résistance, de la collaboration et de l'épuration aussi. La libération met fin à la guerre et elle dévoile au grand jour la barbarie des nazis… Holocauste, Shoah… peu importe le nom, les atrocités sont là. Comme d'autres, votre grand-père est arrêté, jugé et condamné pour collaboration intellectuelle. Il ne purgera pas toute sa peine, grâce aux amnisties proclamées en 1951. Voilà donc pour le moment un portrait de votre grand-père que je ne trouve pas entièrement négatif.

— Merci, Adrian. Vous avez éclairé certains aspects de la question. Mais vous venez de dire pour le moment…

Il s'abstint de relever les derniers mots ; elle picora un morceau d'omelette et grimaça. C'était froid.

— Un dessert, peut-être, proposa-t-il, heureux de la diversion.

Elle acquiesça et il fit signe au serveur.

— Pourquoi disiez-vous, tout à l'heure, que l'histoire de Jean rejoignait sans doute celle de Yardena ? demanda-t-elle.

Elle revenait à la charge et il s'en voulut de n'avoir pas su tenir sa langue dès le début de la conversation. Il aurait été bien plus simple de dire qu'il n'avait rien trouvé au sujet de Yardena et des siens ! Il lui servit un verre de vin, espérant qu'elle se détendrait.

— Tout ce que je viens de vous expliquer, c'est la partie la plus claire du rôle de votre grand-père auprès des Allemands, d'ailleurs vous en saviez déjà les trois quarts. Il y a un autre côté plus obscur. C'est pourquoi, je dois vérifier des informations.

— Que supposez-vous ?

— Il faut éviter les hypothèses quand on fait référence à des choses graves, c'est pourquoi j'ai encore besoin d'un peu de temps.

— Cessez de tourner autour du pot et balancez ce que vous avez, nom d'un chien !

Il sursauta, ne s'attendant pas à une telle agressivité. Penaude, elle s'excusa rapidement et il décida de lâcher ce qu'il redoutait de révéler :

— Il se peut que Jean Andrieu ait été mêlé aux arrestations massives qui se sont déroulées à Paris en juillet 1942.

— Je ne saisis pas, murmura-t-elle.

C'était faux. Elle comprenait... pas tout, mais l'essentiel... Adrian le sut en la voyant se servir un grand verre de vin et l'avaler en deux ou trois gorgées. Elle perdait pied et il regretta encore plus d'avoir parlé.

— Je suis désolé, dit-il tout bas. Ce n'était peut-être pas une bonne idée toutes ces recherches. En tant qu'historien, j'avoue, je me régale de toute nouvelle découverte. Pour vous, c'est autre chose… On en restera là si vous le souhaitez. Je crois que c'est mieux !

— Non, je suis prête à entendre la suite.

— Elle tient en quelques mots… Comme je vous le précisais plus tôt, je n'ai pas fini de fouiller de ce côté-ci aussi j'ignore où je vais aboutir… C'est pourquoi je vous suggère de renoncer maintenant.

— Il n'en est pas question !

— Bien… Le 16 et le 17 juillet 1942, lors de la rafle du Vél' d'hiv', la police française a arrêté et livré aux nazis treize mille Juifs, enfants et adultes… Vous avez bien entendu, Béatrix ? Ce sont des Français qui agissaient sous l'ordre des autorités allemandes. Jusqu'en juillet 1944, soixante-seize mille juifs seront déportés de France… Deux mille cinq cents reviendront des camps. Les autres…

— Qu'est-ce que mon grand-père vient faire là-dedans ?

— Des Français, vous ai-je précisé ! s'écria Adrian, énervé, car il aurait souhaité qu'elle comprît toute seule, qu'elle ne le forçât pas à en dire davantage. Le nom d'Andrieu de Bazer figure parmi d'autres sur la liste d'une milice qui a œuvré dans le huitième arrondissement le 16 juillet 1942 ! Votre grand-père n'avait pas d'homonyme et il habitait ce quartier !

Elle s'empara de la bouteille de vin avant qu'il ne pût empêcher son geste. Il la regarda boire encore.

— Pourquoi les Français ont-ils participé à cela ? bafouilla-t-elle au bout d'un moment.

— Certains n'avaient pas le choix, d'autres par cupidité…

— Par cupidité ? répéta-t-elle, la bouche pâteuse.

Il se demanda s'il ne devait pas se taire. À chacune de ses phrases, elle s'enfonçait un peu plus dans la désillusion.

— Oui, souffla-t-il. Les Juifs étaient assez riches… Pas tous mais tout de même. Les Juifs étrangers, ceux qui étaient venus se réfugier en France dès les premières années de la montée du nazisme en Allemagne, l'étaient. Ils possédaient des tableaux, des objets précieux, de l'or. Les arrêter permettait de les spolier.

Il y eut un éclair dans les pupilles de Béatrix. Toutes les allusions de Thomas sur la façon dont les Andrieu avaient bâti leur fortune n'étaient pas de pures calomnies. Elle tendit la main. Adrian écarta le chablis avant qu'elle ne puisse s'en emparer.

— Je vais vous raccompagner, proposa-t-il en se levant.

Il régla l'addition, appela un taxi et soutint Béatrix jusqu'au trottoir. Elle pleurait sans bruit lorsqu'ils montèrent dans la Mercedes grise. De grosses larmes roulaient sur ses joues et cette tristesse silencieuse était encore plus impressionnante que ses accès de révolte pendant le dîner.

— Vous ne voudriez pas dormir chez moi ? pria-t-elle quand ils parvinrent rue Clément-Marot.

Chaque pas lui coûtait, ses jambes se dérobaient et elle se cramponnait au bras d'Adrian.

Il n'osa pas refuser. Elle avait l'air si désespéré qu'il avait peur pour elle.

Dans quelle galère vais-je m'embarquer ? songea-t-il en ouvrant la porte de l'appartement. Il ne pouvait abandonner une femme au bord du gouffre.

Titubante, autant à cause de l'alcool que du chagrin, Béatrix s'enferma dans les toilettes puis elle passa dans la salle de bain, enfin elle rejoignit son lit et s'y laissa tomber.

Adrian lui apporta un verre d'eau. Elle refusa de le boire, prétextant que si elle avalait quoi que ce soit, elle vomirait de nouveau.

Dansant d'un pied sur l'autre, ne sachant quelle attitude adopter, Adrian patienta quelques instants. Quand il entendit que la respiration de Béatrix se faisait plus régulière, il quitta la chambre sur la pointe des pieds.

Il faillit rentrer chez lui mais renonça. Si elle se réveillait au beau milieu de la nuit, si elle était malade, il pourrait encore lui être utile. Revenant dans le séjour, il ôta ses chaussures, emprunta une vieille couverture qui traînait sur le dossier d'un fauteuil et s'allongea sur un des canapés. Elle devait souvent s'enrouler dans ce plaid car il portait son parfum…

Pianotant dans l'obscurité, il programma la sonnerie de son téléphone sur 6 heures.

— Je suis désolée, murmura Béatrix quand Adrian ouvrit les paupières.

Il sursauta comme un diable dans sa boîte et écarquilla les yeux, un peu perdu, scrutant la pièce dans laquelle il se trouvait.

Il était chez Béatrix, elle était assise dans le canapé qui faisait face à celui sur lequel il avait dormi quelques heures. La tête baissée, elle semblait honteuse, comme une gamine prise en faute.

— Je suis désolée, répéta-t-elle. Je n'aurais pas dû boire autant. Cela fait deux fois que je tente de noyer mes soucis dans l'alcool ; je n'y parviens pas et j'ennuie les autres.

— Ce n'est pas grave, dit-il en se levant. L'essentiel est que vous alliez mieux ce matin.

— Ça va.

Il la fixa et fronça les sourcils. Il ne la croyait pas. Les effets du vin étaient dissipés mais son visage n'était pas apaisé. La tourmente était encore là. Il cherchait comment lui annoncer qu'il allait cesser ses recherches sur Jean Andrieu, qu'il ne remuerait pas davantage un passé qui la secouait violemment.

— Vous allez continuer à m'aider, n'est-ce pas demanda-t-elle. Vous ne me laissez pas tomber ?

Il soupira. Elle avait lu dans ses pensées.

— Je désapprouve votre obstination, lâcha-t-il en enfilant ses chaussures. Vous n'avez pas les épaules pour supporter ce sur quoi vous risquez d'aboutir.

— Je serai forte !

— Vous priez pour l'être mais…

— Je tiendrai. Je sais qu'on va trouver des trucs abominables. Voyez-vous, hier soir, quand vous m'avez raconté les arrestations des Juifs, j'ai pensé à Yardena, au collier… À mon grand-père, bien sûr… Vous avez évoqué des richesses et j'ai aussi songé à des voyages que mon père a faits des années plus tard à New York, il se rendait chez Sotheby's… Je crois que…

— Stop ! Ne supposez pas. Je vous l'ai déjà dit. Il faut des preuves, des faits avérés.

Elle respira très fortement :

— Il y a encore des coins de voile à soulever. Vous voulez bien poursuivre votre enquête ? Nous n'avons pas parlé d'argent mais je peux vous payer !

Contrarié, il se leva d'un bond :

— Je ne suis pas un détective privé ! Je n'ai pas fouillé dans le passé de votre grand-père dans l'espoir d'être rémunéré ! Je l'ai fait par amour de l'Histoire, de la vérité… par curiosité intellectuelle… pour vous donner un coup de main aussi !

Il criait et elle ne savait plus comment calmer son emportement.

— Pardonnez-moi, dit-elle quand il se tut. Je ne voulais pas vous vexer. J'ai besoin de vous pour faire la lumière sur ce qui s'est passé il y a soixante-dix ans. C'est important. Il y a eu des vies brisées, des destins tragiques et tout ceci poursuit encore les Andrieu aujourd'hui. Vous pouvez m'apporter de vraies réponses ! Je n'ai personne d'autre à qui m'adresser ! Quant à moi, je vais aller aux

États-Unis. Il faut que je retrouve la trace de ce que mon père traficotait là-bas.

Adrian acquiesça d'un mouvement du menton, il consulta sa montre et se dirigea vers la porte :

— Je vous laisse. Je vais passer chez moi, me changer, avant de rejoindre le bureau.

— Vous m'aiderez encore ? cria Béatrix tandis qu'il posait la main sur la clenche.

Il détourna le regard pour éviter de croiser ses yeux.

— On verra, grogna-t-il. Envoyez-moi un message quand vous aurez fixé la date de votre départ pour New York.

16

Il y a des jours où…

— Maman ! Maaa-man !

— Quoi ? râla Edwige, en levant les yeux sur Max.

On était vendredi et *Elle* arrivait dans la boîte à lettres. À partir du moment où le facteur avait déposé le magazine, Edwige était en mode « Je n'y suis pour personne ! ».

Elle s'enfermait dans le salon, s'installait dans un fauteuil et, après un coup d'œil au sommaire, une lecture de l'édito, elle dévorait la revue page après page. Rien ne lui échappait : les coupes de cheveux à la mode chez les *people*, les coloris de vernis à ongles qu'il fallait absolument porter à la veille de l'été, le sondage de la semaine : pouvait-on piquer la chemise de son *boy-friend* ? Le dossier sexualité qui proposait de réviser les basiques, les recettes de cuisine, l'horoscope…

Quand un événement imprévu venait entamer ce moment privilégié de tête à tête avec son *Elle*, Edwige sentait la moutarde lui monter au nez ! C'était le cas maintenant et elle toisait son fils, songeant que plus vite elle l'écouterait plus vite elle en finirait avec cette interruption. Elle ferma l'hebdomadaire, en prenant soin de glisser son doigt entre deux pages pour ne pas perdre le fil de sa lecture.

Max ne perçut pas l'impatience de sa mère. L'air soucieux, il se posa sur l'accoudoir du canapé.

— Où est Papa ?

— Avec Odile et Clara. Ils sont à Saint-Vaast, partis faire quelques courses.

— Amarine est avec eux ?

— Oui.

— Tu ne trouves pas imprudent que Clara et Odile les emmènent tous les deux ? C'est une lourde surveillance.

— Corinne les accompagne.

— L'auxiliaire de vie d'Amarine ?

— Oui.

Edwige décida que l'entretien était terminé et elle ouvrit de nouveau son magazine préféré. La fourrure était de retour dans les collections de l'hiver à venir... Pas une étole discrète qu'on portait autour du cou ou sur les épaules... C'était le *come-back* du manteau long en renard, lapin, marmotte ou vison. Les fabricants réalisaient un coup de maître en utilisant la carte du développement durable. Au diable les matières synthétiques, non biodégradables et polluantes ! La fourrure, la vraie, se dégradait naturellement en fin de vie. C'était un argument de choc contre lequel les défenseurs des animaux de tout poil auraient bien du mal à lutter !

— La santé mentale de Papa m'inquiète beaucoup, reprit Max, ignorant l'envie de tranquillité de sa mère. Tu ne crois pas qu'on devrait l'emmener voir un autre médecin ? Celui qui le suit à Cherbourg ne fait rien, à part renouveler les ordonnances de médicaments.

— Peut-être parce qu'il n'y a rien d'autre à faire ! soupira Edwige en caressant la page de *Elle* sur laquelle elle venait d'être interrompue une nouvelle fois.

— Ça ne semble pas te tracasser !

Max avait été plus violent qu'il ne le souhaitait mais il jugeait indispensable cette conversation avec Edwige.

Elle fit la grimace. Elle détestait qu'on lui reprochât son manque d'attention envers son époux. C'était un boulet qu'elle traînait depuis presque douze ans, elle n'allait pas en plus angoisser pour lui ! Au quotidien, les choses étaient déjà assez pénibles ! Max ne venait qu'un ou deux week-ends par mois, le reste du temps, il vivait à Paris… à des kilomètres de la folie de son père ! De la débilité de François-Xavier, il ne connaissait que quelques épiphénomènes.

— Je me suis habituée, dit-elle en essayant d'être douce. Je côtoie ton père chaque jour. Si je veux me préserver, je ne dois pas m'alarmer pour un oui ou pour un non. On ne peut rien faire de mieux pour lui.

— J'aimerais pourtant que nous tentions de consulter ailleurs. Ces derniers temps, j'ai trouvé qu'il… qu'il a des comportements anormaux de plus en plus fréquents ! Je crois qu'il doit changer de traitement.

— Ce serait une perte de temps.

— J'ai l'impression de te demander la mer à boire ! s'emporta Max. Il s'agit seulement d'obtenir un rendez-vous chez un autre spécialiste ! Papa n'a pas que des délires ! Quand nous sommes allés à Tatihou, il a tout de même hurlé sur le bateau que Béatrix voulait l'assassiner ! C'est grave !

— Pas plus que lorsqu'il nous compose une poésie, que lorsqu'il se met en tête d'aller vivre dans une caverne comme Cro-Magnon ou que lorsqu'il se prend pour un descendant des rois de France ! Ne dramatisons pas, veux-tu ?

— Si ce n'était pas que l'accident qui l'avait rendu ainsi ? Si c'était quelque chose de… génétique ?

Edwige souffla bruyamment, elle bougea dans son fauteuil, décroisa ses jambes, se retourna pour faire face à son fils et dans son mouvement, *Elle* tomba à terre. Elle fusilla Max d'un regard sombre. Elle avait perdu sa page… Tant pis. Mieux valait en finir avec cette discussion, le plus vite possible et reprendre ensuite la lecture.

— Génétique ? Explique-moi, murmura-t-elle en forçant son amabilité.

— Mamie est folle, Papa aussi. Tu as pensé que ce pouvait être héréditaire ? Que je pouvais avoir ce truc en moi et l'ignorer ?

Elle leva les yeux au ciel. L'idée était grotesque :

— Ta grand-mère a une maladie liée à l'âge ! Elle s'est portée comme un charme jusqu'à sa quatre-vingt-dixième année ! C'est après qu'elle a commencé à perdre doucement les pédales. Et ça ne va pas en s'arrangeant. Mais c'est incomparable avec ce qui est arrivé à ton père ! S'il est dans cet état, c'est parce qu'il a failli mourir noyé ! Ne t'inquiète pas inutilement, je t'en prie !

Max grogna. Un nouvel avis médical l'aurait rassuré. Ou complètement affolé peut-être ! Comment être certain qu'un gêne de la folie ne se promenait pas dans les veines des Andrieu ? Y avait-il dans cette famille une prédestination aux maladies psychiatriques ?

— Cette brusque angoisse ne serait-elle pas liée à ton désaccord avec Elias ? reprit Edwige en observant son fils.

D'un haussement d'épaules il indiqua à sa mère qu'il n'avait pas envie de répondre. Même si elle avait raison : c'était la discorde de la veille qui avait tout déclenché... Il s'était disputé avec son amant qui refusait de passer un nouveau week-end dans la maison de Saint-Vaast. Elias voulait aller en bord de mer, puisque la météo avait prévu du beau temps, mais pas dans cette demeure qui ressemblait à un asile d'aliénés ! Max, se sentant insulté, s'était mis à crier, à taper du pied. Elias avait riposté :

— Tu vois, toi aussi, tu en as un grain ! Tu ne maîtrises même pas ta colère !

Puis il était parti dormir chez ses parents.

— Une rupture serait peut-être appropriée, marmonna encore Edwige. Si ton petit ami commence à ne plus te suivre, vous ne tarderez pas à faire chambre à part. C'est le début de la fin... Dans ces cas-là, mieux vaut trancher dans le vif ! Cela évite des souffrances inutiles !

Les paupières de Max se gonflèrent de larmes. Que pouvait-elle bien savoir de la séparation ?

Il fallait avoir aimé pour comprendre combien ce pouvait être douloureux. S'il y avait une chose dont Max ne doutait pas, c'était que sa mère n'avait jamais ressenti le moindre amour pour son père ! Elle s'était casée dans une famille où elle espérait ne manquer de rien, en ne travaillant pas. C'était tout ce qui comptait pour elle !

— Je crois, insista-t-elle, que c'est le moment d'en finir avec Elias et peut-être de regarder ailleurs. Qui sait si tu ne tomberas pas amoureux d'une jolie jeune femme ?

C'en était trop pour Max. Il eut envie d'aboyer qu'il était homo, gay, pédé… Tous les mots, plus grossiers les uns que les autres, toutes les insultes dont il avait pâti mille fois, lui passèrent par la tête. Il se tut car il était inutile de chercher à convaincre une personne à l'esprit aussi étroit, avec laquelle il avait tenté d'aborder le sujet pendant près de quinze ans. C'était peine perdue. Il quitta le salon, claquant la porte derrière lui.

Rue de la Verrue, à Saint-Vaast, Clara proposa de s'arrêter à la librairie. Elle voulait faire des provisions de lecture… Il était impossible d'entrer avec le fauteuil d'Amarine et Corinne décida d'attendre devant la vitrine. Donnant le bras à François-Xavier, Odile suivit sa fille. Elle ne lisait guère mais parfois elle se laissait tenter par un bel ouvrage de cuisine.

Quand ils ressortirent de la boutique, Corinne était aux prises avec Amarine qui avait attrapé un paquet de cartes postales qu'elle refusait de remettre en place.

— Je vais en acheter une ! décida Clara. Ça lui fera plaisir et nous serons tranquilles.

— Il n'est pas bon de céder à tous ses caprices rétorqua Corinne qui voulait arracher les cartes de la main d'Amarine.

— Je sais ! Mais on est en pleine rue et je déteste me donner en spectacle.

Elle choisit la même vue que celle qu'Amarine refusait de lâcher et rentra dans le magasin pour la régler. Au retour, elle la tendit à la grand-mère qui écarta sa main d'un geste. Ses doigts s'agrippaient toujours autour des images qu'elle avait choisies et Clara dut les desserrer de force.

— Je vous l'avais dit ! susurra Corinne. La gentillesse ne sert à rien. Quand elle se bute, seule l'autorité compte.

Clara haussa les épaules. Quelques cartes étaient cornées, il n'y avait plus qu'à les payer et à oublier l'incident.

Odile les entraîna à la mercerie. Il fallait un nouveau chapeau de soleil pour Amarine. Le sien partait en lambeaux. La paille s'échappait de tous les côtés... Elle choisit un joli canotier rose et le posa sur la tête d'Amarine qui l'envoya aussitôt valdinguer à terre.

Ce n'est décidément pas le bon jour, songea Odile en sortant son porte-monnaie.

Tandis que la vendeuse emballait l'achat, Amarine, le bras tendu, s'amusait à pousser un présentoir sur lequel trônaient des chapeaux cloches, en PVC verni, réservés à la pluie. Il y en avait de toutes les couleurs.

— Arrêtez ! Vous allez tout faire tomber ! râla Corinne et elle manœuvra le fauteuil afin de l'éloigner du portant.

D'un mouvement rapide, dont il était difficile de la croire capable, Amarine se pencha et elle s'empara d'un chapeau. Elle s'en coiffa.

Odile éclata de rire :

— Nous prendrons également celui-ci ! Il fera bon usage les jours maussades !

— Il n'en est pas question, intervint Corinne, excédée. Elle se comporte comme une enfant et vous la confortez dans cette voie ! Elle va reposer le chapeau.

Elle ordonna à Amarine d'obéir.

— Elle ne comprend pas, dit Odile. Laissons tomber…

Les paumes posées sur les deux côtés de son crâne, la vieille dame maintenait son couvre-chef, bien décidée à ne pas s'en séparer.

— Regardez-la ! s'écria Corinne, rouge de colère. Vous croyez vraiment qu'elle ne comprend pas ? Elle sait très bien que ce qu'elle fait est mal, qu'elle agit contre notre volonté ! Elle le fait exprès ! Elle deviendra vite ingérable si nous ne la canalisons pas.

Elle s'approcha pour ôter l'accessoire et, au moment où elle passait sa main devant Amarine, celle-ci planta ses dents dans le poignet de la jeune femme.

Corinne hurla et Odile, affolée, constata qu'Amarine ne desserrait pas les mâchoires. Un mince filet de sang coulait sur le bras de Corinne et autour des lèvres d'Amarine. De l'autre côté de la rue, François-Xavier et Clara étaient assis sur le rebord d'une vitrine. Ils patientaient au soleil. Odile appela sa fille au secours. Clara saisit le bras de François-Xavier et elle accourut.

— Je t'en prie, Amarine, murmura-t-elle tandis que Corinne pleurait et gémissait à la fois. Ouvre la bouche. S'il te plaît, écoute-moi…

La vendeuse, terrifiée, tournait en tous sens, braillait que c'était épouvantable…

— Calmez-vous ! commanda Clara et elle se retourna vers la vieille dame qui ne lâchait pas sa proie.

Ses yeux restaient fixes comme si elle n'était pas là.

— Amarine… arrête, s'il te plaît. Tu fais souffrir Corinne. Nous allons rentrer à la maison. J'ai acheté de nouveaux livres, je te ferai la lecture pendant que maman va préparer le déjeuner. Sola nous attend. On lui donnera un biscuit en arrivant… D'accord ?

Le regard d'Amarine bougea et plongea dans les grands yeux verts de Clara. Elle ouvrit la bouche.

Corinne se recula, fixant les gouttes rouges qui maculaient le carrelage de la boutique et son poignet, sérieusement entamé.

— Il faut aller chez le médecin, dit Odile. Ce n'est pas beau.

Un lambeau de chair pendait, témoignant de la violence de la morsure.

Corinne acquiesça :

— Je vous retrouverai à la maison plus tard.

Elle fixa rapidement Amarine, songeant que cette teigne ne méritait qu'une chose : être enfermée ! Le jour où elle serait placée dans un institut spécialisé, elle ne pourrait plus agir à sa guise ! Si elle était méchante, on l'attacherait !

Clara avait sorti un paquet de mouchoirs en papier et, avec douceur, elle essuyait le menton maculé de sang de la vieille dame en lui parlant au creux de l'oreille. Personne ne pouvait entendre ce qu'elle lui chuchotait...

À mille lieues de tout cela, indifférent au drame qui venait de se jouer, François-Xavier était accoudé sur le comptoir et il s'amusait à faire rouler les bobines de fil dans leur présentoir.

Quand ils quittèrent le magasin, Odile jeta un œil noir vers la vendeuse qui s'emparait de son téléphone portable. Pour une fois, elle aurait quelque chose d'inédit à raconter à ses copines !

Ils revinrent vers le quai Vauban où Clara avait garé la voiture. Odile voulait encore aller chez le poissonnier. La veille, Max était arrivé et il adorait les huîtres et les crevettes !

— On va t'attendre sur un banc, décida Clara.

Elle s'assit et François-Xavier se posa sagement à côté d'elle. Face à eux, dans son fauteuil, Amarine souriait.

Comment est-il possible qu'elle passe ainsi de l'ange au démon ou vice-versa ? se demanda Clara en la regardant avec tendresse. Ce n'est pas un retour en enfance. Ça n'a rien à voir. C'est de la folie. Mais la placer dans une institution. Est-ce la solution ? Comment sera-t-elle traitée ? Comme Corinne veut le faire ? Avec autorité ? Cela ne marche pas. Il faut du temps, de la patience, de la subtilité pour s'occuper d'une personne malade... Je dois en parler à Béatrix... Il faut qu'on trouve une solution plus appropriée. Il doit bien y en avoir une !

Clara n'en était pas persuadée mais elle essayait de s'en convaincre. Elle aimait tant Amarine qu'elle n'imaginait pas voir encore sa santé se dégrader.

— Si nous mettions ce joli chapeau rose ? proposa-t-elle gaiement. C'est que le soleil tape !

Amarine répondit d'un battement de cils. Elle acceptait.

Clara soupira. Derrière elle, le bassin se vidait, les bateaux sortaient les uns après les autres. Elle avait espéré aller jusqu'au bout de la jetée et assister à l'ouverture de la porte de flot. C'était trop tard. Les chalutiers étaient déjà partis, les voiliers suivaient. Saint-Vaast vivait au rythme des marées et le port était une attraction qui ne passionnait pas que les touristes.

Odile revenait, son panier bien chargé.

— On grignote une crevette avant de rentrer ?

Elle sortit un sachet, la main de François-Xavier se tendit, celle d'Amarine aussi. Posés sur un banc, ils dégustèrent quelques crustacés...

Fou de rage, Alban prit la lettre de son avocat, il la roula en boule et la lança à terre. La bataille était perdue. Thomas avait gagné. Il diffuserait son émission.

S'il restait un espoir de contrer ce projet, c'était Béatrix. Ne pouvait-elle pas aller se jeter aux pieds de son ex, implorer son pardon, le supplier de renoncer ? Après tout, c'était sa faute ! Si elle ne s'était pas laissée aller à quelques confidences sur l'oreiller, Thomas n'aurait pas eu matière à son reportage. Elle pouvait consentir un effort pour les sortir de ce mauvais pas !

Mais Béatrix ne répondait pas au téléphone. Ni chez elle ni sur son portable... Où était-elle encore ? Elle s'absentait comme ça, sur un coup de tête ! Elle était peut-être retournée voir Amarine.

Pour en avoir le cœur net, Alban appela la maison de Saint-Vaast. Max lui répondit que Béatrix n'y était pas, qu'elle n'avait pas annoncé sa visite. C'était peu probable qu'elle vînt à l'improviste. Lors de son dernier séjour, elle était partie tôt le matin sans dire au revoir à personne. Alban, qui ignorait tout de cet incident, questionna Max qui raconta le violent épisode du retour de Tatihou.

— Pourquoi Béatrix m'a-t-elle caché cette péripétie ? murmura Alban en reposant le combiné.

Elle était de plus en plus secrète et imprévisible. Cela ne laissait rien présager de bon. Peut-être que Bob savait où elle était.

Alban entra dans l'atelier. Daniel y travaillait seul.

— Bob n'est pas là ?

— Non. Il a posé deux jours de congé. Il est dans le Gers. Une fête de famille, je crois, à laquelle il souhaitait accompagner sa mère... à laquelle il a convié Nath qui n'est donc pas là non plus !

— Ah ! c'est vrai, je ne m'en souvenais plus.

Bob et Nath avaient effectivement déposé leur demande plusieurs semaines auparavant.

— Et Béatrix ?

Alban se sentait un peu ridicule d'interroger ainsi son employé. Il avait horreur d'être le dernier à être au courant !

— Elle n'est pas là mais ce n'était pas prévu. Cependant hier soir, j'ai noté qu'elle avait parfaitement rangé, nettoyé son établi... Comme on le fait en fin de semaine !

— Il faut croire que ma sœur s'est autorisée à partir en week-end plus tôt que nous, bougonna Alban en regagnant précipitamment son bureau.

Sa contrariété augmentait de minute en minute. Il détestait montrer ce signe de faiblesse, ce manque de maîtrise de soi. Il eut envie d'une cigarette. Pendant quelques secondes, il imagina aller jusqu'au bureau de tabac, acheter un paquet de Benson et un briquet. S'arrêter sur le trottoir et en griller une !

Il se ressaisit, se maudissant de cette nouvelle défaillance. Il ne devait pas se laisser abattre. Il y avait bien un moyen de retrouver la puissance qu'il aimait sentir en lui : les femmes !

Il pianota sur l'écran de son portable, cherchant le numéro de cette fille qu'il avait rencontrée lors d'un dîner chez des amis. Il fallait qu'il se souvienne de son prénom !

— Déborah ! Je te tiens, murmura-t-il enfin et un sourire de satisfaction se peignit sur son visage.

Il composa un SMS. Il se sentait déjà mieux. Sa colère s'effaçait, son corps se détendait.

Il consulta sa montre. Si Déborah ne répondait pas dans l'heure, il contacterait Lydie. Elle n'était pas aussi alléchante que Déborah mais elle ferait l'affaire. Elle évoluait dans un milieu intéressant qu'il n'était pas inutile de fréquenter. Cela compensait sa silhouette un peu trop rondelette au goût d'Alban.

Son téléphone vibra et il faillit crier victoire. Déborah lui donnait rendez-vous dans un bar des Champs à 20 heures ! Elle, c'était une bombe ! Sexy, élégante… La femme qu'on était fier d'avoir à son bras ! Il perçut le désir qui montait en lui et courut se servir un verre d'eau très fraîche.

Encore quelques heures de patience, songea-t-il en rêvant à cette brune aux jambes fines et longues.

Il se demanda si elle allait s'apprêter d'une façon particulière. Il aimait les femmes qui savaient se faire belles… un peu comme dans la chanson de Dalida… Déborah mettrait-elle de l'or dans ses cheveux, un peu plus de noir sur ses yeux ? Porterait-elle une robe ? Des talons hauts ? Il adorait ! Pour lui, c'était l'essence même de la séduction féminine. Si elle avait du rouge à lèvres et les cheveux détachés sur ses épaules, il approcherait de l'extase. Si elle était parée de quelques jolis bijoux, il entrerait au paradis !

Il ferma les yeux, rêvant au moment qu'il préférait. Il ôterait sa robe et la contemplerait dans sa nudité, perchée sur des escarpins qui cambraient la taille. C'était l'instant où la femme était la plus vulnérable. Cette fragilité le rendait encore plus fort… et embrasait ses entrailles. Il attrapa la bouteille d'eau et but longuement, à même le goulot. Calmé, il revint vers son bureau, il tenta encore d'appeler Béatrix qui ne répondait toujours pas.

— Quelle inconsciente ! lâcha-t-il. Elle n'a vraiment pas la tête sur les épaules. Heureusement que je suis là ! Avec elle, la bijouterie aurait pu couler depuis des lustres !

Il récupéra la lettre de son avocat qu'il avait jetée dans la poubelle un peu plus tôt et la défroissa.

— Maître, puisque vous avez perdu, murmura-t-il, puisque vous ne me donnez pas satisfaction, nous allons renégocier vos tarifs ! À la baisse !

17

New York, New York !

Après avoir bouclé sa ceinture, Béatrix ne battit pas des mains mais presque ! Pourtant elle avait une fichue peur lorsqu'elle prenait l'avion. D'habitude, elle se gavait de comprimés qui la faisaient dormir afin de ne rien voir du vol... Elle ne voyait rien non plus des vingt-quatre heures qui suivaient car elle forçait tellement la dose qu'il lui fallait une journée pour émerger de l'abrutissement dans lequel le médicament la plongeait !

Cette fois, elle n'avait rien avalé ! Ce voyage ne l'affolait pas. Au contraire, il s'annonçait sous les meilleurs auspices ! Parce qu'Adrian était assis sur le siège voisin du sien !

Elle n'en revenait toujours pas... Quand elle lui avait adressé un SMS, pour lui signaler la date de son départ pour New York, comme il le lui avait demandé, il avait répondu presque instantanément : « Réservez-moi une place, je vous accompagne, si vous le désirez. Je dois, de toute façon, retourner aux États-Unis pour mon travail. » Elle ne s'était pas fait prier davantage, certaine qu'il saurait mieux que quiconque la guider dans les recherches qu'elle souhaitait entreprendre.

Quand l'appareil pivota sur le tarmac pour prendre place sur la piste, les battements de son cœur s'accélérèrent et elle se cala au fond de son fauteuil… Quand le pilote augmenta la puissance des moteurs pour le décollage, elle perçut des fourmillements dans ses pieds. Puis ses doigts agrippèrent les accoudoirs, elle serra les dents et ferma les yeux.

Lorsqu'elle les rouvrit, ce fut pour jeter un coup d'œil vers Adrian, s'assurer qu'il n'avait rien vu de son malaise. Elle constata avec soulagement qu'il était absorbé dans la contemplation de l'écran de son ordinateur portable, il pianotait sur le clavier et ne s'était sûrement rendu compte de rien. Peut-être même qu'il n'avait pas senti qu'ils s'envolaient. Quel drôle type ! Il était capable de continuer à vaquer à ses occupations alors qu'on quittait la terre ferme !

Elle risqua un regard vers la droite et la vue des nuages quelques centaines de mètres plus bas faillit avoir raison de son estomac. Elle songea qu'elle avait été idiote d'occuper ce siège près du hublot. Adrian le lui avait laissé, par galanterie… Elle avait accepté pour ne pas avoir l'air stupide, pour ne pas avouer qu'elle craignait le vide, que l'idée même de prendre l'avion la tétanisait ! Elle avait beau se rabâcher qu'elle ne risquait rien, c'était plus fort qu'elle : jouer à imiter les oiseaux, être enfermée dans cette carlingue l'affolait !

Elle se remémora les conseils du médecin qui lui avait suggéré, puisqu'elle ne voulait pas avaler de médicaments cette fois, de trouver des stratagèmes de diversion afin d'échapper à l'épouvante.

Elle se retourna donc, fixant son attention sur l'allée centrale, se concentra quelques instants sur l'hôtesse de l'air qui entamait sa tournée avec un chariot, proposant une boisson à chaque passager. Ensuite, elle observa une jeune femme qui se levait pour aller vers les toilettes et qui, avec son pull au-dessus du nombril et sa jupe à mi-cuisses, suscitait quelques œillades admiratives de la part de la gent masculine... Le spectacle s'arrêtant là, Béatrix pivota vers son voisin :

— Par quoi commençons-nous en arrivant à New York ? demanda-t-elle en s'efforçant d'adopter un ton léger, alors que sa bouche était encore asséchée par l'angoisse. Vous avez établi un programme ? Nous allons chez Sotheby's ?

Adrian leva à peine une paupière :

— Nous allons d'abord à l'hôtel, vérifier que les chambres nous conviennent, déposer les valises puis on avisera en fonction de l'heure.

— Ah ! fit-elle, déçue. Comme vous voulez...

Elle avait décidé de le laisser prendre les initiatives parce qu'il était coutumier de ce type de travail. Il dirigerait et elle suivrait, tout en se permettant d'intervenir si elle le jugeait bon.

— Je crois tout de même que nous devrions obtenir un premier contact chez Sotheby's et ce, sans tarder, dit-elle. On devrait s'y rendre sitôt sortis de l'aéroport !

Il continua à faire glisser son index sur l'ipad pour déplacer la flèche et cliqua sur la rubrique qui l'intéressait.

— Vous m'avez entendu ? insista-t-elle en souriant.

— Oui, siffla-t-il, tout en poursuivant sa manipulation.

— Et ?

Il se gratta le menton et soupira :

— Vous avez trois tonnes de bagages, on ne va pas se promener avec ce chargement dans New York !

— Je n'ai que ce qu'il me faut pour la semaine !

— À l'enregistrement, vous avez échappé de peu au règlement d'un supplément pour le poids ! ricana-t-il.

— Parce que vous, vous n'avez rien emporté ? Monsieur voyage léger sans doute ! Votre ordinateur fait aussi brosse à dents ? Mousse à raser ? Vos chaussettes et vos caleçons sont dans le tiroir à CD peut-être !

Adrian passa la main sur son crâne, s'arrêta quelques instants sur les endroits les plus dégarnis, frôla les cheveux qui restaient encore, en songeant qu'à ce rythme, il aurait bientôt la tonsure d'un moine.

— Pourquoi voulez-vous retarder notre visite chez Sotheby's ?

Il leva les yeux au ciel. Il avait affaire à une obstinée. Tant qu'il ne lui aurait pas donné une réponse claire, elle ne lui ficherait pas la paix !

— Je ne veux rien retarder, articula-t-il posément. Je veux préparer cette entrevue, prendre des renseignements, m'adresser à quelques contacts. On ne va pas nous recevoir avec le tapis rouge chez Sotheby's, nous ne sommes pas collectionneurs, nous n'arrivons pas avec une mallette pleine de dollars ou avec quelques objets rarissimes à proposer à la vente ! Il m'étonnerait fort qu'on nous livrât des informations sur simple demande. Il y a bien sûr un listing officiel des transactions. Mais dans certains cas, les vendeurs et les acheteurs souhaitent rester anonymes. Si on entre avec nos gros sabots en questionnant tout le monde pour savoir ce qu'un certain Armand Andrieu de Bazer est venu faire là, il y a quelques années, on va se faire claquer la porte au nez ! Nous n'avons aucun mandat.

— On ne va mettre personne en prison !

— Je ne parle pas de justice. Je m'en tiens à l'Histoire et à notre statut. Sachez que lorsqu'on part à l'étranger pour y faire des recherches, on doit déposer une requête pour obtenir une autorisation. On n'a pas le droit de fouiner comme ça ! Nous allons arriver comme de simples touristes venus visiter Big Apple ! Alors pas question de foncer chez Sotheby's et de griller toutes nos chances d'apprendre quoi que ce soit ! Il vous faudra faire preuve de patience !

— Je sais être patiente !

Adrian en doutait… Il se renfrogna et choisit de se taire. Cette discussion était stérile, elle l'énervait, le déconcentrait. Or il voulait profiter de ces heures d'avion pour avancer dans un article qui serait publié le mois suivant.

Béatrix rumina silencieusement pendant de longues minutes. Adrian n'avait pas tort. Il faudrait ruser pour approcher quelqu'un chez Sotheby's et le faire parler. Ce ne serait pas évident… Mais cela avait un côté amusant. Elle avait maintenant l'impression de comploter !

— Vous disiez qu'il fallait préparer cette entrevue ? Comment allez-vous vous y prendre ? questionna-t-elle soudain.

Il observa l'horloge à droite de son écran et remarqua qu'il avait eu droit à un quart d'heure de calme. Il hésita entre deux attitudes : faire le mort, mais elle n'allait pas le lâcher, ou bien répondre et perdre encore quelques minutes de boulot. Il opta pour la seconde :

— Quand nous serons à New York, je vais appeler une vieille connaissance, elle me donnera quelques tuyaux, j'en suis certain.

— C'est vague ! Cela vous ennuierait de me mettre au parfum ?

Les narines d'Adrian frémirent. Il sentit qu'il allait s'emporter, hurler quelques mots du genre « Voudriez-vous me laisser tranquille ! » voire même « Fichez-moi la paix ! ». Il se souvint qu'il s'était proposé de l'accompagner et qu'il devait faire quelques efforts pour être, sinon un agréable compagnon de voyage, au moins un voisin courtois… Il n'en avait pas l'habitude à dire vrai. Quand il s'envolait avec un photographe, un reporter, on bavardait peu ; chacun bossait dans son coin. Parfois on dormait, terrassé de fatigue. Bref, on ne s'ennuyait pas en politesses inutiles !

Il fit glisser la flèche sur l'écran, sauvegarda le texte qu'il était en train de rédiger et cliqua sur veille, décidant de donner à Béatrix quelques explications détaillées sur la manière dont il comptait mener leur enquête. Elle l'écouta avec attention, ne l'interrompant guère, approuvant régulièrement d'un hochement du menton. Quand il eut terminé, il constata avec satisfaction qu'elle se recalait bien au fond de son fauteuil et il pensa qu'il pourrait de nouveau travailler efficacement. Il réactiva son ordinateur, brancha sa clé USB, fit basculer trois clichés qu'il inséra dans son article.

— C'est pour votre magazine ? Vous me ferez lire ?

Il acquiesça.

— Croyez-vous que nous aurons un peu de temps pour visiter New York ? J'ai toujours rêvé d'aller au Metropolitan Museum. Ça vous tente ?

Il souffla bruyamment :

— Béatrix, pour le moment, ce que je voudrais, c'est avancer. Vous n'avez donc pas emporté quelque chose à faire ? Un peu de lecture ?

Elle répondit négativement. Il lui tendit *Le Monde* :

— Cela vous divertira, sourit-il.

— Hum, fit-elle après avoir tourné quelques pages, effectivement c'est distrayant ! Je n'imaginais pas à quel point ! *« Ce qui va changer dans nos impôts... Le calendrier des consultations et des réformes à venir. La Banque centrale européenne devrait à nouveau abaisser son taux directeur... Les physiciens ont découvert le boson de Higgs !* » Alors là, je donne ma langue au chat ! Qu'est-ce que le boson de Higgs ? Vous le savez, Adrian ?

Ignorant la présence de sa voisine de gauche qui s'amusait de cette dispute de vieux couple, Adrian bondit et il arracha le quotidien des mains de Béatrix :

— Nom d'un chien ! Vous le faites exprès ! Il y a aussi des pages culture, qui parlent de théâtre, de cinéma, de littérature ! Je dois finir cet article, l'envoyer demain à mon rédacteur, qui me le retournera avec des corrections, des annotations. Je ne peux pas différer ce travail ! Je souhaiterais quelques instants de paix ! Vous comprenez ?

Elle ne bougea pas d'un pouce, le fixant, écarquillant les yeux comme une gosse effrayée. Ses lèvres tremblotèrent et il crut qu'elle allait se mettre à pleurer.

— Que vous arrive-t-il ? murmura-t-il en songeant qu'il avait dépassé les bornes.

— J'ai... J'ai peur en avion, balbutia-t-elle. Je stresse, alors pour me changer les idées, je vous parle !

Il la dévisagea, se demandant s'il avait bien saisi.

Quelle femme étrange, pensa-t-il, elle a des airs de sauvage, des côtés téméraires et elle est terrifiée d'être à bord d'un Airbus...

Désarmé par la mine décomposée de Béatrix, regrettant de s'être emporté, il tapota sa main, tentant de la rassurer avec un geste qu'il jugea aussitôt un peu nigaud. Alors il rabattit l'écran de son ordinateur :

— Hum... fit-il, un peu gêné. J'aurais préféré attendre d'être à New York pour en discuter mais... J'ai retrouvé le nom de la famille qui louait l'appartement de monsieur Picot peu avant la guerre et qui l'a occupé jusqu'à l'été 1942.

Béatrix bondit sur son siège.

— Il s'agit des Linkeln. Elie et Yardena Linkeln. Ils y logeaient depuis 1938. Je ne sais pas où ils habitaient auparavant.

— Linkeln, répéta doucement Béatrix en cherchant si elle avait déjà entendu ce patronyme.

Non, il n'avait jamais été prononcé devant elle.

— Que savez-vous d'autre ? demanda-t-elle.

— J'ai la preuve formelle, grâce à un document découvert aux archives de la préfecture de police de Paris, que Jean Andrieu a bien participé aux rafles de juillet 1942 contre les Juifs étrangers.

— C'est sûr ?

— Oui. De nombreux papiers ont été passés au pilon lors de la libération mais j'ai obtenu celui qui prouve que Jean a collaboré à cette action avec les milices du huitième arrondissement. Vous allez tenir le choc ? interrogea-t-il en voyant qu'elle pâlissait.

— Oui, continuez, je vous en prie.

— D'origine étrangère, les Linkeln étaient sur la liste des personnes à appréhender et on devait saisir leurs biens.

Béatrix était livide et Adrian s'arrêta, hésitant à poursuivre. Elle l'encouragea d'un regard.

— Leur arrestation ne fait pas de doute. Ensuite, on perd leur trace. On ne les retrouve pas au Vél' d'hiv'. Ni ailleurs. C'est là que tout devient étrange. J'ai recherché dans les archives d'autres camps français tels que Drancy. Rien sur les Linkeln... Ils ont donc disparu. Toute une famille évaporée... C'est presque impensable dans les rouages bien huilés de l'administration française chapeautée par la rigueur allemande.

— On a peut-être oublié de les compter, avança Béatrix.

— Non ! Impossible ! Le bilan de cette opération de ramassage des Juifs, comme l'a nommée la police française, est précis. Patronymes, prénoms, âges... tout est recensé sur des registres ! Treize mille cent cinquante-deux personnes très exactement. Et non pas environ treize mille ! Si les Linkeln ont été parmi les victimes de la rafle, ils ne sont jamais arrivés au Vél' d'hiv' ! On ne les a donc pas conduits jusqu'à Auschwitz... Votre idée, c'est que votre grand-père est à l'origine de leur disparition, n'est-ce pas ?

— Oui, murmura Béatrix. Si je m'en tiens aux propos de ma grand-mère, il a commis un crime ! Il se serait donc débarrassé d'eux !

— C'est le pire des scénarios... Pourquoi les aurait-il tués ?

— Pour les voler !

— Non, ça ne tient pas debout. Il pouvait les dépouiller et les livrer aux Allemands... Je ne veux pas vous froisser mais vous ne pouvez pas vous fier aux dires de votre grand-mère.

— Oui, je sais, ronchonna Béatrix. On s'en tient aux faits mais… il y a le bijou ! Ce collier qu'il a dû dérober à Yardena… et d'autres objets de valeur peut-être. Il les aurait cachés, pour les ressortir des années plus tard et mon père serait allé les vendre chez Sotheby's.

Adrian médita quelques instants avant de reprendre :

— On vérifiera cette hypothèse. Mais attention ! Quand nous pourrons discuter avec quelqu'un de chez Sotheby's, il nous faudra marcher sur des œufs. Nous n'avons rien de tangible. Si vous le souhaitez, je mènerai la conversation.

Adrian claqua la porte du taxi, s'arrêta quelques instants sur le trottoir, scrutant la foule qui allait et venait à l'angle de la 52e et de Broadway. Pour un peu, il se serait attendu à croiser Frank Sinatra ou Liza Minnelli ! Il se demanda si Béatrix avait passé tout son temps au musée, si elle avait arpenté les rues du quartier ou si elle était allée faire le tour des boutiques de luxe de la 5e Avenue !

Il l'avait prévenue. Il ne ferait ni tourisme ni shopping durant ce séjour à New York et il lui avait vivement conseillé de profiter de cette première journée seule, de faire ce que bon lui semblait tandis qu'il se rendrait à des rendez-vous pris auprès de ses contacts.

Il s'engouffra dans le hall de l'hôtel. Il n'était pas mécontent de lui ; il avait bien progressé et il était heureux de rentrer dans un endroit climatisé, de s'allonger sur le lit quelques minutes peut-être, avant de ressortir pour dîner. Ils iraient à pied. Il y avait de quoi faire dans le quartier. On ne pouvait guère trouver plus vivant que Times Square. Cela ferait plaisir à Béatrix !

Quand l'ascenseur s'ouvrit devant lui, le grand miroir lui renvoya l'image d'un homme souriant et il s'étonna de son air heureux. Avec beaucoup de sagesse, il conclut que la tournure prise par les recherches le mettait en joie. Demain, avec Béatrix, il rencontrerait quelqu'un de chez Sotheby's... une personne, assez proche de son ami new-yorkais, qui s'était engagée à répondre à leurs questions, à les aider dans leur enquête, en toute discrétion... un entretien prometteur. Il n'y aurait qu'à maîtriser le comportement de l'imprévisible Béatrix ! Si elle pouvait écouter et se taire, tout se déroulerait à merveille ! Il se mit à rire en l'imaginant la bouche couverte d'un bâillon !

Il pouffait encore en glissant sa carte pour ouvrir la porte de sa chambre. Il la referma bien vite, se débarrassa de sa veste, de ses chaussures et plongea sur le lit. Il déboutonna sa chemise. Elle lui collait à la peau. La température était montée à vingt-neuf degrés durant l'après-midi ; presque dix degrés de plus que la moyenne habituelle en cette saison ! Même les New-Yorkais étaient surpris de cette brusque augmentation de la chaleur. Pour le lendemain, on annonçait des orages avec d'importantes précipitations.

Après le beau temps, la pluie ! songea Adrian. Comme les humeurs de Béatrix !

Elle était inattendue. Lorsqu'ils avaient dîné dans le restaurant de la rue de Moscou, il avait découvert son caractère ombrageux, son besoin de confier ses doutes sur sa famille. Une autre fois, elle s'était enivrée pour oublier puis, comme une petite fille perdue, lui avait demandé de ne pas la laisser seule pour dormir. Dans l'avion, avant d'avouer sa peur, elle s'était comportée comme une gamine impatiente, casse-pieds, incapable de respecter la tranquillité de l'autre !

Depuis qu'ils étaient à New York, elle avait retrouvé une certaine réserve. Ses yeux parlaient pour elle. Il y lisait son inquiétude, sa tristesse surtout, quand, en quelques mots, elle évoquait son grand-père. Elle était désabusée, se sentait trompée par cet homme qu'elle avait adoré alors qu'il s'était peut-être comporté comme un monstre durant la guerre.

— Oui, une femme déroutante, murmura Adrian.

Il s'obligea à se lever. Il lui fallait prendre une douche, se changer avant de sortir dîner avec Béatrix.

Six jours s'étaient écoulés depuis que Béatrix et Adrian étaient arrivés à New York.

Au détour d'une allée, Béatrix aperçut un banc. Une femme d'un certain âge, très élégante, y était déjà assise. Béatrix se permit de s'installer à l'autre extrémité après avoir salué la dame d'un signe de tête.

Elle se posa et soupira, avec la folle envie d'ôter ses baskets, ses chaussettes, de laisser respirer ses pieds. Depuis le matin, elle n'avait fait que marcher… La présence de sa voisine, à l'allure si délicate, l'empêcha de se mettre à l'aise.

Il faisait beau, moins chaud que les jours précédents car les orages, en libérant des trombes d'eau, avaient rafraîchi l'atmosphère. L'herbe, la terre exhalaient leur parfum humide et tiède. La journée n'en était que plus savoureuse. Terminer le parcours par Central Park était une idée de génie. L'endroit était fantastique. Peut-être parce qu'autour de cet îlot de verdure on apercevait les buildings. Un cœur de nature au centre d'une ville énorme.

Elle regretta qu'Adrian ne l'eût pas accompagnée dans sa promenade. Il était chez son ami photographe, qui disposait d'une importante collection de clichés inédits, datant de la Seconde Guerre mondiale, dans laquelle l'historien puisait pour ses articles…

Le matin, Béatrix était allée jusqu'au Chrysler Building. Le symbole de ses rêves d'enfant quand elle pensait aux États-Unis. À cause de la flèche sans doute… Elle n'avait pu visiter l'édifice. On n'accédait qu'au hall : un espace de granit, de marbre marocain ou de Sienne et d'acier. Les ascenseurs, en bois précieux, étaient à eux seuls un trésor. En vraie touriste, elle avait mitraillé le gratte-ciel. Les angles décorés par des aigles d'acier ou des ananas ressemblaient à d'étranges gargouilles du XXe siècle. L'architecture Art Déco la séduisait et, en observant la flèche en gradins, les voûtes, les arêtes, les arches, elle imaginait déjà un bijou. Ce serait un collier, en argent massif. Quelque chose de lourd, dans le style des parures que l'on portait pendant l'Antiquité, de celles qui couvraient largement la gorge, allaient jusqu'à la naissance de la poitrine. Après avoir dévoré un hot-dog au coin de Lexington Avenue, Béatrix avait esquissé son modèle, dans les grands traits, sur le calepin qui ne la quittait jamais…

Elle frotta sa nuque douloureuse. Elle avait passé tant de temps le nez en l'air, à contempler les constructions que son cou ne s'en remettait pas !

En quelques jours, New York l'avait conquise. À Broadway, elle avait retrouvé ce qu'elle admirait dans les lithographies d'Authouart. L'alignement des immeubles, la largeur des trottoirs et des avenues, le béton qui prenait couleurs sous la multiplicité des panneaux publicitaires, des éclairages, la folie des voitures, des taxis jaunes, les piétons qui s'agglutinaient aux carrefours, patientant devant le *Don't walk* des feux de circulation, des anonymes qui se pressaient pour atteindre les bouches de métro ; le rugissement des moteurs, le bruit des Klaxon…

En songeant aux peintures de l'artiste normand, Béatrix avait eu une pensée pour Nath qui exposerait bientôt à Montmartre, dans un salon de thé. C'était un tournant dans la vie de la jeune femme. Le vernissage serait une belle fête. Même si Alban grognait un peu. Il envisageait déjà le moment où Nath quitterait la boutique pour s'adonner à sa passion, en vivre. Il perdrait alors sa perle. Il ne voyait décidément que son intérêt !

Béatrix s'était envolée pour New York sans lui dire où elle se rendait. Elle ne le tenait pas au courant de ses recherches parce qu'elle n'avait plus confiance en lui. À Manhattan, ses doutes s'étaient confirmés…

Elle eut un geste de la main, comme pour chasser de son esprit la bijouterie, Alban et même Paris.

Elle se plaisait aux États-Unis. Peut-être parce qu'elle y était inconnue, qu'elle ne redoutait rien… sinon le retour… pas seulement à cause du voyage en avion ! Après ce moment à Central Park, il serait difficile de rentrer à l'hôtel, de faire les valises, de rejoindre Adrian dans le hall, pour un dernier dîner en tête à tête…

À quelques pas, sur la pelouse, un jeune couple allongé dans l'herbe s'embrassait. Béatrix les contempla. La vie continuait…

Malgré ce qu'elle avait appris ces derniers jours, Béatrix n'était pas atterrée. Pourtant les révélations de l'employé de Sotheby's étaient surprenantes et avaient de quoi la troubler.

Madame Kalte von Burg ne s'était pas trompée. Même si sa mémoire était défaillante sur la date, elle avait bien croisé le père de Béatrix chez Sotheby's. Il y était venu pour la première fois en 1967 et à plusieurs autres reprises ensuite. Il avait proposé à la célèbre société de ventes aux enchères un certain nombre d'objets. Deux avaient retenu l'attention d'Adrian et de Béatrix.

Le premier était un calice d'or couvert de pierres précieuses qui avait été acheté par un collectionneur venu du Michigan pour deux cent mille dollars. Le second était une ménorah en or massif vendue sept cent cinquante mille dollars à quelqu'un qui avait souhaité rester anonyme.

Béatrix ne cherchait plus d'où venait l'argent qui avait permis de payer l'achat d'une bijouterie au cœur de Paris. La coupe et le chandelier à sept branches avaient sans doute financé une partie de l'investissement…

Les nuages qui masquaient le passé de la famille Andrieu se dissipaient. Béatrix entrevoyait de mieux en mieux ce que son père et son grand-père avaient voulu cacher. Sa mère avait aussi été complice… très certainement.

Et Amarine ? Même si on ne l'avait jamais mise dans la confidence, elle avait sûrement deviné.

Jean avait dû raconter à son fils aîné qu'il avait spolié des Juifs pendant la guerre, qu'il les avait fait disparaître, qu'il s'était emparé de leurs richesses et que ces trésors n'attendaient que d'être monnayés. Il n'y avait plus qu'à mettre au point un plan. Il ne s'agissait pas de bazarder la marchandise mais au contraire d'en tirer le meilleur prix. Ailleurs qu'en France ! Il ne pouvait mieux choisir que New York.

Béatrix soupira… L'employé de Sotheby's avait fouiné pour retrouver la trace des transactions. Le nom d'Armand Andrieu de Bazer n'apparaissait pas en premier lieu sur les registres. Les actes avaient été rédigés sous couvert d'une société, la San Ghuvianni, dont les coordonnées étaient à Serriera, en Corse. En dessous de ce titre, on lisait que l'intermédiaire était Armand Andrieu. Béatrix avait reconnu la signature de son père.

Celle de son frère aussi ! Sur des documents plus récents. Alban était venu chez Sotheby's, après le décès de leurs parents et avait vendu deux bagues pour la somme de cent vingt-cinq mille dollars.

Cette découverte avait écœuré Béatrix. Alban l'avait trahie... comme les autres. Le grand-père Andrieu avait volé une famille juive. Son fils et son petit-fils ne valaient guère mieux.

Et moi ? songea-t-elle. Quelle est ma part de responsabilité ? Est-ce que je n'aurais pas dû m'interroger bien plus tôt sur cet argent qui nous avait permis d'acheter une boutique au cœur de Paris ? C'est trop tard pour regretter. Le mal est fait. Il n'y a plus qu'à assumer et peut-être à envisager l'avenir autrement.

Central Park était décidément un endroit agréable. Pourquoi ne pas rester ici ? Ne jamais retourner en France ? Oublier les Andrieu et toutes leurs vilaines combines ?

Durant quelques minutes, Béatrix imagina se débarrasser de son appartement parisien, acheter un studio dans l'Upper West Side, proposer ses talents dans les bijouteries de New York.

Devant elle, passèrent une jeune femme et une grand-mère. La mamie marchait difficilement, s'appuyant d'un côté sur le bras de la femme, de l'autre sur une canne.

— Je vais rentrer, murmura Béatrix en perdant son sourire. Parce qu'il y a Amarine. Même si elle ne me reconnaît plus, je veux être auprès d'elle, ne serait-ce que quelques jours par mois.

Son téléphone sonna. Adrian lui envoyait un SMS. Il était de retour à l'hôtel…

Elle se leva, salua d'un signe de tête l'élégante dame toujours assise à l'autre extrémité du banc. Elle sentit son cœur se nouer. Adrian aurait quantité de choses à lui raconter après cette journée passée auprès de son ami photographe. Ce serait distrayant… À moins qu'il ne lui parle de nouveau des Linkeln… Il s'était mis en tête de retrouver les origines de cette famille, la provenance de leur fortune. Les objets vendus par Armand Andrieu n'avaient rien de simples bagatelles. Qui étaient donc ces gens dont on perdait la trace un jour de juillet de 1942 ? Qu'étaient-ils devenus ?

18

Retour sur le plancher des vaches

— Pendant que mademoiselle se la coulait douce, je ne sais où, puisqu'elle n'a pas daigné m'en informer, nous avons fait en sorte que le navire ne coule pas… malgré la tempête.

Béatrix ignora les propos d'Alban. Elle plaça le camée au centre du pendentif et elle commença le sertissage.

Alban avait attendu que Nath, Bob et Daniel aient quitté la boutique pour laisser éclater son courroux.

— Cela te dérangerait de me répondre ? reprit-il avec hargne. Tu es rentrée depuis près de deux semaines et tu n'as pas dégoisé dix phrases !

Elle ne releva pas la tête et poursuivit son ouvrage. Elle pensa qu'elle devait continuer à se taire, à ne pas rétorquer et, surtout, sa colère ne devait pas transpirer, cette hostilité qui montait en elle à chaque fois qu'elle se trouvait en présence de son frère. Si elle ouvrait la bouche, ne serait-ce que pour un mot, elle ne pourrait retenir le flot de reproches qu'elle accumulait depuis des jours.

— Tu sais que tout va mal ? hurla-t-il. Malgré tous les efforts de mon avocat, l'émission de ton ex a été diffusée ! Tout Paris sait maintenant que notre grand-père était un collabo, qu'il a travaillé pour la propagande nazie ! Qu'il a profité des largesses des nazis ! Que cela aurait fait la fortune des Andrieu ! Même s'il a été partiellement blanchi, grâce à son rôle dans la résistance, même s'il a bénéficié d'une amnistie quelques années après son procès, notre nom prend un sale coup ! J'ai peur pour notre carnet de commandes !

Oui, mon pauvre Alban, c'est bien dommage pour notre réputation et surtout pour ton tiroir-caisse, pensa Béatrix dont les mains tremblaient de fureur. Mais qu'en sera-t-il quand on apprendra que notre grand-père a peut-être assassiné des Juifs pour les voler ? Que les générations suivantes ont joué les receleurs ? Que toi-même, mon bel Alban, tu es mouillé jusqu'aux os dans cette combine !

Elle posa son outil et mit ses doigts sur ses lèvres pour empêcher les mots de jaillir.

— Il me semble qu'il est venu moins de monde ces derniers jours ! lança encore Alban. Nous allons perdre nos clients ! Je vais devoir licencier quelqu'un si le chiffre n'est pas atteint ! Bob est le dernier arrivé parmi nous, alors…

Béatrix eut un sursaut. Bien sûr, Alban se débarrasserait d'abord de Bob. Il n'aimait guère sa nonchalance, le côté insouciant qu'il affichait alors qu'il n'en restait pas moins très sérieux lorsqu'il s'agissait de son métier.

— Garde Bob, marmonna-t-elle sans regarder son frère. C'est un orfèvre et un joaillier hors pair. Il n'a pas son pareil pour mettre en valeur les pierres. Il est inventif, subtil, novateur et tu ne retrouveras jamais quelqu'un qui puisse l'égaler… C'est moi qui vais partir.

— Que me racontes-tu là ? vociféra-t-il, en agrippant son épaule avec une telle force qu'elle gémit de douleur. Qu'est-ce que cette nouvelle lubie ?

Elle se retourna, posa les yeux sur lui et le dégoût qu'elle avait ressenti à New York, quand elle avait su que lui aussi avait participé à cette magouille de biens volés, revint plus fort. Elle était au bord de la nausée. Ils étaient jumeaux, ils se ressemblaient tellement… Alban était maintenant tout ce qu'elle détestait. Lorsqu'elle se contemplait dans un miroir, elle haïssait ce qu'elle voyait, parce qu'elle maudissait son frère.

Sentant qu'il était allé trop loin, il relâcha sa poigne et reprit avec une fausse douceur :

— J'ai un peu noirci le tableau. Ne soyons pas négatifs pour nos affaires. Il se peut que la conjoncture actuelle ne soit guère propice à la bijouterie, que je me fasse de fausses idées sur les retombées de cette émission. La crise est partout et aucun domaine n'est épargné. Nous ne sommes pas au bord de la faillite. Quant à toi, pour tenir de tels propos, pour envisager d'abandonner notre atelier, il faut croire que tes congés ne t'ont pas suffi, que tu as encore besoin de repos.

Béatrix eut envie de lui répondre qu'elle comptait prendre de nouvelles vacances très bientôt. Elle s'abstint. Elle omit également de lui préciser qu'elle partait dès le lendemain pour Saint-Vaast où elle comptait passer le week-end auprès d'Amarine. Moins elle en dirait, plus elle aurait les mains libres. Elle ne savait pas exactement ce qu'elle allait faire, ni comment, mais elle était certaine qu'elle devait agir. Elle ne pourrait continuer ainsi. Il lui était impossible de venir chaque jour travailler aux côtés de son frère, de jouer la comédie, de faire comme si elle ignorait qu'elle appartenait à une famille de criminels. Elle se sentait salie et devait trouver une manière de muer, de changer de peau, de se dépouiller de cette enveloppe qui l'étouffait.

Elle jeta un coup d'œil à sa montre. Il n'était pas loin de 19 heures.

— Je vais au vernissage de Nath ! annonça-t-elle en se levant.

Elle ne prit pas la peine de demander à Alban s'il viendrait aussi. Elle s'en moquait. Il n'appartenait déjà plus à son monde et moins elle le croiserait, mieux elle se porterait. Elle rangea son ouvrage dans le coffre-fort, attrapa sa veste et son sac à main. Elle passa devant son frère, sans lui donner une bise, sans un mot.

Installé dans un fauteuil crapaud de velours rouge framboise, Bob était comme un coq en pâte ! Quand il contemplait les murs, il se régalait d'y voir les toiles de Nath ; quand il étendait le bras, il atteignait un guéridon chargé d'un plateau de mignardises toutes plus savoureuses les unes que les autres ; quand il regardait vers la porte, c'était pour constater que les gens affluaient dans le salon de thé de la rue Gabrielle, répondant à l'invitation lancée pour le vernissage.

Nath était radieuse. Elle paraissait avoir oublié ses angoisses. Durant ces derniers jours, elle avait été fébrile, inquiète, se posant mille questions sur cette exposition qui approchait, qu'elle attendait et redoutait à la fois.

La veille au soir, quand elle était venue accrocher les toiles, aidée par Bob, elle était gauche tant elle était tourmentée. Elle laissait tomber les crochets, recommençait dix fois la même opération, tournait en rond sans être efficace. Bob l'avait contrainte à s'asseoir et il avait terminé de fixer les tableaux tandis qu'elle torturait ses doigts dont elle ne savait plus que faire. Il avait eu beau chanter, grimacer comme un clown, lui répéter que tout irait comme sur des roulettes, elle ne s'était pas déridée !

Ce soir, au fur et à mesure que la salle se remplissait, que Nath serrait des mains, qu'elle recevait des félicitations des visiteurs, elle se détendait. Yvette Dumas ne la lâchait pas d'une semelle ! Bob s'en amusait. Sa mère était aux anges, elle se tenait aux côtés de Nath comme à côté de sa fille, elle la prenait doucement par le coude, la complimentait. La jeune femme qui n'avait jamais connu ce genre de relation appréciait d'être chouchoutée !

Béatrix entra et Bob se décida à quitter son nid douillet. Nath l'avait également vue et elle s'empressa de l'accueillir en lui offrant une coupe de champagne.

Comme tous les visiteurs, Béatrix découvrait pour la première fois les peintures de Nath et elle resta plantée devant certaines qui l'interpellaient plus que d'autres. *Perle sous l'orage* retint son attention. C'était une huile de soixante-dix centimètres par cinquante dont le fond était gris, pâle en bas, de plus en plus foncé vers le haut, comme un ciel menaçant. Au milieu, une goutte d'eau en forme de larme, d'assez grande taille, presque transparente, tombait de nulle part. Elle s'apprêtait à recouvrir la perle de culture, d'un blanc nacré, qui paraissait perdue, solitaire, en bas du tableau.

— Elle est déjà réservée ? demanda Béatrix, d'un air déçu en montrant un carton bristol épinglé en dessous.

— Je l'expose, chuchota Nath, mais je ne veux pas la vendre. Je tiens à la garder. C'est un souvenir précieux.

Béatrix acquiesça. Une autre toile lui plaisait : un dégradé allant du beige clair au marron, qui ondulait comme les vagues. On aurait dit des dunes, un désert de sable et de terre modelé par le vent.

— Je prendrai donc celle-ci ! déclara-t-elle à Nath dont le sourire alla jusqu'aux oreilles.

Bob s'approcha, prit les deux femmes par les épaules :

— Je savais que cette idée d'expo était géniale ! Je suis gé-nial ! N'est-ce pas les filles ?

En riant, elles approuvèrent d'un hochement de tête et Nath remercia Bob d'une bise sur la joue. Presque aussitôt son teint s'empourpra violemment. Alban entrait. Elle l'avait convié, sans espérer qu'il viendrait. Bob nota la brusque rougeur qui avait enflammé les joues de son amie et il l'observa tandis qu'elle allait au-devant d'Alban, émue, presque tremblante. En quelques secondes, il saisit les sentiments qui l'animaient. Il comprit le sens du tableau dont Nath ne voulait pas se séparer. À la bijouterie, Alban ne cessait de répéter que Nath était une perle !

Une perle qui pleurait... toute seule. Depuis quand était-elle amoureuse de son patron ? se demanda Bob en l'épiant. Depuis des lustres, sans doute. Oserait-il lui en parler ? Peut-être... Mais pas maintenant.

Cela expliquait l'attitude de Nath. Elle avait toujours été aux petits soins pour Alban, elle était bien plus qu'une parfaite employée. Elle l'aimait en silence... sûrement depuis qu'elle avait été embauchée. Elle ne recevait rien en retour. Il s'interrogea encore : la tentative de suicide de Nath était-elle liée à cet amour à sens unique ? Être un enfant sans parents, aimer dans le vide, cela faisait beaucoup pour un cœur de femme fragile et tendre.

Il n'eut pas le temps de méditer davantage. Adrian Maslovski lui tendait la main.

— Je ne savais pas que Béatrix vous avait invité ! s'exclama-t-il, étonné. J'en suis ravi ! C'est un plaisir de vous revoir !

— Pareil pour moi ! Je fréquente peu les galeries, avoua Adrian. Faute de temps. En peinture, je ne suis pas très calé. Je connais quelques grands classiques mais l'art contemporain m'échappe totalement. Je me suis dit que ce serait une bonne occasion de découvrir la production d'une jeune artiste.

— Alors, au premier coup d'œil, qu'en pensez-vous ?

— Hum… fit Adrian en embrassant les murs du regard. C'est coloré, varié. Tantôt gai, tantôt triste. On sent même une certaine menace dans quelques tableaux.

— Une menace ?

— Oui, un danger… quelque chose qui effraie le peintre peut-être.

— Ah ! je ne saurais vous dire ! Venez, je vais vous présenter Nath. Elle vous parlera de ses toiles mieux que moi.

Bob entraîna Adrian vers son amie. Il était assez content de la séparer d'Alban. Ce dernier tenta d'approcher sa sœur mais elle ne lui accorda pas d'attention. Elle bavardait avec Yvette Dumas. Quand Alban quitta le salon de thé, elle soupira de soulagement et s'empressa de saluer Adrian. Elle n'avait pas osé aller vers lui tandis que son frère était là. Il était aussi bien qu'il ne puisse soupçonner qu'elle était en relation avec l'historien.

— Êtes-vous conquis par cette expo ? demanda-t-elle.

— Je ne suis pas expert mais il y a de jolies choses. Des pièces agréables à regarder. J'ai pris la carte de Nath. Je compte faire repeindre mon séjour cet été. Quand ce sera chose faite, je contacterai l'artiste et lui achèterai une ou deux toiles !

Béatrix applaudit et Adrian se pencha vers elle :

— Restez-vous ici très tard ou bien puis-je vous emmener dîner ? J'ai des informations pour vous.

Elle le fixa. Il avait parlé dans le creux de son oreille et elle comprit que c'était important.

— Je vous invite ! s'écria-t-elle. On va chez moi ! Je suis un as des casseroles !

Il y avait du vacarme dans la cuisine : des portes de placard qu'on ouvrait, qu'on refermait sans ménagement et Adrian sourit, imaginant que Béatrix s'affairait devant les fourneaux. Il en profitait pour observer cette pièce dans laquelle il avait dormi une nuit. Deux murs gris, deux murs violets… Peu de meubles : une table basse, des canapés et des fauteuils de cuir noir ; pourtant la place ne manquait pas. Ni bahut, ni buffet, ni table, ni chaises… Peu de déco, pas de photos… Quelques plantes auxquelles on ne donnait pas souvent à boire. La vieille couverture dans laquelle il s'était enroulé était toujours sur le dossier du canapé. Adrian songea que l'appartement de Béatrix ressemblait à un lieu de passage, comme si elle ne s'y était jamais vraiment posée, comme si elle n'avait jamais eu envie d'y ajouter une touche personnelle.

Elle réapparut, une bouteille de vin blanc dans une main, deux verres et un paquet de chips dans l'autre :

— Pour l'apéritif, c'est tout ce que j'ai ! À moins que vous ne preniez du Perrier… Moi, j'ai déjà un peu abusé du champagne alors je vais m'en tenir à l'eau gazeuse ! L'alcool ne me va pas bien !

Il grimaça, se rappelant l'ivresse de Béatrix, un soir de désespoir. Devinant ses pensées, elle haussa les épaules, un air malicieux sur le visage.

— Du Perrier, pour moi aussi, c'est parfait, assura-t-il.

— Pour la suite, ce sera croque-madame ! Avec salade ! C'est Byzance, non ?

— Très bien ! Avec tous les amuse-bouches grignotés au vernissage, je n'ai pas un appétit d'ogre !

— Tant mieux ! Vous ne m'avez pas crue, j'espère, quand j'ai prétendu être un as des casseroles ?

— Pas le moins du monde ! Je ne sais pas pourquoi mais je ne vous vois pas en cordon-bleu !

Il éclata de rire et elle l'imita. Elle s'installa en face de lui, brûlant de le questionner sur les fameuses révélations qu'il avait promises. Elle patienta, rongeant son frein. Il ne se décida qu'une fois le croque-madame avalé :

— Comme je vous l'avais dit, j'ai mené quelques recherches sur les Linkeln. Je me demandais d'où pouvaient provenir ces fabuleux objets qu'ils possédaient, ceux que votre père a revendus chez Sotheby's... J'ai reconstitué, dans les grandes lignes, l'histoire de cette famille.

— Je vous écoute, murmura Béatrix.

— Je suis remonté en 1852, année où naquit l'arrière-grand-père de la dernière génération, celle des enfants : David et Sarah. Il ne s'appelait pas Linkeln mais Daniil Kahanovitch ou plutôt Kaganovitch car en russe le h se prononce g. Cet ancêtre voit le jour à Saint-Pétersbourg, dans une famille juive, dans laquelle on apprend la joaillerie et l'orfèvrerie de père en fils.

— Tout cela date de près de deux siècles ! Comment avez-vous fait pour retrouver la trace de cet homme ? Cela n'a pas été compliqué ?

— Pas trop. J'ai quelques contacts en Russie. Mon père est né là-bas. Votre photo du collier d'Amarine a fourni une aide précieuse. J'ai très vite découvert que Daniil a travaillé pour Karl Fabergé ! Énorme privilège d'être embauché par ce maître orfèvre, qui deviendra le fournisseur officiel de la Cour impériale, de participer à la restauration des objets de l'Ermitage ! Bref, une situation privilégiée pour une famille juive. Car la Russie n'épargne pas les Juifs. Entre 1881 et 1884, un pogrom frappe les Juifs russes. Le tsar Alexandre III, qui succède à son père Alexandre II, met fin à la politique libérale, se montre réactionnaire et antisémite. Les communautés juives sont attaquées : vols, viols, assassinats… Auprès de Fabergé, les Kaganovitch sont protégés. Ils ont un fils : Iakov, né en 1885. Il est le grand-père de Sarah et David. Il travaillera lui aussi pour la firme Fabergé, mais à l'époque du dernier tsar, Nicolas II. À la veille de la Première Guerre mondiale, l'entreprise de Fabergé fabrique près de cent mille objets par an ! Vous imaginez donc bien que ce n'est pas l'œuvre d'un seul bonhomme mais de toute une équipe.

Les yeux écarquillés, Béatrix avait le sentiment d'assister à un cours d'histoire.

— Vous me suivez ? interrogea Adrian, surpris de son silence.

D'habitude, elle l'interrompait toujours. Elle acquiesça et il reprit :

— Elie, le fils de Iakov, naît en 1911 à Saint-Pétersbourg. Six ans plus tard, c'est la Révolution en Russie et le comité des employés de la coopérative Karl Fabergé récupère la direction des ateliers. De nouveaux pogroms éclatent durant l'année 1921 et de nombreuses familles juives fuient vers les États-Unis. Iakov choisit un exil moins lointain. Il part vers l'Allemagne avec sa famille. La toute jeune République de Weimar lui semble une bonne terre d'accueil. Il change de nom et porte désormais le patronyme de Linkeln. Il s'installe à Magdeburg, une ville située au sud-ouest de Berlin. Elie y rencontre Yardena et il l'épouse, le jour de ses vingt et un ans. Ils fuiront l'Allemagne en 1938, peu après la Nuit de Cristal. Comme vous le savez, on les retrouve à Paris, rue d'Anjou, avec leurs deux enfants David et Sarah.

— Et les objets de valeur ? Iakov les a subtilisés en quittant la Russie ?

— Je ne crois pas. C'était son argent... placé dans des valeurs sûres... L'or, les pierres : un moyen de thésauriser...

— Hum... fit Béatrix avec une moue dubitative.

— Ne faites pas cette tête. Il est clair que, pour une fois, je vous accorde le droit de bâtir des hypothèses. Chez nous, on investissait dans les terres, les biens immobiliers. Les Juifs, quand on les tolérait, on les empêchait de devenir propriétaires, alors ils capitalisaient autrement. Elie avait peut-être avec lui l'épargne de plusieurs générations... sauf que ce n'était pas sous la forme d'un livret A chez l'Écureuil ou de bons du trésor ! Quand on se sauve, on emporte le minimum. Ce qu'ils ont dû faire. Quelques bagages et leurs richesses. Sans doute que la ménorah était dans la famille depuis plusieurs générations. Les bijoux ont pu être fabriqués par Daniil, Iakov ou peut-être même Elie. Pour le collier de Yardena, enfin je veux dire celui d'Amarine, je suppose que c'est une réalisation de Iakov. Il est vraiment dans le style du début du xxe siècle.

— Elie a trouvé un emploi à son arrivée à Paris ?

— Oui, place Vendôme... On l'a congédié en octobre 1940. Les accords de Montoire lançaient la collaboration et certains grands patrons ne voulaient pas déplaire à l'occupant.

— C'est injuste ! s'écria Béatrix.

— Nous avons déjà eu cette conversation, je crois...

— Oui mais...

— C'est inutile de se révolter maintenant et surtout trop tard. Pour en revenir à Elie, il semble qu'il n'ait pas été embauché ailleurs par la suite. Les Linkeln ont dû vivre sur leurs économies... je pense qu'elles étaient importantes. Ils ont peut-être vendu quelques bijoux.

— Il y avait d'autres Linkeln ? Elie avait des frères, des sœurs ?

— Oui, bien sûr. Pas en France. À son arrivée en Allemagne, Iakov est accompagné de sa femme et de ses quatre enfants. Je n'ai pas recherché leurs traces. Il me faudrait beaucoup plus de temps. Je n'ai pisté qu'Elie et Yardena.

— Oui, je comprends, murmura Béatrix.

Elle resta songeuse.

Adrian était certain de suivre le cheminement de ses pensées. Elle aurait voulu savoir si d'autres membres du clan Linkeln étaient encore en vie, elle aurait voulu les connaître, leur parler...

et leur demander pardon sans doute, au nom de son grand-père, de son père et de son frère. Elle aurait voulu réparer ce que personne ne pouvait ni corriger ni modifier : le passé.

Elle était têtue, il craignait qu'elle ne se lançât dans une quête impossible dont il ne serait pas aisé de la détourner.

— Que comptez-vous faire maintenant ? osa-t-il questionner.

— Je ne sais pas…

— Pourquoi ai-je l'impression que vous me mentez ? Ou plutôt que vous me cachez quelque chose ? Nous ne sommes pas amis ? Je vous ai tout de même supportée pendant des heures et des heures en avion !

Il espérait la faire sourire en lui rappelant ce souvenir.

— Je n'ai pas oublié… Pourquoi est-ce que vous ne profiteriez pas de toutes les recherches que vous avez entreprises pour moi, afin de rédiger un article pour votre magazine ?

— Je ne l'ai pas fait pour cela. C'était uniquement pour vous venir en aide. Je crois que vous et les vôtres avez été assez bouleversés ces derniers temps. Entre l'émission de télé et tout ce que vous avez appris, c'est suffisant, non ? Vous avez parlé à votre frère ? Vous lui avez annoncé ce que vous avez découvert à New York ?

— Non. Je ne le supporte plus. C'est physique. Cependant…

Elle hésitait à poursuivre. Qu'avait-elle en tête ? Il pressentait qu'elle s'apprêtait à faire une bêtise.

S'il n'intervenait pas, personne ne le ferait. À moins qu'il ne confie ses soupçons à Bob... Mais elle serait furieuse s'il le faisait. Il ne voulait pas la contrarier.

— À quoi songez-vous ? pria-t-il en saisissant sa main.

— À rien, dit-elle, le visage presque fermé. Je sens que je ne vais pas pouvoir continuer à travailler auprès d'Alban.

— Avant de précipiter les choses, vous pourriez prendre quelques congés et réfléchir. Couper le lien avec votre frère n'est peut-être pas la meilleure solution... Vous risquez de vous sentir isolée.

— Et vous ? Est-ce ce que vous éprouvez ?

Il ne s'attendait pas à la question qui le mit mal à l'aise sans qu'il comprît pourquoi. Ils n'avaient guère discuté de leurs vies privées... Elle savait qu'il vivait seul, qu'il habitait non loin de chez sa mère à laquelle il rendait visite deux ou trois fois par semaine quand il était à Paris ; que ses fils poursuivaient leurs études, l'un à Konstanz en Allemagne, l'autre à Lille. Souffrait-il de solitude ? Il l'ignorait. Il avait accepté la vie ainsi. Il se consacrait à son métier d'historien et de journaliste, il voyageait, passait beaucoup de temps dans les locaux du magazine, rapportait du travail à la maison...

— Je suppose que non, répondit-il au bout d'un moment. Je m'occupe.

— Alors moi aussi, je m'en sortirai... même toute seule !

Elle avait le regard furieux. Pas après lui, il le mesurait. C'était une colère qu'elle ressassait après les siens. Une fois encore, il eut peur pour elle, peur de ce qu'elle allait entreprendre. Comment la faire parler ? Il résolut d'employer des moyens détournés.

— Même si on s'en sort seul, répéta-t-il en souriant, c'est bien aussi parfois d'être deux ! Quand nous sommes allés à New York ensemble, c'était sympa, non ?

— Excepté l'avion, oui. Ce voyage restera dans les annales !

Il lui fit un clin d'œil :

— On n'oubliera pas les instants douloureux du vol, c'est vrai ! J'étais à deux doigts de vous museler tant vous m'avez ennuyé alors que je voulais bosser ! Ce soir, je vous écoute.

Elle le regarda, l'air de ne pas comprendre.

— Dites-moi, la pria-t-il, ce qui se passe dans votre tête bouleversée… Vous me cachez quelque chose…

Elle se pencha vers lui et il tendit l'oreille, prêt à recevoir une confidence.

— Embrassez-moi, murmura-t-elle.

Comme il demeurait sans voix, elle attrapa ses lèvres entre les siennes. Il se laissa faire, toujours ébahi.

— Pourquoi…

Il ne put achever sa phrase. Elle l'entourait de ses bras, le couvrait de baisers, glissait ses mains sur son cou, déboutonnait sa chemise. Il sentait ses doigts parcourir son torse et ne bougeait plus.

Avec douceur, elle le fit basculer sur le canapé.

Deux questions idiotes traversèrent l'esprit d'Adrian. La première : devait-il la repousser ? La seconde était encore plus grotesque : ne fallait-il pas ôter ses chaussures ? Cela n'était guère convenable de poser ainsi ses pieds sur les coussins…

Béatrix, elle, ne se souciait pas des convenances…

Le soleil brillait derrière les rideaux quand Adrian s'éveilla et il constata, déçu, que Béatrix n'était plus à côté de lui. Il imagina qu'elle était dans la salle de bain et il s'empressa de se lever. Il la rejoindrait sous la douche et goûterait encore à sa peau.

Elle n'y était pas. L'appartement était vide. Était-elle sortie acheter du pain, des viennoiseries pour le petit déjeuner ? Il eut trois secondes d'espoir en apercevant une feuille sur la table du salon. Elle avait laissé un mot. Quand il le prit, il sut tout de suite qu'elle n'était allée chercher ni une baguette ni des croissants.

C'était une longue lettre. Il se laissa tomber sur le canapé pour la lire.

« Ne soyez pas contrarié. J'ai passé un moment merveilleux et je ne le regrette pas. Être dans vos bras, une nuit durant, a été une délicatesse dans ma vie un peu troublée et écorchée ces derniers temps. Ce sont des heures que je vais précieusement garder dans mon cœur. J'espère que vous aussi.

Je ne vous fuis pas mais je ne suis pas très douée pour dire au revoir. Et, à l'instant où j'écris ces quelques lignes, vous dormez si bien…

J'ai toujours trouvé que le sommeil de l'autre était apaisant. Aujourd'hui encore, en vous observant, les paupières closes, la respiration lente, régulière, je fais le même constat. Vous vous reposez et cela me calme…

Je pars ce week-end à Saint-Vaast pour passer un peu de temps auprès d'Amarine et faire le point avec moi-même.

Votre tendresse m'a rassurée. Je me sens moins perdue, davantage capable de prendre des décisions.

Je vous suis reconnaissante ; vous m'avez apporté tant d'aide. Mais je ne veux pas que vous confondiez la nuit que nous avons passée ensemble et mes remerciements qui n'ont rien à voir avec le désir que j'ai ressenti pour vous. Je nous sentais proches l'un de l'autre, j'ai eu envie que nous le soyons un peu plus… avant que je ne m'éloigne.

Il ne faut pas m'en vouloir.

Je vous embrasse.

PS : Ne vous tracassez pas pour les clés. Il vous suffit de tirer la porte en sortant et l'appartement sera bouclé. »

19

Diaboliquement vôtre !

Béatrix sortit de la chambre d'Amarine sur la pointe des pieds et elle entra vite dans la sienne, fermant la porte à double tour. Elle se précipita sur son lit et y laissa tomber le pochon de soie qu'elle serrait dans sa main. Ses doigts tremblaient quand elle dénoua les cordons. Le collier apparut.

Elle était allée le subtiliser afin que personne ne pût jamais s'en emparer. C'était l'ultime preuve de toute l'histoire de Yardena, de sa famille. Elle voulait conserver le bijou, le mettre à l'abri des convoitises et surtout de son frère ; le protéger de la folie d'Amarine. Le matin même, cette dernière avait vidé le contenu d'une boîte à bijoux par la fenêtre. Parmi les graviers de la cour, on avait ramassé des bagues, des boucles d'oreilles… Ce n'avait pas été la seule bêtise de la journée. Dans la cuisine, alors qu'elle était assise à table, elle s'était emparée d'un couteau et avait tranché la nappe. Adieu la toile cirée parsemée de pommes et de cerises. Odile n'avait même pas râlé.

— Vous allez vous blesser, avait-elle murmuré en saisissant doucement le couteau.

Le dialogue avec Amarine n'était plus possible ; il n'était pas utile de se lancer dans des explications compliquées sur tel ou tel danger. Elle ne répondait que par des syllabes, tel un enfant qui gazouille ses premiers mots et répète inlassablement des gue et des ga… Quand une phrase parvenait à franchir ses lèvres, elle n'avait aucun sens. Plus que tout le reste, cette perte du langage coupait Amarine de ceux qui l'entouraient. Elle ne s'en apercevait pas. En revanche, les autres souffraient de ne pouvoir la comprendre…

En quelques semaines, son état de santé s'était dégradé. Désormais Odile mixait toutes ses viandes car la vieille dame ne savait plus mâcher et, à chaque bouchée, elle risquait de s'étouffer. C'était une vigilance de tous les instants, de tous les actes.

La trêve, c'était quand Amarine dormait. Alors on pouvait respirer, vaquer à quelques occupations sans être sur le qui-vive, sans guetter le moindre de ses mouvements…

Béatrix s'allongea. Elle était ici depuis trois jours et elle avait le sentiment de ne servir à rien. Elle ne pouvait rien pour Amarine et, pire encore, elle ne se sentait plus chez elle dans cette maison.

Pas seulement à cause de sa grand-mère. C'était un tout.

Elle osait à peine parler, ne levait pas les yeux sur François-Xavier, ne lui adressait pas la parole de peur qu'il ne piquât une crise comme celle qui l'avait saisi sur le bateau lors du retour de Tatihou…

Personne n'avait fait de remarque ou de reproche à Béatrix. Le malaise venait d'elle, du plus profond de son être. Elle n'était plus à sa place ici. Les cauchemars réapparaissaient chaque nuit… comme si on voulait qu'elle partît loin de là ! Le diable revenait, criant, hurlant, riant tandis qu'elle pleurait, impuissante de ne pouvoir aider les enfants qui se noyaient sous ses yeux.

— Cette maison est celle du démon, murmura-t-elle. Amarine avait raison. Si je ne l'en chasse pas, il y restera.

Mais que faire ? Comment pouvait-elle racheter la faute de son grand-père, de son père et de son frère ? Il aurait fallu retrouver des survivants de la famille d'Elie. Cela représentait une tâche énorme et elle ne pouvait demander à Adrian de l'aider encore. Il avait déjà beaucoup fait.

Adrian… Elle ferma les yeux et songea à leur nuit d'amour. Il avait été d'une tendresse exquise et elle l'avait quitté lâchement. Elle ne s'imaginait pas faire des projets, elle n'avait pas eu le courage de lui dire qu'ils ne se reverraient sans doute jamais. Il lui plaisait mais elle n'avait pas de place pour deux dans sa vie. C'était déjà trop embrouillé. Elle se sentait cassée et, si jamais elle parvenait à recoller les morceaux, à se reconstruire, ce serait sans doute ailleurs qu'à Paris et dans une autre existence.

Si seulement elle avait rencontré Adrian plus tôt, ou dans d'autres circonstances… Si seulement… Elle se redressa, voulant chasser cet homme de son esprit.

— Ni remords, ni regrets ! marmonna-t-elle pour se convaincre qu'elle avait raison.

Elle ne devait pas faiblir.

Son téléphone vibra et elle lut un message d'Alban qui s'inquiétait : quand serait-elle de retour à Paris ? Elle ne répondit pas. Elle ne reviendrait pas maintenant. Elle avait encore une piste à exploiter. Restait à savoir comment et avec qui, car elle ne croyait pas pouvoir le faire seule. Combattre le diable ne serait pas simple. Elle ne savait pas sur qui compter pour obtenir un peu de soutien…

Soudain, elle entendit la voix d'Odile dans l'escalier et elle pensa à Clara. Elle avait aperçu la grande rousse, un peu plus tôt, derrière la maison. Grimpée dans un pommier, elle taillait des branches que le vent avait malmenées et qui risquaient de tomber.

Béatrix enfila un gilet et dévala les marches.

— Il faut que je vous parle, Clara. C'est important. Votre travail peut-il attendre un peu ? On peut aller faire un tour ?

Clara acquiesça et elle dégringola l'échelle.

— Je dépose ceci à la remise et on y va, répondit-elle en montrant un outil dont Béatrix ignorait le nom.

Elles empruntèrent le chemin qui serpentait jusqu'à la mer. La plage était déserte. Au loin, vers la Hougue, quelques promeneurs marchaient, les pieds dans l'eau. Il avait fait bon toute la journée et même si le soleil descendait doucement à l'horizon, la température était encore agréable pour une balade sur le sable. Clara ôta ses chaussures, aussitôt imitée par Béatrix.

— J'ai un gros service à vous demander, dit cette dernière. Mais je ne voudrais pas sembler exigeante... Je ne peux pas tout vous expliquer pour le moment... Aussi, vous serait-il possible de ne pas me poser de questions ?

Le rouge lui montait aux joues et elle hésitait à poursuivre, redoutant que Clara ne l'envoyât sur les roses.

— Je vous écoute, déclara Clara. Pour ce fameux service, ce sera oui ou non et, pas de question, c'est juré.

Elles s'arrêtèrent, se mesurèrent du regard pendant quelques secondes et Béatrix retrouva chez Clara tout ce qui l'avait séduite dès leur première rencontre dans la grange.

Dix jours plus tôt, Adrian avait refermé la porte de l'appartement de Béatrix, contrarié, déçu par la façon dont elle l'avait traité.

Il relisait souvent la lettre qu'elle lui avait laissée. C'était étrange, elle le vouvoyait alors que pendant toute une nuit, ils s'étaient embrassés, caressés... et tutoyés bien qu'ils aient assez peu parlé ! Il ne comprenait pas cette distance et ses explications. Elle aurait pu partir pour Saint-Vaast comme elle le souhaitait, après lui avoir dit au revoir. Non ! Elle l'avait planté !

Il avait espéré qu'elle l'appellerait mais elle ne le faisait pas. Quand il la contactait, elle ne répondait pas.

— Tant pis pour elle ! ragea-t-il en empoignant son sac de voyage. Elle m'énerve, avec son fichu caractère et ses sautes d'humeur auxquelles je ne saisis rien ! Autant ne plus penser à elle ! Ce sera facile, avec ce reportage.

Un taxi l'attendait dans la rue.

— Roissy, s'il vous plaît, commanda-t-il au chauffeur.

Comme le type hochait la tête en signe d'assentiment, il se reprit :

— Non, attendez ! Passons d'abord rue de La Sourdière !

Il sourit tout seul. Béatrix l'énervait certes, elle avait une personnalité bien trempée, trop même. Mais il avait envie de la revoir, de lui parler, de lui donner un baiser si elle le voulait bien…

Quand la voiture stoppa devant la bijouterie, il respira un grand coup, doutant soudain de l'accueil qu'elle allait lui réserver.

Il ressortit de la boutique ni désappointé ni heureux. Béatrix n'était pas là, avait annoncé Nath. Alors il avait demandé à voir Bob et celui-ci n'avait guère pu le renseigner. Béatrix n'était pas réapparue après son week-end à Saint-Vaast et on ignorait où elle était. Bob ne mentait pas. Il semblait très inquiet. À chaque fois qu'il l'appelait sur son portable, il tombait sur la messagerie. Le point positif était quelle n'avait pas quitté le Cotentin toute seule. Quand elle était partie, elle avait emmené Clara, la fille de l'employée de maison. Mais ni l'une ni l'autre n'avaient évoqué une destination quelconque. Le mot qu'elles avaient laissé à Odile ne mentionnait qu'un départ en voyage…

Rien de plus ! Elles l'avaient déposé sur la table et s'étaient sauvées tôt le matin, alors que tous dormaient encore.

— Décidément, murmura Adrian pour lui-même, alors qu'il grimpait de nouveau dans le taxi, cette femme est une professionnelle de la fuite ! Un courant d'air !

D'une certaine façon, il était rassuré parce qu'il la savait accompagnée, parce que ce n'était pas que vis-à-vis de lui qu'elle se dérobait. Elle esquivait même sa propre famille. Mais pourquoi cette fugue ? Comme quelques jours plus tôt, il songea qu'elle avait en tête un projet… une idée sans doute un peu folle puisqu'elle ne l'avouait pas.

Il croisa les doigts, lui souhaitant intérieurement, comme s'il pouvait lui transmettre sa pensée, de réussir dans ce qu'elle entreprenait, d'en revenir forte, libérée de tout ce qui la tenaillait depuis des mois.

Si Béatrix avait été une nouvelle fois tétanisée pendant toute la durée du vol, Clara, en revanche, était descendue de l'appareil enchantée. Elle avait toujours rêvé de prendre l'avion et, à trente ans, elle avait enfin reçu son baptême de l'air.

Les deux femmes étaient en Corse depuis une semaine et Clara parlait encore de cette expérience. Assise sur la plage, elle suivait la course des avions dans le ciel bleu et elle imaginait de nouveau les sensations éprouvées lorsque l'appareil avait décollé puis lorsqu'il s'était posé à Ajaccio.

Cette attitude enfantine amusait Béatrix, la distrayait de ses pensées un peu sombres et elle avait décidé d'offrir à Clara une surprise.

— C'est pour vous, dit-elle en tendant une enveloppe à son amie.

Ébahie, la grande rousse découvrit un billet pour un vol en ULM. Elle battit des mains.

— C'est génial, mais vous me gâtez trop. Je ne suis pas habituée. J'ai le droit d'accepter ?

— Vous m'avez suivie, répondit Béatrix. Vous passez vos journées comme je le désire. Vous êtes là quand je vous le demande, vous disparaissez sur commande aussi, alors... j'ai envie de vous faire plaisir !

— Je me suis engagée à vous accompagner, à vous aider et à ne pas vous interroger.

— Comment faites-vous pour respecter ce pacte ? Moi, à votre place, je serais morte de curiosité ! remarqua Béatrix.

— Je le suis aussi ! Mais j'attends. Je me dis que quand vous aurez envie de vous confier, vous le ferez.

Béatrix regarda la mer et elle songea que ce moment ne tarderait pas. Elle effleurait le paysage sans en profiter. Elle était là, dans un endroit merveilleux et pourtant, presque indifférente à toutes les beautés, à toutes les couleurs qui s'étalaient devant elle. Ses préoccupations mobilisaient son esprit.

— Alors, dites-moi, que donne votre matinée d'observation ?

— Le type au bateau est arrivé peu avant 9 h 30 et presque aussitôt un couple de touristes l'a rejoint. Ils ont embarqué tous les trois, expliqua Clara et elle consulta sa montre. Si c'est le même timing qu'hier, ils ne vont pas tarder à revenir.

— Patientons, ordonna doucement Béatrix.

Elle respira un grand coup. Elle touchait au but. Quel que soit le résultat, elle y était presque.

Quand elles étaient arrivées en Corse, elles s'étaient installées à l'hôtel, à Calvi. Puis elles avaient changé de résidence, descendant un peu plus au sud, se rapprochant de Serriera. Elles avaient loué des Vespa, engins parfois dangereux mais tellement pratiques pour se déplacer à une saison où les continentaux se faisaient de plus en plus nombreux sur l'île.

Béatrix avait arpenté pendant deux jours le village de Serriera, afin d'y découvrir le siège de la San Ghuvianni, la société corse qui avait servi de couverture aux Andrieu. Elle n'avait trouvé nulle maison portant une quelconque enseigne à ce nom, nulle boîte aux lettres. Alors elle était allée voir les habitants. Les plus vieux passaient leur journée devant leur porte, assis sur une chaise, regardant le temps s'écouler peut-être… D'autres se réunissaient sur la place du village ou devant l'église. Ils squattaient les bancs, l'œil masqué par les bords du chapeau noir qu'ils ne quittaient pas.

Il n'avait pas été facile de bavarder avec ces hommes peu enclins à discuter avec quelqu'un qui n'était pas de chez eux… Ils étaient muets comme des carpes, menaçants si on se montrait trop insistant. Au bout de quarante-huit heures, Béatrix avait failli renoncer. La bataille était perdue, la piste s'arrêtait là. La San Ghuvianni avait sans doute disparu, des années auparavant. Elle n'en saurait pas plus.

Le soir même, Clara rentrait avec un sourire radieux. Tandis que Béatrix parcourait le village, elle avait fait le tour des hôtels et d'un village de gîtes, menant aussi son enquête. Elle avait rencontré un type, un saisonnier, qui gagnait sa vie en proposant aux vacanciers des balades à dos d'âne dans la montagne.

— Ghuvianni, je ne connais pas de société qui s'appelle ainsi, avait-il déclaré en contemplant les jambes de la belle rousse qui le questionnait. Mais il y a un homme qui porte ce nom-là. Son job, c'est la plongée. Il embarque parfois deux ou trois touristes sur son Zodiac et il les emmène en mer. Il est discret, on ne le voit jamais sauf sur la plage de Bussaglia. Il y est le matin, vers 9 heures.

Quand Clara avait rapporté ces paroles, quand elle avait prononcé le mot plongée, Béatrix avait frémi. Il y avait là, sur cette île, quelqu'un qui avait sans doute connu son grand-père, son père, qui avait peut-être été leur complice lorsqu'ils avaient écoulé leur marchandise chez Sotheby's... Il fallait qu'elle rencontre ce bonhomme.

Depuis trois jours, Clara se rendait à la plage très tôt et elle guettait. La veille, pour la première fois, elle avait repéré celui qui pouvait être Ghuvianni.

Maintenant Béatrix attendait le retour du bateau, en essayant de tromper son impatience.

— Voulez-vous un peu d'eau ? demanda Clara en fouillant dans le sac glacière qu'elle transportait toujours. Ou bien un Coca ?

— Vous ne croyez pas qu'il serait temps qu'on se tutoie ? Je me sens proche de vous ! Bientôt je vais vous raconter une histoire assez surprenante et la famille Andrieu n'aura plus de secret pour vous ! Vous verrez qu'elle va dégringoler de son piédestal ! Prendre du plomb dans l'aile !

Clara se contenta d'abord de sourire. C'était la première fois qu'elle avait le sentiment d'avoir une amie.

— Tu préfères de l'eau ou un Coca ? reprit-elle.

— De l'eau, s'il te plaît.

En quelques gorgées et sans quitter des yeux l'horizon, Béatrix avala le contenu de la bouteille. Un point noir se rapprochait doucement. Clara saisit la paire de jumelles puis la donna à Béatrix.

— C'est eux ! annonça-t-elle.

À quelques encablures de la plage, le moteur du Zodiac ralentit. Puis il fut coupé. Trois personnes étaient à bord de l'embarcation. Un homme vêtu d'une combinaison noire sauta à l'eau le premier, suivi des deux autres. Il tira le canot sur le sable. C'était sans doute le fameux Ghuvianni. L'autre type rassemblait des paires de palmes, des masques, des tubas… La femme fouillait dans son sac à dos…

Béatrix fit tourner la molette, espérant zoomer davantage. C'était impossible et elle pesta.

— Laissons nos affaires et faisons quelques pas, suggéra Clara. On pourrait marcher les pieds dans l'eau, sans se presser, comme si on faisait une balade… histoire d'être un peu plus près de… de ta cible ! Je vais prendre quelques photos, mine de rien bien sûr, grossir au maximum.

Elles suivirent le plan de Clara. Les baigneurs étaient plus nombreux en fin de matinée, les promeneurs aussi. On ne risquait pas de leur prêter attention.

Béatrix jeta encore un œil dans les jumelles mais le plongeur remuait sans arrêt et elle ne parvenait pas à distinguer son visage.

— Je me décide à l'aborder ou pas ? murmura-t-elle.

Clara ne répondit pas. Elle ignorait ce que son amie voulait à cet homme. Quelques minutes s'écoulèrent. Elle mitraillait le paysage et, de temps à autre, photographiait celui qui suscitait l'intérêt de Béatrix. Elle lui tendit son appareil :

— Tiens, je crois qu'on le distingue bien sur deux ou trois clichés. Il ne nous a pas repérées. On remonte sur la plage ? On fait comme si on rebroussait chemin ? Ou bien tu veux t'approcher encore plus de lui ?

Béatrix fit défiler les photos sur l'écran. Elle sentit que ses jambes se dérobaient sous elle et, prudente, elle se laissa tomber sur le sable.

— Ça ne va pas ? s'inquiéta Clara.

— Attends… Il faut que je regarde encore…

— Tu es toute pâle. On dirait que tu as vu…

— Un fantôme ?

— Oui.

— C'est presque ça ! Ou plutôt c'est pire que ça !

— Tu ne pourrais pas m'expliquer un peu maintenant ?

Béatrix fit non de la tête. Elle avait l'impression que, même si elle l'avait voulu, pas un son ne serait sorti de sa gorge. L'émotion l'étranglait et ce n'était pas le moment de se laisser aller. Elle rendit à Clara son appareil. Elle frotta longuement ses paupières, massa ses tempes, son front comme pour chercher à apaiser le bouillonnement de son esprit.

— Tu crois au diable ? demanda-t-elle soudain.

Clara haussa les épaules. Elle ne comprenait pas le pourquoi de cette question et les cultes sataniques ou autres débilités du même genre n'étaient pas sa tasse de thé.

— J'ai connu les démons dans l'enfer de la drogue, le reste je n'y ajoute pas foi.

— Pourtant le diable est là. Droit devant toi, à quelques pas. C'est le moment de me laisser, tu veux bien ?

Sans bouger d'un pouce, Clara fixa Béatrix avec insistance. Pour une fois, elle avait bien l'intention de désobéir à ses ordres.

— Laisse-moi, s'il te plaît. Après je te dirai tout. C'est promis.

Clara protesta :

— Je m'en vais… sans trop m'éloigner ! Je grimpe sur le rocher là-bas, un peu plus loin et je t'attends.

Béatrix fit la moue puis elle approuva d'un mouvement de tête.

L'homme en noir faisait le tour de son embarcation, armé d'un bidon qui devait contenir une vingtaine de litres d'eau. Il en vidait sur la coque et passait aussitôt un coup de chiffon, sans doute pour la débarrasser du sel. Quand il eut fini, il releva le nez. Une femme était là, plantée, les bras croisés à quelques mètres de lui. Il la dévisagea, son jerrycan lui échappa et il resta bouche bée pendant un long moment.

Puis il tendit les mains vers elle, paumes ouvertes, pour l'inciter à approcher. Elle ne fit pas un geste, pas un mouvement.

— Tu ne viens pas m'embrasser ? articula-t-il enfin.

À son air, il connaissait déjà la réponse. Elle n'était pas venue jusque-là pour se jeter dans ses bras.

— Comment as-tu su que j'étais ici ? demanda-t-il.

Il n'osait pas prononcer le nom d'Alban.

— Maman est là, elle aussi ?

Il fit un signe négatif et Béatrix pensa qu'elle allait craquer et courir se blottir contre lui. La fureur revint au galop et fit disparaître ce bref élan de tendresse.

— J'ignorais que tu étais vivant ! aboya-t-elle. Que tu étais en Corse ! Je ne peux pas le croire ! Je pensais rencontrer quelqu'un qui pourrait m'en dire un peu plus sur ce que vous avez traficoté pendant des années. C'est une signature, une vague adresse sur un registre de Sotheby's qui m'a indiqué cette piste corse.

Il baissa la tête. On pouvait chercher à enfouir le passé, même profondément. Il y avait toujours une petite chose qui remontait à la surface… Alban avait raison… Il y avait de quoi s'inquiéter. C'était donc l'émission du fameux Thomas qui avait mis la puce à l'oreille de Béatrix. Ensuite elle avait dû fouiller… et découvrir quelques détails.

— Tu es venue jusque-là, dit-il, mais pas pour le bonheur de me revoir !

— Garde tes reproches. Ils ne sont guère appropriés étant donné que c'est toi qui t'es enfui !

— J'ai soixante-quatorze ans cette année. J'espérais te retrouver autrement…

— Depuis douze ans, je me crois orpheline ! Par pitié, ne mens pas ! Tu n'espérais surtout pas me retrouver. Tu as toujours su où j'étais, il t'aurait été facile de venir ! Tu as fait le mort ! Peut-on jouer une pire comédie à son enfant ? As-tu seulement idée de l'immense chagrin que j'ai ressenti pendant des années ? Du vide que rien ne comble ? Pourquoi tu n'es pas revenu après l'accident ? Pourquoi faire croire à ta disparition ? Il n'aurait pas été plus simple de rentrer à la maison ?

— Rien n'est jamais aussi simple qu'on le croit.

Immobile, elle le contemplait. Quelques années plus tôt, elle aurait béni Dieu de lui accorder ce moment. Elle se serait blottie contre la poitrine de son père, elle l'aurait respiré. Elle aurait attendu qu'il passât la main dans ses cheveux, qu'il déposât quelques baisers sur son front. Il l'aurait longuement câlinée comme lorsqu'elle était gosse…

Mais il y avait eu une tempête en Manche, de vaines recherches le long des côtes, deux cercueils vides qu'on avait emmenés au cimetière, trop de larmes… et un horrible mensonge.

Armand suivait presque pas à pas les pensées de sa fille.

— Tu ne me pardonneras pas ? interrogea-t-il sans trop d'espoir.

— Pour cela, il faudrait que tu me fournisses une explication qui tienne la route et pas seulement deux ou trois mots avec des excuses bidon !

Il se retourna, se pencha vers le Zodiac. Il fallait encore le hisser un peu sur la plage avant de le monter sur la remorque. Il se sentit fatigué, envahi d'une grande lassitude.

— Pas maintenant, dit-il. Je suis épuisé. On verra cela plus tard.

— Il n'est pas question que tu t'en tires ainsi, que tu esquives encore une fois. Je veux toute l'histoire et tout de suite.

— Tu ne voudrais pas plutôt me parler un peu de toi, de ce que tu deviens… Il n'y a pas un jour où je n'aie pensé à toi…

20

Une famille de tricheurs

— Maintenant, on oubli les salamalecs et tu me racontes tout !

Béatrix avait parlé, les dents serrées. Elle avait entraîné son père jusqu'à la cabane qui tenait lieu de buvette, elle l'avait forcé à s'asseoir, avait commandé des boissons.

Elle attendait. Tout comme Clara qui, assise sur son rocher, ne quittait pas des yeux son amie.

Armand regarda Béatrix, elle était aussi belle que sa mère… encore plus décidée. Il percevait sa détermination. Elle ne le lâcherait pas.

Comment expliquer tant de choses ? songea-t-il. Comment résumer autant de destins ? Il fallait que sa fille comprît que, si elle le retrouvait là, aujourd'hui, vivant caché dans un village corse, ce n'était pas sa faute… pas entièrement du moins. Il avait été happé par les événements, il n'avait pu tout contrôler, il s'était fait prendre dans un rouage et n'avait pu s'en échapper. Il ne portait pas toutes les responsabilités de la tragédie.

Il avala sa salive et entama son récit.

C'était à la fois une histoire très simple et à la fois le drame de plusieurs vies…

Tout commençait pendant la guerre…

Du fait de ses étroites relations avec l'occupant allemand, Jean Andrieu de Bazer avait appris qu'une grande rafle était programmée. Les premières instructions avaient été données par le haut commandement dès le mois de janvier 1942. L'opération viserait les Juifs apatrides ou étrangers installés en France. Ils avaient été recensés ; on connaissait leurs noms, leurs âges, leurs adresses. Ils seraient arrêtés, parqués au Vél d'hiv, pour ceux qui résidaient à Paris puis dirigés vers des camps à l'Est.

L'Est… tout le monde en parlait à mots couverts. Il paraissait que les convois étaient nombreux, qu'ils emportaient des hommes, des femmes, des enfants et des vieillards dont on n'avait ensuite aucune nouvelle…

Jean avait immédiatement songé à ses voisins, les Linkeln, réfugiés à Paris depuis quelques années. Il fallait empêcher coûte que coûte leur départ vers cet orient où l'avenir semblait bien trop incertain.

Alors il s'était fait enrôler dans la milice du huitième arrondissement et s'était proposé pour diriger un groupe d'hommes chargé du ratissage, comme on disait grossièrement, de son quartier. Du fait de ses bonnes relations avec Otto Abetz, on ne lui avait pas refusé ce commandement.

Puis il avait tout expliqué à Elie Linkeln, lui avait proposé un plan pour fuir. Il avait tout combiné grâce à ses complicités dans la résistance. La veille de la rafle, quand la nuit serait tombée, toute la famille Linkeln quitterait Paris. Jean se chargeait d'obtenir des laissez-passer. Il avait un camion ; un chauffeur conduirait les quatre passagers à Saint-Vaast où un pêcheur, ami des Andrieu, accueillerait les fugitifs, avant de les transporter sans tarder vers la Grande-Bretagne. Malgré les risques, Elie avait accepté. Tout plutôt que l'Est !

Il fallait beaucoup d'argent pour organiser une telle fuite, payer tous les intermédiaires, acheter leur silence. Elie avait réglé les frais avec de l'or. C'était ainsi que Jean avait découvert que la famille possédait d'immenses richesses… une ménorah d'une valeur inestimable, un calice, des bijoux… des trésors venus du passé.

En remerciement, Yardena avait tenu à donner à Jean un collier ; il l'offrirait à Amarine plus tard, en souvenir de tous les bons moments qu'elles avaient partagés, en souvenir de leur amitié qui n'avait jamais failli.

— Ta grand-mère n'avait pas été mise dans la confidence, précisa Armand. Pour plus de sécurité. Mon père savait que, moins il y aurait de personnes au courant, plus l'entreprise avait des chances de réussir.

Le 16 juillet au matin, quand Jean et ses hommes s'étaient présentés au domicile des Linkeln, l'appartement était vide. Ou presque… Il restait Sola, tremblante dans son panier, effrayée par la nuit qu'elle avait passée seule, guettant le retour de ses maîtres et affolée par la brusque irruption de cette troupe qui avait défoncé la porte que personne ne venait ouvrir…

Jean avait feint la surprise devant les autres, il avait piqué une colère et avait emmené son groupe vers une nouvelle adresse dont on devait évacuer les habitants. Avant de quitter l'immeuble, il avait pris deux minutes pour attraper Sola, lui faire traverser le palier, la faire entrer dans le logement qu'il occupait avec Amarine et ses enfants…

Le destin des Linkeln, il ne l'avait appris que quinze jours plus tard. Le bateau du pêcheur avait coulé, peu après avoir quitté le port de Saint-Vaast. Trois marins étaient morts et les Linkeln aussi. On avait retrouvé les corps sur la grève ou entre les rochers. Seuls celui d'un homme d'équipage et celui de Sarah, la petite fille, manquaient. La mer les avait gardés…

Que s'était-il passé ? On l'ignorait. Avaient-ils tenté d'échapper à une vedette allemande qui aurait voulu les arraisonner ? C'était une hypothèse probable. La météo n'avait pas été mauvaise cette nuit-là. On ne pouvait incriminer une tempête. Avaient-ils heurté un rocher ? Ce n'était pas impossible. La côte n'était pas aisée à cet endroit et les naufrages étaient fréquents depuis des siècles. Au large de Saint-Vaast, les fonds marins étaient un cimetière et les épaves, des tombes à la mémoire de ceux qui avaient péri là.

Malgré la chaleur, Béatrix frissonna en entendant son père retracer cette partie de l'histoire. Son cauchemar n'était pas qu'un mauvais rêve. Ce qu'elle avait vu, dans ses sommeils agités, s'était bien produit… presque soixante-dix ans plus tôt. Quant au diable, il avait désormais un visage.

Celui de son grand-père, de son père, de son frère.

Tandis qu'il continuait à raconter, elle s'obligeait à le fixer, à mémoriser chacun de ses traits que l'âge avait transformés. Plus jamais il ne lui ferait peur.

Après la guerre, Jean avait été emprisonné. Quand, enfin libéré, il était revenu à Saint-Vaast, la famille ne roulait pas sur l'or et son métier de journaliste parisien, il pouvait l'oublier… Il traînait trop de casseroles. Il s'en voulait de ne pas être capable d'assurer une vie convenable à sa femme, à ses enfants pour lesquels il avait rêvé un bel avenir. Alors il s'était mis en quête du chalutier. Il voulait retrouver cette carcasse, il savait qu'elle contenait de quoi mettre les siens à l'abri du besoin pendant des décennies.

Ses fils avaient grandi. Avec eux, il avait pris des cours de plongée. Jean avait aussi contacté des spécialistes en archéologie sous-marine afin de bénéficier de quelques conseils. Pendant plus de dix ans, ils avaient arpenté les fonds marins autour de la Hougue, de Tatihou. Ils avaient fouillé, à la recherche du *Sainte-Marie*. Ainsi se nommait le bateau sur lequel les Linkeln avaient embarqué. Ils avaient fini par le localiser. Il ne restait plus grand-chose à l'intérieur de la coque éventrée. L'eau avait mangé les valises de mauvaise qualité, leur contenu s'était répandu. Ils avaient plongé et encore plongé… le plus souvent possible. Il avait fallu remuer le sable, les roches, les algues, toutes sortes de plantes et d'animaux pour retrouver quelques objets. Quelques-uns seulement mais ils étaient si précieux.

Quand ils avaient remonté la ménorah, Jean avait fait jurer le secret à ses fils. Personne ne devait être au courant de leur découverte. Pas même leur mère. Il avait fait une entorse à son règlement lorsque Armand avait épousé Charlotte.

Il aimait bien la jeune femme, il la jugeait hardie, droite, digne de confiance. Elle leur était acquise. Charlotte avait été initiée et elle participait à leurs sorties en mer.

Cependant les trésors dénichés ne pouvaient faire vivre toute une tribu si on les conservait en l'état. Il fallait les écouler, c'était ainsi que Jean était allé à New York, chez Sotheby's. Puis il y avait envoyé Armand.

Jean avait alors pu doter ses enfants comme il le souhaitait.

— André voulait ouvrir une galerie d'art à Cherbourg, ajouta Armand. François-Xavier ne réclamait rien de particulier, il désirait seulement voyager… On lui offrirait dix fois le tour du monde si cela lui plaisait ! Ta mère et moi, on se passionnait pour la joaillerie et l'orfèvrerie. On a acheté la boutique parisienne… Amarine, qui ne voulait plus entendre parler de Paris, nous a légué son appartement de la rue d'Anjou. Elle refusait d'y retourner mais ne s'était jamais décidée à le vendre.

Armand parlait… parlait… sans s'arrêter. Il se délivrait d'un poids trop lourd qu'il supportait depuis des années :

— Notre famille est devenue riche. Pas assez aux yeux de mon père sans doute. Il se souvenait qu'Elie Linkeln lui avait montré une pièce exceptionnelle : une étoile de David, sertie de turquoises, de lapis-lazulis et d'émaux. Ce n'était pas tant les pierres et l'or qui faisaient sa valeur. C'était son âge. Elie lui avait raconté qu'elle avait été façonnée par un de ses ancêtres, un orfèvre du XVIIIe siècle, qui avait vécu en Russie, du temps de la grande Catherine. Cette merveille, Jean aurait voulu la retrouver. Il l'évoquait souvent... En vieillissant, il s'est calmé, résigné à ne pas posséder ce bijou, à l'abandonner au fond de l'eau. Ton grand-père ne plongeait plus guère...

— Et toi, tu as hérité de cette obsession !

— Oui, malheureusement. En octobre 2000, j'ai réussi à convaincre mes frères de prendre huit jours de vacances, de les passer à Saint-Vaast afin de fouiller encore l'épave. Ce serait la toute dernière fois de la saison. Ensuite il faudrait patienter jusqu'au printemps. Je ne pensais pas qu'on courait un si grand danger. La veille du drame, ton grand-père nous avait interdit de sortir en mer le lendemain. La météo avait annoncé une tempête. Il ne fallait prendre aucun risque. Il l'a répété, répété et... je ne voyais que nos congés presque terminés... le temps qui filait...

Armand n'avait pas écouté son père. Dès l'aube il était parti, accompagné de sa femme, qui l'aurait suivi au bout du monde, les yeux fermés, et de ses frères. Ce serait la dernière plongée de l'année, avait-il encore promis lorsqu'ils étaient montés dans le quatre-quatre...

Cela avait été la dernière de toute une vie, pour Charlotte, pour André, pour François-Xavier...

La mer était déchaînée. Très vite le Zodiac avait été happé par les flots et il était devenu incontrôlable. Il s'était renversé. Ils avaient tous tenté d'attraper ses bords, ses cordages. Une grosse vague les avait rabattus sur un écueil, l'embarcation avait explosé.

— Le jour était levé et pourtant il faisait noir tant le ciel était sombre, murmura Armand, la tête baissée. J'ai réussi à entrevoir ta mère. Son gilet de sauvetage la maintenait à peu près hors de l'eau. Elle était inconsciente, blessée, son front saignait abondamment. Elle respirait, je crois… enfin je l'ai cru… je l'ai serrée dans mes bras, je lui demandais de s'accrocher à moi, je lui criais que j'allais nager jusqu'à la plage. Mais elle ne m'entendait pas, elle ne s'agrippait pas. Elle n'était déjà plus là. Je n'ai pas eu la force de la ramener jusqu'au rivage.

Il se tut, attendant quelques mots de sa fille… un geste de réconfort.

— Et après ? lâcha-t-elle, froidement, sans le quitter des yeux.

Il la regarda. Elle était si belle, elle ressemblait à Charlotte… Pourtant il avait la sensation de raconter son histoire à une inconnue que rien ne pouvait toucher. Elle écoutait presque impassible, ne laissant rien transparaître. Il y avait en elle quelque chose d'inébranlable et il craignit soudain que ce ne fût une accumulation de haine qui la rendît ainsi.

— Après… J'ai donné ta mère à l'océan et j'ai atteint le sable. J'étais déboussolé. Je n'ai pas eu le courage de rentrer à la maison de Saint-Vaast. Tout était ma faute. Comment aurais-je pu vous expliquer ? J'étais non loin de Réville. J'ai dormi dans une grange. Je n'avais plus rien. J'ai même volé des fringues dans une buanderie de la ferme où j'avais trouvé refuge. Puis j'ai pensé à Paris, à l'appartement de la rue d'Anjou, à l'argent que j'y avais caché. J'y suis allé. Quand vous étiez petits, ta mère laissait une clé sous la latte du plancher devant la porte. Tu te souviens, c'était pour que vous puissiez rentrer si vous partiez à l'école sans la vôtre. C'était un pari assez fou d'espérer... un pari que j'ai gagné ! Vous aviez vingt-cinq ans et la clé était toujours là !

Il se tut une nouvelle fois, guettant un signe. Un sourire lui aurait suffi.

— Ensuite ? demanda-t-elle, toujours aussi distante.

Béatrix était impitoyable. Il mesura qu'il l'avait perdue. D'un ton monotone, il raconta la fin de son histoire. De Paris, il avait gagné la Corse, ce village de Serriera où ils avaient monté leur société fictive, en achetant une vieille bâtisse, afin de fournir des coordonnées chez Sotheby's. Il avait recommencé à plonger, presque aussitôt. Pour ne pas laisser la peur s'emparer de lui. Des touristes sollicitaient souvent ses conseils. C'était ainsi qu'il avait eu l'idée de proposer des séances d'initiation, de donner des cours, d'organiser des sorties en mer. Il en vivait pendant l'été. Le reste du temps, il ne manquait de rien. Il n'avait plus besoin de grand-chose.

— Et Alban ?

Armand hésita quelques secondes de trop.

— Alban savait que tu étais en vie, n'est-ce pas ? hurla Béatrix, furieuse. J'ai retrouvé son nom sur les registres de Sotheby's. Il a tranquillement poursuivi votre trafic !

Armand jeta un œil effrayé autour de lui. Toutes les têtes s'étaient tournées vers eux. Il acquiesça :

— Alban savait, oui.

— Il a triché toutes ces années avec moi… toi aussi ! Vous m'avez menti !

Elle ravala un sanglot et, d'une main ferme, empêcha son père de se pencher vers elle.

— Je ne veux pas de ta compassion. Je veux savoir, c'est tout. Tant pis si je dois souffrir. Ne cherche surtout pas à me consoler ! Quand Alban a-t-il su que tu n'étais pas mort ?

— Quelques mois après l'accident… Peu après le décès de votre grand-père, je l'ai contacté et je lui ai tout raconté. Il restait quelques pièces à vendre, je ne voulais pas qu'elles soient perdues.

— Pourquoi devais-je être tenue à l'écart ? Tu n'étais pas mon père à moi aussi ? Même si tu ne voulais pas que je sache pour les bijoux, tu aurais au moins pu me dire que tu étais vivant !

Armand tenta d'expliquer son choix. S'il n'avait mis que son fils dans la confidence, c'était pour protéger sa fille. D'après Alban, le deuil l'avait fragilisée. Elle ne se remettait pas. Alban répétait qu'elle pleurait souvent, qu'elle n'avait plus le goût des choses simples, que le moindre souvenir lui causait du chagrin. Armand n'avait pas voulu ajouter à sa peine. Il se sentait tellement coupable qu'il avait songé qu'elle ne lui pardonnerait pas. Par sa faute, Charlotte était morte… Il avait dit à Alban où étaient cachés les derniers bijoux à vendre, il lui avait recommandé de les écouler chez Sotheby's afin d'en tirer un bon prix, de continuer à faire vivre la bijouterie et de garder le secret.

— J'ai fait ce que je pensais être le mieux pour toi, conclut Armand. Je ne pouvais pas te dire que ta mère était morte, que je m'en étais tiré… C'est moi qui aurais dû mourir ! Pas elle !

Il sanglota et cacha son visage entre ses mains.

— Tu peux verser toutes les larmes que tu veux, marmonna-t-elle. Rien ne peut m'attendrir.

— Tu es cruelle !

— C'est possible… Je suis celle que vous avez façonnée avec vos mensonges. Tu imagines le choc de te revoir aujourd'hui ? Ce que ça fait de savoir que j'ai prié sur ta tombe vide pendant des années alors que tu vivais tranquillement ici ? Je crois que tu t'es caché pendant tout ce temps avec le seul souci d'échapper à des questions, à la justice peut-être aussi. Mais tu n'as pas à t'inquiéter, je ne dirai rien de ta présence ici. Tu peux y rester planqué… tout seul… jusqu'à la fin de tes jours !

Elle recula sa chaise un peu brusquement et fit grincer le plancher couvert de grains de sable. Elle se tourna vers la plage. Clara était toujours là, assise sur son gros rocher, une casquette vissée sur le crâne et de sombres lunettes masquant ses yeux. Elle patientait, immobile.

Autour d'elle, le soleil illuminait un paysage de rêve : un ciel et une mer d'un bleu puissant, des montagnes rouges qui baignaient dans les flots. Béatrix eut l'impression de remarquer pour la première fois la beauté du lieu.

— Et ma mère ? demanda Armand. Comment va-t-elle ? Alban m'a dit que ce n'était pas brillant…

Il espérait retenir Béatrix. Il savait combien sa grand-mère comptait pour elle.

Elle eut envie de lui hurler qu'il était grand temps de se préoccuper d'Amarine ! Elle aussi, il l'avait oubliée quand il avait fui ! S'il voulait la voir, vivre auprès d'elle, s'occuper d'elle, il n'avait qu'à sortir de la clandestinité !

— Elle a beaucoup vieilli. Elle n'a plus sa tête. Elle est dans son monde, elle fait n'importe quoi, n'ayant plus aucune conscience de ses actes. Mais, vois-tu, ce n'est pas plus mal ! Quoi qu'elle entende, elle ne comprend pas. Aussi, elle ne saura jamais ce que tu as fait ! La maladie l'en épargne ! Dieu soit loué, dirait la gentille Odile !

— Tu n'as pas besoin d'être aussi méchante !

— Ne te fatigue pas ! C'est fini le temps où j'écoutais tes leçons ! Je ne crois pas que tu puisses te permettre de m'en donner encore !

Armand s'écroula sur la table, le visage entre ses bras. Il pleurait, ses épaules secouées par les sanglots.

Béatrix chercha si elle avait envie de se blottir contre lui, de le consoler.

Non, décidément le deuil était consommé.

Elle regarda une dernière fois son père. Il n'était pas devenu un étranger, mais elle ne pouvait plus l'appeler Papa. Il était quelqu'un qui avait tenu une grande place dans son existence, à une autre époque… quelqu'un qui l'avait blessée.

— Tu es prête, Béatrix ? demanda Clara. Je sais que tu n'aimes pas l'avion mais…

— Ne t'inquiète pas, je suis prête.

— Tu as envoyé toutes les lettres que tu as écrites ces jours-ci ?

— Je suis allée à la poste avant-hier soir, répondit Béatrix en empoignant son sac de voyage. Chacun aura reçu son message avant que je ne sois de retour. J'espère que cela m'évitera de devoir donner des explications supplémentaires sur mes choix. Je n'ai pas envie de me justifier davantage.

Clara acquiesça et elle jeta un coup d'œil par la fenêtre pour embrasser une dernière fois le magnifique paysage de la baie de Calvi. Elles y avaient passé une semaine, après avoir quitté Serriera, Béatrix n'ayant pas le courage de revenir immédiatement sur le continent après sa rencontre avec son père. Elle avait eu besoin de temps pour faire le point, prendre quelques décisions.

— Merci Clara, murmura Béatrix en refermant la porte de la chambre. Merci pour ton aide, pour ton soutien. Je ne sais pas si j'aurais pu tenir sans toi.

— Je pourrais te remercier aussi. C'est valorisant de sentir qu'on compte pour quelqu'un… qu'on a quelque chose à lui apporter.

Après un accès de colère, après avoir maudit son grand-père et son père, Alban s'était effondré dans le canapé. Les larmes aux yeux, il relisait la lettre de sa sœur.

« Alban,

Quand j'ai pris mon stylo pour t'écrire, j'étais pleine de reproches à ton égard. Alors je l'ai posé, j'ai pris le temps de me calmer, de réfléchir afin de ne te dire que ce qui me concerne et de ne pas te juger. J'ai souffert ces derniers mois et je ne veux pas vivre avec un esprit de vengeance.

J'ai retrouvé notre père en Corse. Tu le sais peut-être déjà. Tu as toujours su qu'il était encore de ce monde. Pour moi, l'essentiel est d'avoir obtenu des réponses à toutes ces questions qui me tracassaient depuis des mois et d'avoir enfin l'impression d'être en paix.

Je ne reviendrai plus travailler à la bijouterie et je vais quitter Paris. Je ne peux rester, il y a désormais un trop grand fossé entre nous. Je te croiserai peut-être parfois à Saint-Vaast, ce sera sans hostilité.

Je ne suis pas inquiète pour la boutique que tu as toujours su gérer de main de maître et je sais que tu n'es pas seul. Avec Nath, Bob et Daniel, tu t'en sortiras sans problème.

Je vais privilégier ma vie et je te demande de respecter ma décision. Il est inutile de tenter de me faire changer d'avis. Je ne veux pas que tu me contraignes à une discussion dans laquelle je risquerais d'en venir à te blâmer ou qui finirait en dispute de chiffonniers.

Nous, c'est un peu comme un vieux couple… Parfois il y a un moment où les routes se séparent. Il faut savoir l'accepter. Ça rend les choses plus faciles et on évite de se déchirer davantage. Je ne voudrais pas que cela nous arrive.

Prends bien soin de toi.

Ta sœur, Béatrix. »

21

Assez des histoires qui se terminent mal !

Béatrix était revenue à Paris, elle n'y avait fait qu'une halte de trois jours. Le temps de mettre son appartement en vente, de dire au revoir à Bob et à Nath lors d'un dîner dans un charmant resto du cinquième arrondissement.

Ils achevaient le dessert, un délicieux fondant au chocolat, nappé d'une crème à la vanille dont le patron gardait jalousement le secret.

Béatrix avala sa dernière bouchée et un sourire illumina son visage.

— Tu sembles heureuse, dit Bob en la regardant.

— Je le suis.

Elle était soulagée de quitter la capitale, la bijouterie. Elle partait, elle changeait de vie.

— Tu n'as pas peur de regretter, Trésor ?

— De regretter quoi ?

— Paris, l'agitation des rues, ton travail… et nous peut-être !

— Vous me manquerez mais on se reverra ! Vous serez les bienvenus dans le Cotentin !

Bob frémit. Pour lui, s'exiler dans le Cotentin, c'était comme aller à Tataouine, se perdre au bout du monde.

— Pourquoi faut-il que tu penses aux regrets ? demanda Nath à Bob.

Jusqu'alors, elle était peu intervenue dans la conversation.

— On ne peut pas toujours les éviter, reprit-elle, puisqu'on ne peut revenir sur le passé. Je crois que Béa fait ce qui lui convient le mieux pour le moment. C'est parfois difficile de prendre une décision, alors si on songe aux suites… on ne fait plus rien. Décider, c'est ne pas subir ! C'est déjà beaucoup !

Béatrix et Bob acquiescèrent tout en mesurant combien Nath avait changé. Quelques mois plus tôt, elle s'était écroulée au point de mettre ses jours en danger. Cet effondrement dont elle s'était sortie la rendait maintenant plus forte. Elle avait des projets. Certes elle continuait de travailler à la bijouterie car c'était son gagne-pain mais ce n'était plus sa raison de vivre ! Elle voulait peindre davantage et surtout progresser dans son art. Elle suivait des cours pour se perfectionner, apprendre de nouvelles techniques…

— Je suis sûre que Nath aura plaisir à venir poser son chevalet en Val de Saire ! déclara Béatrix. Il y a, dans la Manche, des couleurs uniques !

— Il y a aussi du ciel gris et de la pluie, grogna Bob.

— C'est vrai mais, quand le soleil est là, la lumière est telle que ça rachète les mauvais jours.

— Je viendrai à Saint-Vaast chercher l'inspiration, assura Nath.

— À Saint-Vaast ou ailleurs ! précisa Béatrix.

— Comment ça ? interrogea Bob. Je ne comprends plus rien !

— Je ne sais pas si je vais résider à Saint-Vaast, expliqua Béatrix. C'est un endroit que j'adore et j'y viendrai souvent pour voir Amarine, Clara et Odile. Mais je ne veux pas vivre dans la maison de famille. Je ne pourrai pas… Il serait peut-être bon pour moi que je sois éloignée de quelques kilomètres.

— Où vas-tu habiter ?

— Pour le moment, dans un meublé, dans un gîte ou à l'hôtel… Je vais prendre ce que je vais trouver ! Les vacances sont commencées alors ce ne sera pas aisé. Je peux aussi aller chez Amarine quelques jours. Personne ne m'a bannie ! Mais je souhaite que ça ne dure pas et je vais me mettre en quête d'un logement à louer, à acheter. Peu importe !

— Mais où ?

— Je n'en sais rien. Je vais prospecter. Cependant j'ai une exigence, je veux voir la mer derrière mes carreaux ! Je veux en profiter, chaque jour… quel que soit le temps ! Tu te souviens de ta phrase, Bob ? De ce *Carpe diem* que tu m'as appris ? C'est ainsi que j'imagine ma vie désormais. Je vais continuer à créer mais chez moi. Sans patron, sans contrainte. Je proposerai ce que j'ai réalisé à des bijoutiers et peut-être que ça marchera. Je préfère me contenter de peu, de moins… et être heureuse.

— Tu n'as pas peur de manquer... financièrement ? Tu n'auras jamais sur Cherbourg une clientèle aussi riche qu'à Paris.

Béatrix sourit et saisit la main de son ami. Il était évident que Bob cherchait tous les arguments possibles pour qu'elle renonçât à son projet. Elle partait et il se sentait abandonné. Il avait des amis, des amours et une existence plutôt bien remplie, il était rarement seul mais sa complice au quotidien, c'était Béatrix. Elle bossait près de lui et il n'avait qu'à se lever de son établi, à faire deux pas pour aller lui murmurer quelques mots à l'oreille.

— J'ai été habituée à avoir un train de vie plutôt... impressionnant et ce n'était pas le bonheur ! Je crois que je peux m'épanouir autrement. Si je me trompe, si je n'ai pas fait les bons choix, si je ne parviens pas à m'en sortir, je prendrai un autre chemin ! Je peux aussi exiger d'Alban qu'il me verse une part de ce qui me revient ! Mais je n'en ai pas envie.

Bob hocha la tête. Rien ne pourrait la retenir... à moins que...

— Et le prince charmant, Trésor ? Tu penses le rencontrer dans la Manche ?

Béatrix éclata de rire :

— Celui-là, si jamais il passe à Saint-Vaast, je le capture dans mes filets !

Elle fit un signe au serveur et demanda l'addition.

— Je vais dormir pour la dernière fois à Paris, dit-elle à ses amis, et cela ne me fait pas peur. Ne te tracasse pas, Bob. On se verra souvent...

Grâce à Bob, Adrian avait appris que Béatrix était de retour à Paris. Depuis la veille, il tentait de la voir. Elle n'était pas venue à la bijouterie. Alors il l'attendait devant son immeuble. Elle finirait bien par rentrer...

Elle l'aperçut près du portail, elle coupa le moteur et vint le rejoindre, s'asseyant comme lui sur le muret de pierre qui faisait le tour du bâtiment.

À son air, elle devina qu'il était encore contrarié par sa brusque disparition quelques semaines plus tôt. Il lui avait laissé des messages dans lesquels perçaient tantôt la déception, tantôt la colère. Elle ne lui avait pas répondu une seule fois.

— Je vous prie une nouvelle fois de m'excuser, dit-elle, d'être partie aussi brusquement. Comme je vous l'ai expliqué dans la lettre, j'ai fait ce que je croyais être le mieux.

— Nous en sommes au vouvoiement, après une nuit passée dans les bras l'un de l'autre. J'avoue que je ne saisis pas ! Ou alors... c'était du sexe et rien d'autre ? On a tiré un coup et basta ?

Son vocabulaire familier, qui ne lui ressemblait pas, laissait transparaître son courroux.

— Non, ce n'était pas cela.

Elle essaya de lui prouver qu'il se trompait. Elle raconta son voyage en Corse, ce qu'elle y avait découvert : son père ressuscité et tout un pan de l'histoire des Andrieu. Ces révélations lui avaient permis de mettre un terme à des mois de bouleversements.

Maintenant elle s'apprêtait à quitter Paris pour recommencer une autre vie. Elle ne niait pas l'ancienne mais il lui fallait redémarrer autrement.

Il l'écoutait attentivement, l'observait aussi. Elle lui plaisait… Ses boucles brunes, ses yeux presque noirs comme le charbon ne la rendaient pas douce. Pourtant elle l'était. Il avait goûté à sa tendresse pendant quelques heures. Quant à sa sensibilité, chaque fois qu'elle lui avait parlé, il l'avait mesurée. Il était sous le charme sans que jamais elle ait cherché à être séduisante. Elle était sans artifice. Le plus étonnant, c'était qu'en dehors d'une grosse paire d'anneaux en or blanc torsadé qu'elle paraissait ne jamais quitter, qui se mêlaient à sa chevelure, elle ne portait aucun bijou. Jamais il ne lui avait vu une parure… ni même une bague. C'était étrange quand on songeait qu'elle passait son temps à fabriquer des colliers, des bracelets pour les autres. Sa féminité était ancrée en elle, elle n'avait pas besoin d'atours particuliers. Ses ongles soigneusement manucurés étaient bien son unique maquillage. Dieu ! Comme il avait aimé lorsqu'elle les avait fait glisser lentement sur la peau de son dos !

— Il n'y a pas de nous alors ? avança-t-il.

— Je n'ai rien à vous proposer au sens où vous le souhaitez. Je pars pour me retrouver, me reconstruire. Je ne veux pas bâtir une liaison qui sera encore un échec. Toutes les histoires se terminent mal ! J'en voudrais une qui se finisse bien ! C'est-à-dire qui n'ait pas de fin ! Ça tient du mythe, n'est-ce pas ?

Il écarquilla les yeux d'un air qui signifiait qu'il n'avait pas compris.

Elle développa. Elle ne voulait pas de vie de couple, pas de routine et surtout pas d'enfant. Si quelqu'un entrait dans son existence, ce serait sans contrat, sans obligation.

— Bref ! Ce que tu veux, c'est des aventures sans lendemain ! lâcha-t-il avec hargne. Comme la nôtre ! Aucun amour là-dedans ! Des mecs de passage… Quand tu n'es pas avec l'un, tu es avec l'autre ! Les sentiments, tu n'en as rien à cirer !

— Vous n'y êtes pas du tout ! rétorqua-t-elle, offusquée. Je ne remets pas en question la fidélité. Elle est indissociable de l'amour. Ce sont les conventions qui me gênent, qui m'étouffent. Vous rêvez d'une vie à deux. Pas moi. Je l'ai perçu dans les quelques messages que vous m'avez envoyés ces derniers temps. Malheureusement, je ne vous offrirai pas ce que vous souhaitez. Je ne suis pas celle qu'il vous faut. J'aspire à la liberté, à respirer… surtout après que ma confiance a été abusée comme elle l'a été par mon frère, par mon père… Je ne veux pas feindre.

— Alors ces quelques heures avec moi, nos baisers, nos caresses, ce n'était rien ?

— Je n'ai pas dit cela !

— J'avais cru, même avant cette fameuse nuit, que nous pouvions nous entendre… On avait passé un bon séjour à New York. On discutait, on riait parfois même si la situation ne s'y prêtait pas toujours.

Il semblait désespéré. Béatrix l'était aussi. Elle était sur une autre planète, avait l'impression de parler un langage différent. Comment traduire ce qu'elle ressentait ? Elle refusait le couple parce qu'il rimait avec conciliation, avec sacrifice, avec ingratitude. Elle ne voulait pas s'accommoder des désirs de l'autre, elle repoussait les compromis sous prétexte d'être deux.

— Comment vous expliquer ? murmura-t-elle, décomposée. Je fais le choix d'un autre chemin. Je ne l'impose à personne parce que je n'admettrai plus désormais qu'on me dicte ma conduite. Je ne veux pas m'engager.

— Je ne t'ai pas demandée en mariage, souffla Adrian.

Il continuait à la tutoyer et elle lui donnait du vous…

— C'est vrai. Mais vous avez tant insisté pour qu'on se revoie… Dans vos messages, vous parliez d'être là pour moi, au quotidien, de me soutenir. Vous disiez que vous pouviez m'apporter la sécurité. C'est adorable mais non…

— Tu as peur d'être étouffée.

Il saisissait maintenant. Elle avait besoin de se prouver qu'elle pouvait relever la tête seule.

— Je crains le cannibalisme amoureux ! répliqua-t-elle sur un ton badin.

Il sourit car l'idée était drôle. Intérieurement, il reconnaissait qu'il aurait été capable de la dévorer toute crue tant elle lui plaisait.

— Alors, si je comprends bien, si je ne te mets pas dans une cocotte avec quelques légumes et une sauce aux alliances, je peux espérer te revoir ?

Il se détendait et elle perçut le soulagement venir en elle. Son estomac se dénouait. Mais elle devait être honnête.

— Je pars demain, murmura-t-elle.

— Demain ?

— Oui. Très tôt. Le plus tôt possible. Maintenant que j'en ai fini ici, je ne veux pas rester… Je ne peux pas.

— J'ai le droit de t'aimer, même à distance ?

Béatrix sentit qu'elle faiblissait. Il y avait bien longtemps qu'elle n'avait pas rencontré un homme aussi touchant. Il faisait nuit et Adrian ne put remarquer son trouble.

— Je ne pense pas que l'amour s'embarrasse d'une autorisation, répondit-elle. S'il est fort, il n'a nul besoin de contrat. On peut éviter de se laisser bâillonner par la morale, par les convenances sociales… ou par des idées vieilles comme le monde et complètement erronées ! Je ne viendrai pas à Paris car je ne veux plus y mettre les pieds mais toi, tu viendras me voir quand tu voudras.

Elle l'avait tutoyé et il respira doucement. Il ne l'avait pas perdue… pas encore… pas tout à fait.

— Tu poseras ton sac chez moi pour un jour, deux, trois si tu le souhaites, reprit-elle. Mais tu resteras celui que tu es : historien, journaliste… travaillant à Paris, bougeant en Europe ou ailleurs pour les besoins de ton boulot. Ce sera sans contrainte, sans routine, sans usure. Nous inventerons notre histoire.

Pour la énième fois, Odile se retourna dans son lit. Le réveil indiquait 1 h 30 et elle ne dormait pas. Elle se leva, descendit sans bruit à la cuisine, fit chauffer de l'eau pour se préparer une tisane. Peut-être arriverait-elle enfin à trouver le sommeil.

Elle but lentement le chaud breuvage dès qu'il fut prêt et dans sa tête, après chaque gorgée, elle répétait ses mots.

Dans quelques heures, quand Béatrix arriverait, elle lui parlerait ainsi qu'à Clara. Il y avait eu trop de cachotteries. Ce n'était pas bon.

Certes Odile n'aurait jamais imaginé qu'Armand fût encore vivant. Cette nouvelle, chuchotée par Clara au creux de son oreille, l'avait ébranlée. Elle plaignait Béatrix de l'avoir découvert de cette façon, après tant d'années… C'était monstrueux de faire souffrir son enfant, de le laisser pleurer sur une tombe vide.

Cette révélation avait bouleversé Odile, Béatrix, mais aussi Clara. Elle était revenue à Saint-Vaast un peu déboussolée, doutant de tout. Qu'un père puisse mentir à son enfant était impardonnable pour elle. Cette fragilité avait ému Odile, lui avait fait peur aussi. Clara avait déjà connu une descente aux enfers et la guérison de ses addictions n'était pas définitivement acquise. Les médecins avaient été clairs à ce sujet. La drogue resterait le talon d'Achille de la jeune femme. Elle pouvait replonger au moindre pépin.

— Il est temps de faire la lumière, murmura Odile. En espérant que je ne subirai pas le même sort qu'Armand… que Béatrix ne m'en voudra pas de m'être tue pendant si longtemps… que Clara ne brisera pas, en représailles, ce lien que nous avons eu tant de mal à tisser.

Elle remonta dans sa chambre, le pas un peu lourd, se rallongea sur son lit, ferma ses paupières. Des images de sa jeunesse défilaient. Elle se revit arriver chez les Andrieu, faire connaissance avec Amarine… Son regard bleu, très clair, l'avait tout de suite charmé. C'était une femme en qui on pouvait avoir confiance. Odile avait su qu'auprès d'elle, elle serait comme dans son propre foyer.

Elle s'endormit sur ces moments du passé et s'éveilla en sursaut, inquiète de voir qu'il faisait déjà grand jour, angoissée d'entendre brailler dans la cour. Elle se précipita pour ouvrir la fenêtre. Ce n'était rien de grave… seulement la voiture du cirque qui passait un peu plus haut, sur la route, qui annonçait au travers d'un porte-voix la représentation du soir.

Sans tarder, elle prit sa douche et s'habilla. Il lui fallait gagner la cuisine des Andrieu. Elle y attendrait Béatrix.

Il était 10 heures quand la voiture de la jeune femme se gara dans l'allée de graviers.

Le cœur battant, Odile lui demanda de la rejoindre. Clara était déjà là, elle épluchait des carottes.

— Il est important que je vous parle, à toutes les deux, dit-elle avec un air tellement sérieux que Béatrix songea qu'elle n'en avait pas fini avec les problèmes.

Elle tenta cependant de protester, elle souhaitait d'abord embrasser Amarine.

— Plus tard, répondit Odile avec fermeté. Je ne peux plus différer. Ça fait des jours que je patiente, que je ressasse. Vous savez tout ou presque des Andrieu et des Linkeln. Je vais vous raconter le reste… ce qui manque à ton histoire, Béa. On t'a déjà beaucoup menti et je m'en voudrais de ne pas tout te révéler maintenant. Le secret n'est plus utile et Dieu m'accordera peut-être sa clémence pour mes mensonges passés. À toi aussi, ma fille, reprit-elle en regardant Clara, je demande pardon de n'avoir rompu le silence plus tôt.

Béatrix s'assit face à Odile. Clara laissa tomber son économe sur le bord de l'évier et s'essuya les mains. Elle ne saisissait pas ce qu'elle venait faire dans ces embrouilles qui ne concernaient que les Andrieu.

— Béa, ton père t'a dit tout ce qu'il savait du drame des Linkeln et il ne t'a pas trompée. Sauf que tous les membres de la famille ne sont pas morts cette nuit-là…

Quand les flots avaient rabattu le chalutier sur des récifs, que la coque avait explosé, Sarah avait été séparée de ses parents… et elle avait été sauvée par un des pêcheurs. Tombé à l'eau en même temps qu'elle, il avait attrapé la petite, avait nagé avec elle jusqu'au rivage. Il avait ensuite conduit la fillette chez des gens qui habitaient une ferme, prés de l'Anse de Landemer. Ils appartenaient à la Résistance ; ils ne pouvaient pas garder cette enfant avec eux. Pour eux, pour elle, cela aurait été trop risqué. Du haut de ses huit ans, elle leur avait raconté la fuite avortée, le naufrage, le cauchemar, la disparition des siens. Dans un premier temps, la gamine avait été envoyée en Provence et confiée à un réseau de maquisards. De là on lui avait fait gagner l'Angleterre.

Un couple de Londoniens avait adopté Sarah, l'avait choyée, l'aidant à grandir sans trop souffrir de son passé. Elle avait suivi des études d'infirmière, avait trouvé un emploi dans un hôpital de la banlieue de Londres. En 1952, à dix-huit ans, elle s'était mariée avec un jeune médecin. La même année, elle donnait naissance à un bébé : Odile… et elle perdait ses parents adoptifs. Comme si le malheur devait toujours la rattraper quand elle se croyait enfin heureuse.

Odile avait vécu dans une famille paisible entre sa mère, qui lui apprenait à parler le français, et son père qui se dévouait pour les malades qu'il soignait au sanatorium. Ils n'avaient pas souhaité avoir d'autres enfants. Aussi ils gâtaient Odile, la chouchoutaient. Le bonheur avait duré quinze ans. La tuberculose avait fini par emporter Edward et, quelques mois plus tard, Sarah.

Encore une fois, le destin n'avait pas épargné Sarah. Malade, sentant la fin venir, elle avait écrit une longue lettre à sa fille.

Odile fouilla dans sa poche et en sortit une enveloppe jaunie. Elle la tendit à Béatrix :

— Si tu veux bien la lire… Moi, je la connais par cœur.

— Je crois qu'elle revient à Clara, répondit Béatrix.

Elle était livide, bouleversée. Ainsi toute la famille Linkeln n'avait pas péri. Sarah avait survécu et elle était la mère d'Odile. C'était étrange comme les faits et les gens étaient liés les uns aux autres. Les destins se croisaient, s'éloignaient pour mieux se retrouver…

Les doigts de la belle rousse tremblaient quand ils saisirent la feuille de papier.

— Mon Odile, ma petite Adorée, commença Clara, la voix un peu chevrotante. Te souviens-tu combien de fois tu m'as parlé de tes prénoms ? Tu me demandais de t'expliquer mes choix et je te répondais : Odile, parce que j'aime, Yardena, comme ta grand-mère, Amarine en hommage à une femme que j'ai connue quand j'étais enfant et à laquelle ma mère a accordé sa confiance dans cette période si difficile qu'a été pour nous l'occupation de la France par les Allemands.

Amarine… j'aurais tant aimé la revoir. Je n'ai jamais eu le courage de revenir en France.

Je vais bientôt partir, te laisser seule. Tu es si jeune. S'il est quelqu'un sur cette planète qui puisse apaiser ta solitude, qui puisse t'aider à grandir encore, c'est peut-être Amarine, si Dieu lui a prêté vie jusqu'alors.

Quand je ne serai plus là, si l'existence à Londres te semble difficile, pars en France. J'ai signé les autorisations pour que tu sortes du territoire sans problème. Je t'ai inscrite dans une école à Paris. Tu y seras pensionnaire. Ne sois pas inquiète pour les frais, tout est payé. Tu peux étudier paisiblement jusqu'à ta majorité. Je ne sais pas pourquoi mais j'ai toujours pensé que l'Angleterre, qui pourtant m'avait si bien accueillie, n'était pas notre terre…

La France est un pays ami, tu pourras peut-être y retrouver Amarine ou ses enfants. Elle avait deux fils à l'époque où nous avons fui. Il faudra que tu cherches à Paris, rue d'Anjou, là où j'ai vécu quand j'étais petite ou bien à Saint-Vaast, dans la Manche, un village du bord de mer dont il ne me reste que de vagues souvenirs car je n'y ai séjourné que quelques heures. Je me rappelle surtout le port où nous avons embarqué. Je sais que la famille d'Amarine possédait une demeure à Saint-Vaast. Si le cœur t'en dit, renseigne-toi. J'aimerais tant que tu aies un foyer… des gens sur lesquels tu puisses te reposer un peu avant de décoller dans la vie.

C'est tellement difficile de partir déjà et de ne pas t'avoir conduite là où je l'aurais voulu.

Il faudra me pardonner de ne pas être allée plus loin.

Je t'embrasse, mon Adorée, mon Cœur.

Ta Maman.

Dans la cuisine, il y eut un long silence. Béatrix baissa les yeux. Elle remarqua que la toile cirée n'avait pas été changée et que les coups de lame infligés par Amarine étaient toujours là, entamant les pommes et les cerises aux couleurs délavées. Elle s'en voulut de s'absorber dans la contemplation de détails aussi insignifiants alors que l'atmosphère n'était pas à la légèreté. Mais c'était peut-être cela qui sauvait les gens… se concentrer sur des choses de peu d'importance pour oublier les drames ou du moins les traverser, sans trop de dégâts.

Clara replia la lettre et la rendit à sa mère qui la glissa dans l'enveloppe avant de la ranger dans sa poche.

— Le mois suivant la mort de ma mère, expliqua ensuite Odile, je suis partie pour Paris. Rue d'Anjou, le concierge m'informa que madame Andrieu vivait à Saint-Vaast, qu'elle n'était pas revenue à Paris depuis longtemps. J'ai oublié mon école parisienne. J'ai pris le train jusqu'à Cherbourg puis le car. Je me souviens bien du jour où je me suis présentée chez Amarine. Je n'ai pas osé dire tout de suite qui j'étais. J'avais peur de tomber comme un cheveu sur la soupe. Je voulais découvrir un peu celle que ma grand-mère avait tant aimée et dont ma mère n'avait finalement qu'un souvenir d'enfant. Amarine cherchait quelqu'un pour l'aider à s'occuper de la maison. Elle a cru que je répondais à l'annonce qu'elle avait déposée sur la vitrine du boulanger… C'est drôle, n'est-ce pas ? Je me suis mise à son service. Chaque jour, je pensais qu'il fallait que je lui parle. Chaque jour, je reculais. J'étais bien et, à force d'attendre, j'ai songé que mes révélations pourraient paraître suspicieuses à Amarine, j'avais peur qu'elle ne me prenne pour un imposteur ! Peur de perdre cette place et cette famille dans laquelle je me sentais bien. Puis il y a eu les plongées… Alors je n'ai plus eu du tout envie de dire qui j'étais. Je ne savais pas exactement ce qui se tramait mais il me semblait que ce n'était pas clair. Les hommes s'enfermaient dans le bureau, parlaient entre eux, chuchotaient, se taisaient quand on arrivait. Un jour, dans une conversation, j'ai perçu un nom : le *Sainte-Marie*. Ça m'a fait froid dans le dos. J'ai compris qu'ils recherchaient l'épave du bateau dans lequel avaient péri mes grands-parents et le frère de ma maman. Souvent je me demandais pourquoi ils tenaient tant à retrouver ce tombeau et j'ai commencé à écouter leurs discussions, en cachette. Plus tard, j'ai saisi qu'ils avaient dû repêcher quelques richesses. Amarine n'était au courant de rien, je n'en ai jamais douté. Ensuite il y a eu l'accident. J'ai pensé que Dieu les condamnait bien trop sévèrement. Il punissait surtout Amarine en lui ôtant deux de ses fils… Amarine à laquelle je m'étais tant attachée. Pour rien au monde je n'aurais voulu la voir souffrir. Voilà… c'est tout. Pour ton père, Béa, je n'ai jamais rien su. Je n'imaginais pas qu'il puisse être encore vivant. Quand tu as commencé à poser toutes ces questions, il y a quelques mois, j'ai senti que tu avais appris des choses, j'ai seulement voulu te cacher qui j'étais. J'avais peur qu'on nous chasse de cette maison. Et toi, Clara, toi… je ne voulais pas te mentir sur tes origines mais… est-ce que tu me pardonneras ?

Sa voix s'étrangla et de grosses larmes perlèrent aux coins de ses yeux. Comment dire à Clara qu'elle ne pouvait la perdre de nouveau ? Longtemps elle s'était crue une mauvaise mère parce qu'elle n'avait pas élevé sa petite, qu'elle l'avait confiée aux bons soins des sœurs. Quand elle avait retrouvé Clara dans ce centre de désintoxication, elle s'était juré de ne plus jamais l'abandonner, de l'aider à se reconstruire, d'être toujours là, de près ou de loin, comme on devait l'être lorsqu'on est parent, qu'on porte la responsabilité d'une vie qu'on a mise au monde… Il n'y eut pas besoin de mots. D'un regard, Clara avait compris la détresse de sa mère. À travers la table, elle tendit sa main qui rencontra celle d'Odile.

22

Un balcon sur la mer

Un cri de gosse fusa et Béatrix ouvrit la fenêtre pour se pencher et regarder le quai. Tess courait après un ballon de baudruche que le vent avait emporté. Daphnée attrapa la petite d'une main, tout en ne lâchant pas Noé de l'autre. Elle les entraîna vers la voiture. Quand les enfants furent attachés dans leurs sièges, elle leva le bras et fit un grand signe à Béatrix.

— À bientôt !

— Oui ! cria Béatrix. Viens quand tu veux !

Sa cousine passait quelques jours à Saint-Vaast et elle avait déjeuné chez Béatrix avec ses enfants. Max était venu aussi, avec Elias. Les deux amoureux étaient réconciliés et, désormais, quand ils séjournaient en Normandie, ils allaient prendre un ou deux repas dans la maison familiale mais ils dormaient à l'hôtel des Fuchsias. Pour Elias, c'était ainsi beaucoup plus supportable…

Béatrix referma la fenêtre et resta à contempler la vue. Il n'y avait pas un chat dans la rue. L'automne arrivait et les promeneurs se faisaient rares. Pourtant il y avait encore de belles journées, même s'il fallait sortir avec un pull. Devant elle, le port de

Barfleur était endormi. Le seul bruit était celui des mouettes. Elles braillaient inlassablement.

Béatrix sourit. La mer était là, sous ses yeux, paisible. Seuls quelques moutons d'écume blanchissaient les vagues, indiquant le mouvement de l'eau.

Elle avait trouvé l'endroit dont elle avait souvent rêvé. Un havre de paix, de tranquillité… une maison, à deux pas de l'église Saint-Nicolas. Une demeure étroite sur trois étages, dont le dernier, celui qu'elle habitait, disposait de fenêtres hautes et larges d'où on embrassait le paysage.

C'était son refuge pour bâtir une nouvelle vie.

Deux, trois fois par semaine, elle allait passer l'après-midi auprès d'Amarine. Si le temps le permettait, elle l'emmenait en promenade. S'il pleuvait, elles restaient dans le salon. Clara faisait la lecture, Béatrix sortait les albums de photos, les commentait. Les deux femmes parlaient toutes seules car Amarine n'était que rarement présente… Si son corps était bien là, assis dans son fauteuil, son esprit était ailleurs. Elle avait cessé de prononcer le moindre mot. Il fallait se fier aux mouvements presque imperceptibles de ses paupières pour savoir qu'elle écoutait ou du moins qu'elle percevait des bruits, des voix. Elle avait perdu l'agressivité, les sautes d'humeur qui l'avaient caractérisée ces derniers mois. Elle s'en allait, tout doucement… sur la pointe des pieds. Elle dormait de plus en plus, comme si elle était épuisée par le dur labeur de l'existence et, plusieurs fois, le matin, son auxiliaire de vie qui venait la réveiller, s'occuper d'elle, s'était penchée sur elle pour voir si son cœur battait encore, si elle respirait.

Ce faible mouvement de la poitrine, Béatrix l'observait souvent quand Amarine somnolait dans son fauteuil. Elle n'avalait que de minuscules gorgées d'air. Elle ne demandait plus rien, elle n'attendait plus rien comme si sa conscience s'était abolie. D'après le médecin, il n'y avait plus ni souffrance, ni douleur. Mais qu'en savait-il au fond ? Aucun malade d'Alzheimer, aucun mourant n'avait pu le dire. Parfois, Béatrix espérait qu'Amarine s'endormirait un soir et n'ouvrirait plus jamais ses paupières. Ce ne serait pas malheureux comme une fatalité mais beau comme un destin qui parvenait à son terme, qui était enfin accompli.

Un SMS tira Béatrix de sa rêverie. Clara lui envoyait un message, une phrase pour savoir si tout allait bien. Béatrix lui répondit. Une connivence s'était établie entre les deux femmes et, si elles se voyaient un peu quand Béatrix venait chez les Andrieu, elles passaient davantage de temps ensemble à l'extérieur, pour une promenade, un dîner. L'aventure corse avait fait d'elles de vraies complices.

Béatrix aimait le côté réservé, un peu sauvage de Clara. La jeune femme était discrète, pas étouffante et en même temps, on pouvait compter sur elle. Elle ne se permettait jamais un jugement, jamais une parole de trop, comme si ses années de galère lui laissaient en héritage une immense sagesse. Elle ne débordait pas d'émotions mais, sans doute, avait-elle appris à les cacher.

Béatrix avait remis à Clara le collier de Yardena. Odile ne voulait pas du bijou. Il était le seul legs de sa grand-mère, elle estimait qu'il revenait à sa fille. Odile répétait que son plus beau souvenir du passé, son vrai lien avec sa famille disparue, c'était Amarine. Ravagée par l'émotion, Clara avait à peine effleuré les perles et l'émeraude de la parure et elle était allée la ranger dans sa chambre…

Depuis son départ de Paris, Béatrix n'avait contacté Alban qu'une seule fois, pour lui demander s'il possédait encore quelques objets ayant appartenu aux Linkeln. Si c'était le cas, elle le sommait de rendre les biens à Odile et Clara. Il n'avait plus rien. Il avait proposé un dédommagement financier qu'Odile avait refusé.

— J'ai ce qu'il me faut en étant au service de la maison Andrieu et, tant que madame Edwige accepte de garder Clara ici, tout est parfait.

Clara était devenue l'homme à tout faire d'Edwige…

Cela ne durera pas, songea Béatrix en se réinstallant a son établi. C'est tant mieux. Quand Odile prendra sa retraite, il y a fort à parier que ma tante leur demandera de partir. Je ne vois pas comment elles s'en sortiront financièrement et Clara peut prétendre à mieux que de servir Edwige dans une maison où on ne fait que la tolérer, où elle doit tendre la main pour récupérer quelques billets… Je sais qu'elle a d'autres talents.

Les aptitudes de Clara, Béatrix les avait observées. Plusieurs fois la jeune femme était venue rendre visite a son amie alors que celle-ci travaillait.

Pour s'amuser, Béatrix lui avait tendu le ciseau et un morceau de cuivre… Le résultat avait été étonnant. Clara avait une capacité naturelle à sculpter le métal.

— Il faudra que je t'apprenne, avait dit Béatrix. Tu es douée, ce serait dommage de ne pas développer ce don.

Elle se promettait de le faire. Durant l'hiver, Clara aurait moins de travail chez les Andrieu. Il faudrait en profiter pour lui donner quelques leçons… avant de lui trouver un patron ! Un artisan qui serait disposé à prendre à ses côtés un apprenti désireux de progresser.

Béatrix en avait discuté avec Bob. Il était venu passer quatre jours à Barfleur, accompagné de Nath. Il connaissait un type qui excellait dans la fabrication d'objets en émail cloisonné. Ce serait peut-être une possibilité pour Clara ! Quel clin d'œil à l'Histoire sachant que, parmi les aïeux de la jeune femme, certains avaient travaillé aux côtés du grand Fabergé !

Béatrix sourit en songeant à Bob… Pendant son séjour à Barfleur, la maison avait résonné de bruits et de chants. Il fredonnait toujours, Bob… Durant une matinée entière, il les avait même soûlées avec le répertoire de Luis Mariano ! Nath avait promis que lors de leur prochaine visite elle apporterait des bouchons d'oreilles.

Béatrix jeta encore un coup d'œil à la mer. Assise devant son établi, elle faisait face au plus merveilleux des tableaux.

Cependant elle se décida à baisser les yeux, elle devait continuer son ouvrage. Elle fabriquait un collier, déjà baptisé le *Chrysler Building*.

Elle utilisait différents matériaux pour le réaliser. De l'argent massif, de l'acier, du cuivre… Elle reprenait l'idée qu'elle avait crayonnée dans son calepin, un jour de printemps, au coin de Lexington Avenue.

Le bijou était une véritable parure, à porter sur un décolleté. L'assemblage était en cours. C'était un ensemble de voûtes, de gradins, d'arêtes… des pièces ciselées mobiles retenues entre elles par de fins maillons à peine visibles. À la pointe, un aigle en argent pendait, entouré de deux breloques en forme d'ananas. Elles tombaient tout juste dans le sillon de la gorge, à la naissance des seins.

Le collier, pourtant inachevé, était déjà retenu par un bijoutier de Cherbourg. Avec la crise, les boutiques ne vendaient plus seulement de l'or et du diamant. On s'adaptait, on proposait à la clientèle des produits plus abordables. Dans les vitrines, entre l'or et les pierres précieuses, on glissait de la céramique, du cuir, des semi-précieuses…

Adrian descendit du train à Valognes. Quand il sortit de la gare, il aperçut tout de suite Béatrix. Elle l'attendait, appuyée contre le capot de sa voiture. Elle était amusante avec son bonnet, son écharpe qui masquait son menton et son énorme parka. Il songea qu'elle avait raison d'être ainsi emmitouflée et il remonta le col de son manteau. Lorsqu'il s'approcha, elle lui ouvrit ses bras. Il laissa tomber son sac et la serra contre lui.

Chez Béatrix, il se fit la réflexion que son appartement lui ressemblait. C'était sans comparaison avec celui qu'elle avait occupé à Paris. Ici, elle avait posé son empreinte partout. Sur un mur, deux toiles de Nath trônaient. L'une était intitulée un soir à Saint-Marcouf… Il demanderait à Béatrix de l'emmener dans cet endroit si beau. Sur l'autre mur, des photos, des cartes postales… des mots de Bob qui commençaient toujours par « Trésor »… La table basse était encombrée de livres, un fauteuil croulait sous les magazines. Le désordre était charmant.

Sous les fenêtres qui occupaient toute la façade, c'était le monde de Béatrix, sa passion : un établi, des outils, des pierres, des métaux et un collier qui promettait d'être unique. Adrian l'admira, sans se risquer à le toucher car certaines pièces n'étaient pas assemblées. Puis il releva les yeux. La mer était là, devant lui.

Il comprit pourquoi à chaque fois qu'ils se téléphonaient, elle lui répétait qu'elle était heureuse, qu'elle avait tout ce qu'il lui fallait…

Il n'avait jamais osé lui demander s'il ne lui manquait pas un peu. Elle aurait dit non, de toute façon. Elle lui avait promis une histoire qui se construirait… sans promesses. Il avait encore du mal à se faire à cette idée. Cependant, pour ne pas la perdre, il était prêt à accepter ce pacte pour le moins insolite. Après tout, pourquoi pas ? Ils échapperaient à la banalité. Certaines personnes disaient parfois désirer changer de vie, avoir le droit à une seconde chance. Lui, il ne modifierait rien. Il aurait une autre existence qui se tisserait en parallèle avec celle qu'il menait à Paris, pour son travail. Barfleur, ce serait son ailleurs. Barfleur, ce serait Béatrix.

Il sentit que deux mains entouraient sa taille et il soupira d'aise.

— C'est le bonheur de contempler ce paysage, non ? chuchota Béatrix.

Il se retourna et l'embrassa.

— Le bonheur, c'est d'être avec toi, murmura-t-il en l'attirant vers le canapé.

Amarine était dans son fauteuil quand Béatrix entra dans la bibliothèque suivie par Adrian. Clara était à genoux, aux pieds de la vieille dame. Elle massait ses chevilles. Elle se redressa, murmura un faible bonjour, embrassa Béatrix, tendit la main à Adrian et déclara :

— Je vais vous laisser.

— Surtout pas, répondit Béatrix. Je tenais à ce qu'Adrian fasse ta connaissance, celle d'Odile et celle d'Amarine bien sûr ! Je lui ai tant parlé de vous.

Ils s'installèrent tous les trois autour d'Amarine et bavardèrent, tandis que la vieille dame admirait le feu qui dansait dans la cheminée. Odile vint les rejoindre apportant un plateau chargé de tasses et de biscuits. Béatrix la pria de rester, de s'asseoir avec eux.

Adrian était presque ivre de ravissement. Quand Béatrix lui avait proposé cette visite à la maison de Saint-Vaast, il avait compris qu'elle tenait à lui. En le présentant aux êtres qui étaient chers pour elle, elle l'assurait de son amour. Il n'y voyait aucun engagement dans l'avenir. Elle laissait seulement son cœur s'exprimer. Il se souvint de ses mots la dernière fois qu'il l'avait vue à Paris : « nous inventerons notre histoire ». Elle ne lui disait pas je t'aime. Elle l'aimait tout simplement.

Soudain, Amarine remua légèrement et ses lèvres s'entrouvrirent.

Béatrix se pencha vers elle, tentant de capter son regard.

— Mamie ! s'exclama-t-elle en effleurant la joue ridée mais encore si douce. C'est moi, Béa ! Je sens que tu suis notre conversation ! Que tu as très envie d'y participer !

Les paupières de la vieille dame clignèrent, elle ouvrit la bouche comme pour respirer un grand bol d'air, souffla, emplit de nouveau ses poumons. Autour d'elle, on ne bougeait plus. On la surveillait, avec inquiétude.

— Tu es belle, articula tout à coup Amarine en s'adressant à sa petite-fille.

Odile poussa un cri et Clara bondit.

— Il y a des semaines qu'elle n'a pas prononcé une parole ! s'exclama-t-elle.

Émue aux larmes, Béatrix restait immobile, attendant davantage. Son espoir fut vain.

— Ne sois pas triste, la consola Odile. Une seule phrase mais rien que pour toi… et quel joli compliment !

Du regard, Béatrix dévorait Amarine. Partagée entre le désir de la laisser dans son univers et l'envie de la secouer, de lui ordonner de s'exprimer encore, de ne pas l'abandonner dans l'incertitude et la détresse.

Elle la vit sourire, tendre les doigts vers le tapis, mimer une caresse. Sola était Ià, couchée aux pieds de sa maîtresse…

Il n'avait guère été facile d'apaiser le chagrin de Béatrix. Elle ne se détendit vraiment que lorsqu'elle reprit le volant pour rentrer à Barfleur.

Le jour déclinait quand ils se garèrent sur le quai, au pied de la maison.

— Dépêchons-nous de monter ! s'écria-t-elle en sortant de la voiture.

Adrian la suivit, renonçant à lui demander pourquoi il fallait courir. Il était tout simplement heureux de voir qu'elle allait mieux. Elle avait toujours des idées un peu farfelues et c'était amusant ! Ils grimpèrent les escaliers en vitesse.

— N'allume pas la lumière surtout ! Maintenant ferme les yeux ! recommanda Béatrix en saisissant les doigts d'Adrian pour le guider vers la fenêtre. Ça y est ! Tu peux les ouvrir. D'où vient la nuit ?

Surpris par la question, Adrian sursauta, s'apprêtant à répondre qu'elle venait du ciel. Il sourit en contemplant les flots. La mer était déjà plus sombre que le ciel…

— Je n'avais jamais fait attention à cela, murmura-t-il, étonné.

— Parce que tu n'en avais encore jamais pris le temps.

— En parlant de temps, chuchota-t-il en l'embrassant, il y a un sujet que je voudrais aborder avec toi.

Elle fronça les sourcils, à la fois curieuse et soucieuse.

— Je t'écoute.

— Ce n'est pas facile. Je ne veux pas me mêler de tes affaires, je sais que tu as beaucoup souffert ces derniers mois. Cependant, je me demandais si tu avais songé à revenir en arrière… avec ton père… Si tu avais songé au temps qui s'écoule… celui qu'on ne rattrape jamais…

Béatrix recula d'un pas :

— Tu me suggères de me réconcilier avec mon père ! De lui pardonner !

Il avança et l'enlaça, la serrant fortement contre lui, afin qu'elle ne s'échappât pas, murmurant à son oreille :

— Je ne te suggère rien. Ne sois pas contrariée. Je te demande si tu y as pensé… si tu l'as envisagé, ne serait-ce qu'une fois, pendant un dixième de seconde.

Blottie contre lui, elle cachait son visage.

— Je t'ai observée aujourd'hui, auprès de ta grand-mère. J'ai vu ce lien qui vous unit, même si, comme tu le répètes souvent, elle est comme « Grozny sous les bombes ». J'ai vu ton émotion. Ton père est le fils de cette femme que tu adores.

Il n'est plus tout jeune… Je ne le défends pas. Je lui trouve beaucoup de torts. Il a mal agi, c'est vrai. Ce qu'il t'a fait subir est ignoble… indigne. Mais ce n'est pas pour lui que je plaide. C'est pour toi. Je ne voudrais pas que tu regrettes… Quoi que tu décides, ce qui compte pour moi, c'est que tu sois toujours en paix avec toi-même.

— C'est l'historien qui me parle ?

— L'historien te dirait qu'il est arrivé que des victimes pardonnent aux bourreaux, ou inversement que des victimes punissent les bourreaux. L'homme qui t'aime veut seulement te souffler que l'indifférence n'est pas possible. Il veut te protéger… afin que plus jamais tu ne puisses avoir mal. Il ne te dicte rien. Il est là pour t'aider à réfléchir. Tu ne peux pas être totalement détachée de ton père. Tu ne peux pas oublier vos années partagées. Je ne te croirais pas, si tu me disais que tu ne te souviens pas de ce papa qui a dû te câliner… J'ai peur pour toi. Peur qu'il ne soit trop tard le jour où tu auras envie de revoir ton père. Pour ton frère, qui est plus jeune, tu as davantage le temps d'y penser. Mais fais-le… Je veux te préserver, tu comprends ?

Elle ne répondit pas et l'embrassa. Durant ce long baiser, il garda les yeux ouverts. Derrière les vitres, tout était noir ou presque… Quelques lampadaires éclairaient les quais. Un léger reflet indiquait la présence de l'eau.

C'était merveilleux. À l'image des quatre jours qu'il venait de passer auprès de Béatrix. Il songea au train de 17 h 32 qui, le lendemain, l'éloignerait d'elle… Sa poitrine se serra, s'oppressa. Ce serait si difficile de la quitter. Il était définitivement amoureux et au supplice de l'abandonner.

Mais il ne pouvait rester et elle ne voudrait pas rentrer avec lui à Paris…

Il l'enlaça un peu plus fort, accablé de penser qu'il n'avait plus que quelques heures auprès d'elle. Elle ne semblait pas s'en émouvoir. Elle n'attendait pas de déclaration d'amour, elle ne faisait que savourer le présent, la tendresse qu'il lui accordait et elle lui donnait la sienne en échange. Elle préservait farouchement son choix, sa liberté. Cependant elle l'aimait. Il l'avait compris. Elle l'aimait parce qu'elle avait trouvé la paix. La quiétude et la sérénité lui permettaient d'offrir son cœur. Il devait se raisonner puisque c'était à lui qu'elle faisait ce merveilleux cadeau.

Son balcon sur la mer rendait Béatrix heureuse, elle était enfin épanouie. Jamais Adrian n'exigerait d'elle qu'elle lâchât cet univers dans lequel elle était si bien. Leur histoire serait comme elle l'avait voulue. Elle ne finirait pas mal. Il partirait en l'embrassant, elle lui murmurerait au revoir et il contemplerait une dernière fois ses yeux emplis de bonheur et son sourire.

TABLE

1. Le coup de Jarnac 9
2. Sola 27
3. Clara 45
4. Un étrange bijou 63
5. Un pacte avec le diable 81
6. Trésor ! 97
7. On ne meurt pas d'aimer mais 115
8. Sous X 131
9. *Carpe diem* 149
10. Sans goût, ni couleurs............................ 167
11. Pas de mensonge dans
la maison de Dieu !.................................... 185
12. La quatrième dimension 205
13. Volte-face... 227
14. Entre deux mers..................................... 245
15. Un dernier verre.................................... 263
16. Il y a des jours où 283
17. *New York, New York*............................ 299
18. Retour sur le plancher des vaches 319
19. Diaboliquement vôtre ! 337
20. Une famille de tricheurs 353
21. Assez des histoires qui
qui se terminent mal !................................ 367
22. Un balcon sur la mer 385

Achevé d'imprimer par BECK
en juin 2015
pour le compte de France Loisirs, Paris

Numéro d'éditeur : 81651
Dépôt légal : avril 2015

Imprimé en Allemagne

Composition et mise en pages réalisées
par IND - 39100 Brevans